・文庫

鏡は横にひび割れて

アガサ・クリスティー
橋本福夫訳

Agatha Christie

早川書房

5443

THE MIRROR CRACK'D FROM SIDE TO SIDE

by

Agatha Christie

Translated by
Fukuo Hashimoto
Published 2023 in Japan by
HAYAKAWA PUBLISHING, INC.
This book is published in Japan by
arrangement with
AGATHA CHRISTIE LIMITED
through TIMO ASSOCIATES, INC.

マーガレット・ラザフォードに
賞賛をこめて。

織物はとびちり、ひろがれり
鏡は横にひび割れぬ
「ああ、呪いがわが身に」と、
シャロット姫は叫べり。
——アルフレッド・テニスン

鏡は横にひび割れて

登場人物

ジェーン・マープル……………………探偵ずきな独身の老婦人
ドリー・バントリー……………………ジェーンの親友
ミス・ナイト……………………………ジェーンの付添いの婦人
チェリー・ベーカー……………………ジェーンの通いのメイド
マリーナ・グレッグ……………………映画女優
ジェースン・ラッド……………………マリーナの夫
エラ・ジーリンスキー…………………ジェースンの秘書
ヘイリー・プレストン…………………ジェースンの助手
ヘザー・バドコック……………………野戦病院協会幹事
アーサー・バドコック…………………ヘザーの夫
マーゴット・ベンス……………………女性写真家
ローラ・ブルースター…………………映画女優
アードウィック・フェン………………マリーナの友だち
ドナルド・マックニール………………新聞記者
ジュゼッペ………………………………執事
フランク・コーニッシュ………………警部
ウィリアム（トム）・ティドラー………部長刑事
ダーモット・クラドック………………主任警部

第一章

1

ミス・ジェーン・マープルはいつもの窓のそばに座っていた。その窓からは庭が見わたせる。かつては彼女の自慢のたねの庭だったのだが、今はそうはいえない。最近では庭に眼をやるたびに心が痛む。ここしばらく彼女は庭仕事も禁じられていたのだ。かがみこむのも、土を掘るのも、植えるのもいけないというわけだ——できるのはせいぜい簡単な剪定《せんてい》程度のことだけ。週に三度きてくれるレイコック爺さんも最善を尽くしてくれてはいた。ところがその最善なるものが、本来大したことではないうえに、彼の能力に応じた最善で、雇い主の標準からはほど遠いものだった。ミス・マープルは自分のしてほしいことも、それを実行に移してほしい時期についても、はっきりした考えを抱いていて、そのとおりに指図もした。すると、レイコック爺さんはいかにもわが意をえたように賛成はするものの、実行はしないという、彼独特の才能を発揮するのだった。

「そりゃいい思いつきですなあ。あそこの所にゃ、メコソーピイ、塀ぞいにはフウリンソウを植える、それもおっしゃるとおりに、来週まっさきにやらなきゃいけねえ」

　レイコック爺さんの言いわけにはいつも一応の理屈が備わっていて、例の『ボートの三人男』（イギリスの作家ジェローム・K・ジェロームの作品）のジョージ船長が、船を出さないためにもち出す逃げ口上にそっくりだ。船長の場合はいつも風向きが言いわけのたねで、追い風が強すぎるとか、向かい風だとか、西風だから危険性があるとか、東風だからなおいっそう危険だ、というわけである。爺さんの場合は天候だった。空気が乾燥しすぎている――湿気がありすぎる――水はけがわるい――霜のけはいがある。でなければ、その前にしておかなきゃいけない大切な仕事があるからというわけだ（たいていは爺さんがやたらに植えつけたがるキャベツや芽キャベツに関係した仕事なのだが）。爺さん自身の園芸についての原則は単純なものだったが、その道の知識の豊富な雇い主でも彼にその原則をすてさせることは不可能だった。

　その原則というのは、まず力づけに濃い甘い紅茶を何杯も飲んだり、秋には落葉かきに精を出したり、自分の好きな草花を、それも主としてシオンかサルビアだったが、花壇に植えこんだりすることだった——本人の言葉を借りれば、夏になると〝見ばえがするから〟というわけだった。彼はバラにあぶらむし退治の殺虫剤をかけるのが人好きだったが、そのくせ、その仕事にも容易に腰を上げなかったし、スイートピーのための深いうねを用意してくれと頼んだりしようものなら、きまってわしの作ったスイートピーを見てくれ、前の年にちゃんと手入れをしておけば、前もってよけいなことなんかする必要はない、と言い返すのだった。

公平に言えば、彼も雇い主には忠実で、彼らの気まぐれな園芸趣味に従ってはいたが（そのために力仕事をさせられたりさえしなければ）、何よりもかんじんなのは野菜だというのが彼の意見だった。立派なチリメンキャベツに、少しばかりの巻きケールを植える必要がある。草花などはひまで困っている女たちの好む気まぐれ趣味だ、というわけだった。それでも、雇主たちへの愛情を示すために、前記のシオンやサルビア、花壇のふちに植えるロベリア、夏咲きの菊、などを持ってきてくれたりした。

「向こうの新住宅地の新築の家に仕事に行ってたですよ。きれいな花園を作ってくれといわれてね。植えものが多すぎたんで少しばかりお宅へ持ってきて、あの見ばのよくない古風なバラのところへ植えておきました」

そうしたことが頭に浮かんできたので、ミス・マープルは庭から眼をそらして、編物を手にとった。

人間は現実に当面しなければいけないのだ。セント・メアリ・ミードだって昔どおりではない。そう言えば、ある意味では、何もかもが以前とは違ってきている。戦争（二度の戦争）や、若い世代や、女たちが勤めに出るようになったことや、原爆や、政府のやり方のせいだと言えないこともないが――ほんとうは自分が年をとってきたという単純な事実のせいなのだ。ミス・マープルは年はとっても頭のいい女性だから、それくらいのことはさとっていた。ただ、奇妙なことには、長く住んできたせいか、セント・メアリ・ミードにとくに時代の変化を感じさせられるというだけのことだった。

セント・メアリ・ミードもその中心の一画だけはまだ以前の面影を残していた。ブルーボア館も残っているし、教会や牧師館、ミス・マープルの家もその一つだが、アン女王朝様式やジョージ王朝様式の建て方のこぢんまりした家々もそのままだった。ミス・ハートネルの家も以前のままだったし、彼女自身も生きているあいだは進歩と戦いそうだった。ミス・ウェザビーは世を去り、彼女の家には今は銀行の支店長一家が住んでいて、まるで顔に整形手術でもほどこしたように、玄関や窓々が紺青色に塗り変えられていた。ほかの古い家々もたいてい住んでいる人間は変わっていたが、買った者たちは不動産業者の言う〝古風なおもむき〟なるものにひかれて買ったのだから、ほとんど模様がえはしていなかった。せいぜい浴室をつけたり、水道の設備や電気器具や皿洗い器などに、やたらに金をかけたりしている程度だった。

ところが、住宅街はだいたい以前のままだとしても、村の商店街のほうはそうは言えそうになかった。商店の経営者が変わると、思いきった近代化を一度にやってのけようとするためガラリと様相が変わる。魚屋は魚がキラキラ光って見えるような、全体が冷蔵庫になっている大きなショウウインドーをつけたりして、以前のおもかげをとどめていなかった。肉屋のほうは相変わらず保守的な方針をとっていた——良い肉は良い肉だけのねうちがあるんだから、金を奮発することだ。金がなきゃ、安いのやかたい肉でがまんすることだな、という態度だった。食料品店のバーンズももとのままだったから、ミス・マープルやミス・ハートネルなどは毎日のように神様に感謝していた。おかげでレジのそばの、いかにもありがたい感じのする、すわり心地のいい椅子に座りこんで、気楽にベーコンの切り身やいろいろなチーズの品定めができた。ところが、通りのはずれの以前トムズの籐製品店があった所には、今はきらびやかなスーパーマーケットができていた——それがセント・メアリ・ミードの老婦人たちには眼ざわりでならなかった。

「聞いたこともないような袋入りの品物ばかりなのだから」とミス・ハートネルは憤慨した。「子供のためにベーコンと卵のちゃんとした朝食をつくってやろうとはしないで、あんな袋入りのコーン・フレークやオート・ミールをたべさせるなんて。おまけに、自分で籠をもって品物を探してまわらなきゃならないんですよ——ときにはほしい物を全部見つけるのに十五分もかかるしまつでねえ——しかも、たいていちょうど都合のいい量の物はなくて、多すぎるか少なすぎるかなのだから。ようやく店を出るだんになると、レジの前に長い列をつくらせられるしねえ。疲れてしまいますよ。新住宅地の人たちはそれでけっこう便利なのでしょうけれど——」

話がそこまでくると、彼女は口を閉ざした。

近頃では、たいてい新住宅地のことが話に出ると、言葉がとぎれた。現代ふうに言えば、新住宅地、ピリオド、というわけだ。新住宅地はそれ自身の実体を持っており、大文字で書く必要があった。

2

ミス・マープルは思わず当惑の声をあげた。また編目をおとしていたのだ。それもかなりまえにやったらしい。今になって、襟のところで編目をへらす必要から数えてみて、初めて気がついたようなしまつだった。彼女は余分の鉤針を手にして編物をあかるい方へななめにかざし、心配そうにのぞきこんだ。今度の新しい眼鏡ですらなんの役にもたちそうになかった。だが、よく考えてみると、贅沢な待合室、最新式の機械、眼を照し出せる強烈な明りを備え、猛烈に高い診察代をとる眼科医にかかっても、手のほどこしようのない年齢になってしまっているわけだ。数年前の（もっとも、数年ではさかないだろうが）いい眼をしていた時代がなつかしかった。高台にある彼女の家の庭からはセント・メアリ・ミードの出来事はなんでも見おろせただけに、彼女の注意深い眼が見落としていたことなんかほとんどなかったものだ！　小鳥観察用の望遠鏡を使えば——（小鳥に興味を持っているという口実はすこぶる便利だった）——いろんなことが見てとれた——ミス・マープルはそこで頭を転じ、過去のことにおもいをはせた。夏のうすいフロックを着て牧師館の庭のほうへ歩いてゆくアン・プロザロの姿。それから、プロザロ大佐——気の毒な人だった——すこぶる退屈な、感じの悪い男ではあったが——それにしても、あんなふうに殺されたりするとは——彼女は頭をふり、牧師の美しい若い妻グリセルダのことを想い浮かべた。なつかしいグリセルダ——あんなに信頼できる友はない——毎年クリスマス・カードを送ってくれる。あの可愛らしかった坊やも今では大きな逞しい青年になって、いい勤めについているということだった。あれは工学関係だったかしら？　もとからあの子はおもちゃの汽車を分解してみたりするのが好きだった。牧師館のむこうには柵があり野道があって、その先の野原にはジャイルズ農園の牛が放牧してあったものだが、そこが今は――今は……

新住宅地になっているわけだ。

それがなぜいけないのだ？　ミス・マープルはなじるように自分に問うた。これらはみななければならなかったのだ。住宅は必要だったし、あそこの家々はすこぶる便利にできてもいる。少なくとも彼女はそう聞いていた。〈都市計画〉とかいうものに基づいているのだそうだった。それにしても、なぜクローズ（境内の意）などという町名をつけるのかわけがわからない。オーブレイ・クローズに、ロングウッド・クローズ、グランデイスン・クローズ、みんなそうだ。ところが実際にはクローズなんかではありはしない。彼女は、伯父がチチェスター寺院の僧会職員をしていたことがあるので、クローズというものはよく知っていた。子供のころ、そこの境内の伯父の家に遊びに行っていたこともあるのだから。

チェリー・ベーカーもよくそういう間違った言葉の使い方をする。げんに彼女は古風な家具がひしめいているミス・マープルの家の応接間《ドローイング・ルーム》をいつも〝休憩室《ラウンジ》〟と呼んでいた。ミス・マープルはおだやかにたしなめた。「チェリー、あそこは応接間なのよ」

チェリーは若くもあり気の優しい女だから、それをおぼえていようとはするのだが、応接間なんて言葉はおかしくてつかえないらしかった——だからつい〝ラウンジ〟という言葉が飛び出すらしかった。それでも最近は彼女も〝居間《リビング・ルーム》〟と呼ぶことで妥協していた。ミス・マープルはこのチェリーが非常に気にいっていた。彼女は正式にはミセス・ベーカーと呼ばれていて、新住宅地から通ってきているのだった。スーパーマーケットで買物をし、乳母車を押してセント・メアリ・ミードの静かな通りをのしあるく若い女房連の一人だった。彼女たちはみんなきびきびしていて身なりもよかった。髪にもパーマをかけていた。笑い声をたてたり、お喋りをしたり、大声で呼びあったりしていた。まるで幸福な小鳥のむれのようだった。月賦販売のたくみなわなにひっかかったため、亭主たちの給料は相当いいくせに、細君たちはいつもぴいぴいだった。だからひとの家の家事や料理の手伝いに勤めに出ていた。チェリーは料理人としてはてきぱきと仕事をやってのけるほうだったし、頭もよくて、電話も正確に聞きとるし、掛売りの帳面に間違いがあればすぐに指摘した。もっとも、マットレスをひっくりかえしたりする仕事は好きなほうでなく、彼女が皿を洗っているときなどには、台所のそばを通りかかっても、ミス・マープルは顔をそむけて、そちらを見ないようにしていた。チェリーのやり方ときたら、なんでもみさかいなしに流しにほうりこんで、吹雪のように洗剤をふりかけるのだから。ミス・マープルは時代のついたウスターの茶器をこっそり隅の食器棚にしまいこみ、特別の場合以外には使わないことにした。そのかわりに、流しにいれて洗っても金粉が剝げ落ちたりする心配のない現代式の白地に薄灰色の模様がついた茶器を買った。

以前とはずいぶん変わったものだ……例えば、小間使の模範のような忠実なフローレンスもいたし――アミイやクララ、アリスなどのような〝感じのいい〟メイドたちもいた――みんなセント・フェイス孤児院から〈家事見習い〉にやってきて、やがて給料のいい仕事に移っていったのだった。中にはどちらかというと頭の単純な者もいたし、多くがアデノイドになっていて、アミイにいたっては明らかに低能に近かった。村のほかの家のメイドとくだらないおしゃべりをし、魚屋の店員や、公会堂の庭師の下働きや、バーンズ食料品店の数多い店員たちと遊び歩いたりした。そういうメイドたちのことを頭に浮かべているうちに、ミス・マープルは彼女たちの二世のために毛糸の上着を編んでやったりしたことをなつかしく思い出した。彼女たちは、電話のうけこたえもまずかったし、計算にいたっては全然だめだった。その代わりに皿の洗い方やベッドの整え方などは心得ていた。教育よりもむしろ腕のよさを持っていたわけだ。近頃では奇妙に教育をうけた女たちが家庭の雑用に雇われていったりしている。留学生や、下宿代を払う代わりにメイド役をする女学生や、休暇中のアルバイトの大学生、新住宅地のいんちきクローズに暮らしているチェリー・ベーカーのような若い既婚女性にしてもそうだ。

もちろん、ミス・ナイトのような女性もまだいる。急に彼女のことが頭に浮かんだのは、頭の上でナイトの足音がし、マントルピースの上のカットグラスの飾り物が警告を発するようにチリンチリンと鳴ったからだった。どうやらミス・ナイトは午睡《ひるね》を終わり、午後の散歩に出かけようとしているらしかった。まもなく何か町に用事がありませんかと訊きにくるに相違ない。ナイトのことが頭に浮かぶと、ミス・マープルはまたしてもいつもの考えにおそわれた。もちろん甥のレイモンドの思いやりから出たことだったのだし、ナイトほど親切な人間もいないし、気管支炎にかかったあとひどく身体が衰弱していたので、ヘイドック医師が、通いのメイドが来るだけの一人ぐらしをしていてはいけないと、あくまで主張したからのことなのだが、それにしても——ミス・マープルはもうそんなことを考えるのはよした。〝ナイト以外の付添いが見つかってくれさえしたら〟と考えてみても無駄なはなしだった。近頃ではより好みなんか許されない世の中なのだから。献身的なメイドなどというものは昔話になってしまっている。病気になった場合は、ずいぶん費用もかかり見つかりにくくはあるが、ちゃんとした看護婦を雇えばいいし、入院することもできる。ところが、病気が峠をこしたとなると、ナイトのような付添いでがまんするしかないのだ。

といっても、妙にいらいらさせられるだけで、ミス・ナイト流の女にもべつに欠点があるわけではない。親切だし、すぐに患者に愛情をよせ、ご機嫌をとったり、ほがらかな態度で接してくれて、たいていはこちらが低能ででもあるかのような扱い方をしてくれる。

「だけど、わたしは年寄りかもしれないが、低能児ではないのだから」とミス・マープルはひとりごとを言った。

その瞬間に、いつものくせで多少息をはずませながら、ナイトが勢いよく入ってきた。彼女は五十六歳になる、いくらかぶよぶよした皮膚の、大柄な女で、亜麻色の白髪まじりの髪をいやに手のこんだゆい方にし、細長い鼻に眼鏡をかけており、人のよさそうな口もと、小さな顎をしていた。

「さあ、参りましたよ！」と彼女は、老人の陰気な夕暮れを元気づけ、明るくしてくれるつもりか、愛嬌のいい騒々しさで叫んだ。「わたしたちすこしおひるねをしましたわね？」

「わたしは編物をしていたのよ」とミス・マープルはわたしはというところに多少強調をおいて答えた。「ところがね」彼女は屈辱的ないやな気持ちをおさえて自分の失敗を白状した。「編目を一つおとしてしまったのよ」

「おやまあ、わたしたちすぐに直しましょうね」とナイトは言った。

「あなたに直してもらうわ。残念だけど、わたしはだめだから」とミス・マープルは言った。

彼女の多少皮肉な調子には相手は全然気がつかない様子だった。ナイトはいつものとおりに熱心に手助けしてくれた。

「ほら、ちゃんと直りましたよ、おばあちゃん」とやがて彼女は言った。

ミス・マープルも、八百屋のおかみさんや文房具店の女店員からおばあちゃんと呼ばれても、〝おばあちゃま〟と呼ばれたにしても、なんとも思わなかったが、ナイトからそういわれると奇妙にいやな気持ちがした。これも年寄りのがまんしなければならないことの一つだった。彼女はていねいにナイトに礼を言った。

「それでは、わたしはちょっとよちよち歩きをしてきますわね」と彼女はおどけて言った。「そう長くはかかりませんけど」

「いそいで帰ろうなんて思わなくてもいいのよ」とミス・マープルは心をこめて応えた。「でも、あまり長くおひとりにしておいたのでは、気が滅入ったりするといけませんもの」

「とんでもない、わたしは今は幸福な気持ちなの。それにちょっと（彼女は眼を閉じた）昼寝でもしようと思っているの」

「それがよろしゅうございますわ。何か買ってくるものでも？」

ミス・マープルは眼を開け、考えてみた。「ロングドン店へ行って、カーテンができているかみてきてちょうだい。それから、ウィズレイの店でブルーの毛糸をもう一かせ。それから、薬屋でクロフサスグリの錠剤を一箱。それからね、図書館で本を借り変えてきてほしいわ——わたしの渡したリストにない本をつかまされたりしてはだめよ。この前のものなんかひどい本だったわ。読めたものではなかったのだから」彼女は『春の目覚め』をさし出した。

「おや、まあ！　お気にいりませんでしたか？　お気にめすだろうと思ったのですけど。愛らしい物語ですもの」

「それからね、遠くて気の毒だけど、ハレット店まで行って、ゆするやり方の卵の泡だて器が来ていないか、見てきてくださらない——ハンドルをまわすやり方のではだめよ」

（そういう種類のは置いていないことは彼女もよく知っていたが、ハレット店が一番遠くにあるからだった）

「なんだか用事が多すぎるみたいだけど――」とミス・マープルは呟いた。

だが、ナイトは明らかに誠実をこめて答えた。

「そんなことは。喜んでお使いしてきますわ」

ナイトは買物に行くのが好きだった。彼女にとっては生気にふれるようなものだった。知合いに会ってお喋りをする機会も持てるし、店員たちと噂話にふけったり、いろんな店のいろんな商品を見てまわることもできる。おまけに、そんなふうに相当長い時間愉しんでいても、急いで帰らねばいけないのに悪いことをしているという、うしろめたさを味わわずにすむ。

そこで、窓辺に安らかに座っているひ弱な老婦人のほうにちらと眼をやってから、彼女は愉しそうに出かけていった。

ナイトが買物用のバッグか、財布か、ハンカチを取りに帰るおそれがあったし（彼女は忘れ物をして引き返してくるくせがあったから）、要りもしない品物をあれこれと考え出したおかげで、多少頭も疲れぎみだったので、数分間は余裕をおいたうえで、ミス・マープルは勢いよく立ち上り、編物をよこにおしやって、部屋を横切りホールへと大股に歩いた。帽子掛けから夏のコートを取りおろし、ホールのスタンドからステッキをひっぱりだし、寝室用のスリッパを頑丈な散歩用靴にはきかえた。ついで横手の戸口から家を出た。〝ナイトは少なくとも一時間半はかかるに相違ない〟とミス・マープルは頭のなかで推定した。〝充分それくらいの時間はかかる――新住宅地の人たちも買物に来ているはずだから〟

ミス・マープルはナイトがロングドン店で無駄にカーテンのことを訊いたりしている姿を頭に浮かべた。彼女の推測は驚くほど正確だった。今頃ナイトは大きな声でこう言っているに違いないのだ。「そりゃね、わたしもまだできていないだろうと思ってはいたのよ。だけどね、お年寄りからそのことを言いだされてみると、行って見てきましょうと言わないではおれないじゃないの。気の毒にお年寄りはさきになんの愉しみもないんだものねえ。気にいるようにしてあげなきゃ。あんないいお婆さんなんだもの。当然のことだけど、近頃はおとろえも見えるようだしね――頭がかすんできているらしいのよ。あら、きれいな生地があるじゃないの、ほかの色のはないの？」

愉しい二十分間が過ぎる。やっとナイトが店を出ると、古参の店員は「フン」と呟く。「おとろえがきているだって？　この眼で見なきゃ信じられるものか。マープルさんときたら、前から針のように鋭い頭のひとだったのだから。今だってそうにきまっている」ついで店員は、タイトのズボンに粗麻布のジャージーという姿で、プラスチック製の浴室のカーテン挟みを買いにきていた若い女のほうへ、向き直る。

「そうそう、エミリー・ウォターズを想い出させられるわ」とミス・マープルは呟いた。以前知っていた似たような人間が想い出せると、彼女はいつも満足感を味わうのだった。「同じような頭のたりなさだった。そういえば、エミリーはどうしたかしら？」変わったことも起きていないだろうと彼女は結論した。

エミリーは以前にもうすこしで牧師補と婚約するところだったのだが、数年つきあっているうちにその話はたち消えになってしまったのだった。ミス・マープルはその付添いのことは頭から追い出し、周囲に注意をむけた。足ばやに庭を横ぎりはしたものの、レイコック爺さんが古風なバラを刈りとり、その代わりに雑種の茶の木を植えこんでいるのが眼にとまったが、そんなことを苦に病んだりして、完全に自分の自由意志で脱出できた愉しさをそこなう気にはなれなかった。彼女の心は冒険をたのしむ気持ちではずんでいた。右側へ曲がり、牧師館の門をはいってそこの庭の小径を辿ってゆき、公道に出た。以前柵のあった所には今は鉄のスイング・ドアがあり、簡易舗装の道路に出られるようになっていた。その道路はこぢんまりした橋に通じていて、小川の向こう側は以前の放牧場だった所、つまり今の新住宅地になっていた。

第二章

ミス・マープルは、コロンブスが新世界の探険に船出したときのようなおもいで、橋を渡り、小径を辿って行くと、四分も歩かないうちにもうオーブレイ・クローズにきていた。

もちろん今までにもマーケット・ベーシング道路から新住宅地を眺めたことはあった。つまり、そこのいくつものクローズや、テレビのアンテナを林立させ、ドアや窓を青や桃色や黄色や緑に塗りたてた、こざっぱりした家々のならびを、遠くから眺めたわけだった。それにしても、今までの彼女にはこの住宅地はいわば地図の上の現実にすぎなかった。そこへ足を踏みいれたことも、そこの住民になったこともなかった。ところが今、彼女は実際にその住宅地に来て、出現しかかっているすばらしい新世界を、彼女の過去の知識とは全然無縁な世界を、眺めているわけだった。まるでおもちゃの煉瓦で建てたこぎれいな模型住宅のようだった。ほとんど現実のものとは思えないような気がした。

住んでいる人間も非現実的な感じだった。スラックスをはいた若い女、少々不気味な感じの青年や少年、十五歳くらいで豊かな胸をした少女たち。ミス・マープルにはすべてがひどく堕落しているように思えてならなかった。彼女がとぼとぼと歩いていても誰も彼女に注目する者はなかった。彼女はオーブレイ・クローズから横へ曲がり、まもなくダーリングトン・クローズへ入りこんだ。のろのろと歩いてゆき、そのあいだも、乳母車を押している母親たちの会話、青年に話しかけている若い女たちの言葉、やくざふうな身なりをした不良少年たち（彼女はそうだろうと想像した）同士の気味のわるい会話、などの断片に、むさぼるように耳をすました。母親が戸口に出てきて大声で子供を呼んでいたが、相変わらず子供たちは、してはいけないと言われたことばかりをやっているらしかった。ありがたいことに子供たちだけは変わらないものだと、ミス・マープルは思った。やがて彼女は微笑を浮かべ、いつものとおりに以前の知人を想い起こさせる者たちの姿を心に書きこんでいった。

あの女のひとはキャリー・エドワーズにそっくりだし——あのブルネットの女のほうはフーパーの娘にそっくりだ——きっとメアリ・フーパーと同じように結婚生活に破綻《はたん》を起こすに相違ない。あの少年たち——黒っぽい髪をしたほうはエドワード・リークそっくりで、荒っぽい言葉を口にはするが悪気はない少年——根はいい少年なのだろう——

——金髪のほうはベッドウエル夫人の息子のジョシュに生きうつしだ。二人ともいい少年なのだろう。グレゴリー・ビンズに似ている少年のほうはろくなことにはならなさそうだ。あの子も同じような母親を持っているのかもしれない……

彼女は角を曲がってウォルシンガム・クローズに入りこみ、一瞬ごとに元気づいてきた。

この新世界も旧世界と同じだった。家々の建築様式は違っているし、通りはクローズという呼び方になっているし、服装も違い、声も違うが、人間は昔と同じだった。使っている言葉は多少違っていても、話していることの内容は同じだった。

探険してまわっているうちにいくつも街角を曲がったせいか、ミス・マープルは方角が判らなくなり、また住宅地のはずれへ来てしまっていた。そこはキャリスブルック・クローズというところで、半分はまだ〈工事中〉だった。ほとんど完成した住宅の二階の窓のところに若い二人連れが立っていた。その家のことをあれこれと論議している声が漂ってきた。

「位置がいいことはあなただって認めてもいいはずよ、ハリー」

「ほかの家と同じじゃないか——」

「この家のほうが二間も多いわよ」

「それだけ家賃も高いってわけだ」

「とにかく、わたしはこの家が気にいったわ」

「きみらしいよ！」

「なにもそうけちをつけなくたっていいじゃないの。あなたはお母さんの言ってたとおりだわ」

「きみのお母さんときたら、口がうるさいんだからなあ」

「お母さんのことを悪く言うのはよしてほしいわ。わたしが今こうしていられるのもお母さんのおかげじゃないの。もっと意地をまげられたってしかたのないところだったのだから。あなたを法廷にひっぱりだすことだってできたはずよ」

「そんなはなしはよせよ、リリー」

「山の眺めが素晴らしいわ、貯水池だって——」彼女は左側へ身体をよじって乗り出した。「貯水池だって見えそう——」

彼女は、敷居の上に横にのせてあるだけの板に重みをかけているのに気がつかないで、なお身体を乗り出した。板は彼女の身体の圧力で彼女を乗せたまま外へすべりかかった。彼女は悲鳴をあげ、身体の均衡をとりもどそうとしてもがいた。

「ハリー！」

青年はじっと突っ立ったままだった——彼女から一、二歩うしろのところに。と思うと、彼は一歩あとしざりした。

若い女は必死になって壁にしがみつき、やっと身体をたて直した。

「おお！」彼女は恐怖の吐息をもらした。「もうちょっとでおっこちるところだったわ。なぜ、つかまえてくれなかったのよ？」

「あまり突然だったからさ。いずれにしても無事だったじゃないか」

「あなたの知っているのはそれだけね。もうすこしでおっこちるところだったのに。わたしのジャンパーの胸のところをみてよ、くしゃくしゃになってしまったわ」

ミス・マープルはすこしさきまで行きすぎたが、衝動的にあともどりした。

リリーは道路に出て、青年が家の戸締りをしているのを待っていた。

ミス・マープルは彼女のそばへ寄っていって、低い声で早口に言った。

「わたしがあなただったら、あの青年とは結婚しませんわ。危険におちいったときに頼りになる人でなきゃいけませんよ。こんなことを言ったりして失礼なのだけど——警告してあげなきゃと思って——」

ミス・マープルは離れて行き、リリーは唖然として見送っていた。

「いったい、なんだって——」

青年が近づいてきた。

「リル、あの婆さんは何を言ってたんだい？」

リリーは口を開きかけたが、また閉じてしまった。

「ジプシーの予言を聞かせてくれたのよ」

彼女は考えこむような態度で彼を見やった。

ミス・マープルは早くその場を立ち去ろうとして、角を曲がったとたんに、転がっている石につまずき、ころんだ。

一軒の家から女のひとが駆け出してきた。

「まあ、ひどいころびかたをなさって！　お怪我はありませんでしたか？」

彼女は過激なほどの好意を発揮してミス・マープルを抱きかかえ、助け起こした。

「骨折していなきゃいいですがね。さあ、もうだいじょうぶ。さぞおびえなさったでしょうねえ」

彼女の声は大きくて暖かみがあった。四十歳くらいの、ふとりぎみの堂々とした身体つきをした女で、多少白いもののまじった鳶色《とびいろ》の髪、青い眼、大きなゆたかな感じの口もとをしていて、ミス・マープルの動転した眼には、歯があまりにも白く輝きすぎているような気がした。

「中へはいって少しお休みになるといいですわ。紅茶でもおいれしますから」

ミス・マープルは礼を言って、ひっぱられるままに、青い色に塗った戸口をはいり、明るい色のさらさを張った椅子やソファがいっぱいある、小さな部屋に通った。

「さあ、どうぞ」救ってくれた女はクッションをのせた安楽椅子に彼女を座らせた。「からだを休めていいてくださいね。わたしは湯沸しをかけてきますから」

彼女は急いで出ていったので、室内は落ち着けそうな静けさになった。

ミス・マープルは大きく息を吸いこんだ。べつに怪我はしなかったが、ころんだことで気持ちが動転していた。彼女の齢でころぶなどということはいいことではなかった。それにしても、うまくいけば、ナイトには知られずにすむと彼女はうしろめたい気持ちで思った。彼女はおそるおそる手や足を動かしてみた。骨折してはいなさそうだった。無事に家へ帰れさえしたら。たぶん紅茶でも一杯飲めば——

そんなことを頭に浮かべたのとほとんど同時に、紅茶が運ばれてきた。お盆には甘いビスケットを四きれいれた小皿も添えてあった。

「さあ、どうぞ——」お盆が彼女の前の小さなテーブルに置かれた。「お注ぎしましょうか？　お砂糖はたくさんお入れになったほうがいいですわ」

「ええ、でもお砂糖はけっこうですわ」

「お砂糖は必要ですのよ。ショックのあとですもの。わたしは戦争中外地の野戦病院につとめていたことがあるのですけど、ショックには砂糖がききめがありますわ」彼女は角砂糖を四つ入れて、勢いよくかきまわした。

「さあ、これをお飲みになったらすっかり気持ちが落ち着きますわ」

ミス・マープルはその言葉に従った。

〝親切なひとだわ〟と彼女は思った。〝誰かに似ているようだけど……誰にだったかしら？〟

「ほんとうに親切にしていただいて」と彼女はにっこりして言った。

「まあ、なんでもありませんわ。わたしはね、救いの天使みたいだと言われていますのよ。ひとのお世話をするのが好きなものですから」表の門の掛け金がカチリと音を立てたので、彼女は窓の外に眼をやった。「主人が帰ってきましたわ。アーリー――お客さまなのよ」

彼女はホールに出てゆき、少々とまどったような顔つきのアーサーと一緒に引き返してきた。やせた青白い顔の、のろのろとものを言う男だった。

「このかたがね、ころばれたのよ――門のすぐまえのところで。だから家へお連れしたの――」

「奥さんにたいへんお世話になりました、あの……」

「バドコックという者です」

「バドコックさんですの。奥さんにずいぶんご迷惑をかけてしまいまして——」

「ヘザーは迷惑がってなんかいませんよ。ひとのお世話をするのが大好きなのですから」彼は、好奇の眼で彼女を見やった。「どちらかへいらっしゃる途中だったのですか？」

「いいえ、散歩していただけなのです。わたしはセント・メアリ・ミードの牧師館のさきに住んでいるものでして、マープルといいます」

「まあ、あなたが！」とヘザーは大きな声を出した。「あなたがマープルさんですの。お噂は聞いていますわ、いろんな人殺しをなさる方なんでしょう？」

「ヘザー、なんということを——」

「わかるでしょ。実際の人殺しをなさるのではなくて——人殺しのことをさぐり出される方。そうなのでしょう？」

マープルは、一、二度殺人事件に関係したことはあると、ひかえめに答えた。

「この村にも殺人事件があったのだそうですわね。この前の夜、ビンゴ・クラブでそんな話をしていましたわ。一度はゴシントン・ホールで起きたことだって。わたしだった

ら人殺しのあった屋敷など買う気になりませんけどね。幽霊が出るにきまっていますもの」（『書斎の死体』参照）

「ゴシントン・ホールで殺人が行なわれたわけではないのですよ。死体がそこへ運びこまれたのです」

「書斎の炉ばたの敷物の上にねかせてあったのですってねえ？」

ミス・マープルはうなずいた。

「奇妙な事件ですわねえ！　きっとその殺人事件を映画にでもするつもりなのですわ。マリーナ・グレッグがゴシントン・ホールを買ったのも、そのためですわね」

「マリーナ・グレッグ？」

「そうなのですよ。マリーナとそのご亭主が、名前は忘れましたけれど——たしかプロデューサーか監督をしている——ジェースンなんとかいう人でしたわ。それにしても、マリーナ・グレッグはきれいですわねえ。そりゃ最近はあまり映画に出ていませんわ——ずっと病気だったとかで。でも、あんなすばらしい女優さんはいないと今でもわたしは思っていますわ。《カーマネラ》でのあのひとをごらんになりまして？　それから《愛の代償》に、《スコットランドのメアリ》。あのひとももうそう若くはありませんけど、いつまでもすばらしい女優でいられるひとですわ。わたしは前からあのひとの大ファンだったのですよ。十代の頃には夢にまでみましたわ。わたしが一生で一番感激したのはね、バミューダでセント・ジョン野戦病院の基金を募るためのショーがあって、マリーナ・グレッグがその幕開けをつとめたときですのよ。わたしはもう興奮してしまって気がちがったみたいでしたわ。ところがその日になって熱で寝こみ、先生は行ってはいけないと言うじゃありませんか。でも、わたしはそんなことぐらいでへこたれたりする人間じゃありませんわ。気分もそう悪くはなかったのですもの。ですから起き出て、厚化粧して出かけたのですよ。マリーナに紹介され、三分間も話をし、サインもしてもらいました。すばらしかったですわ。あの日のことは一生忘れられませんわ」

ミス・マープルは呆れて彼女の顔を見つめた。

「そんなむちゃをして――あとで病気が悪化したのでは？」と彼女は気づかわしそうに訊いた。

ヘザー・バドコックは笑いだした。

「全然、かえって気分がよくなりましたわ。危険をおかさなきゃ、したいこともできっこありませんよ。わたしはいつもそうしていますわ」

彼女はまた笑い声をたてた。愉しそうなかん高い声だった。

アーサー・バドコックは感心したように言った。「ヘザーときたら、がむしゃらなのですからね。こうと思ったことはなんでもやってのけるんですよ」

「アリスン・ワイルドだわ」とミス・マープルは呟き、満足そうにうなずいた。

「なんですか？」とミスター・バドコックが訊いた。

「なんでもありません。以前知っていた人のことですの」

ヘザーは訊ねるように彼女の顔を見た。

「あなたを見ていると、その人のことが想い出されてきただけのことなのです」

「わたしを？　そのかた、いいかただとよろしいけれど」

「すこぶるいいひとでしたわ」とミス・マープルはゆっくりと言った。「親切で、健康で、活気にみちていて」

「でも、欠点もあったのでしょうねえ？」ヘザーは笑い声で訊いた。「わたしにはありますわ」

「そうね、アリスンはいつもはっきりした自分の意見を持ちすぎるものだから、ひとの眼には物事がどう映っているか、どういう感じをうけているかが、悟れないひとでしたよ」

「お前が立ち退きを迫られていた一家を同居させてやった時みたいじゃないか。あいつらはうちの紅茶用のスプーンをみんなかっさらって行きやがった」とアーサーが言った。

「だって、アーサー！　あの人たちを追い出すわけにもいかないじゃないの。そんなことをしたのでは、無慈悲すぎるわ」

「あのスプーンはうちの家宝だったのだぞ」とバドコックは残念そうに言った。「ジョージ王朝時代のものだったのに。わたしのおふくろのおばあさんのものだったのだから」

「あんな古ぼけたスプーンのことなどは忘れてしまうのよ、アーサー。あなたはみれんがましすぎるわ」

「どうもわたしは忘れることが得意じゃなさそうだよ」

ミス・マープルは考え顔で彼を見まもった。

「あなたのそのお友だちは今どうしていらっしゃるのですか？」と、ヘザーは関心がありそうにミス・マープルに訊いた。

マープルはちょっとためらってからこう答えた。

「アリスン・ワイルドですか？　あのひとはもう亡くなりました」

第三章

1

「そりゃ旅行もすばらしかったけれど、帰ってきてよかったと思うわ」とバントリー夫人は言った。

ミス・マープルはそうだろうというようにうなずき、友人の手から紅茶のカップを受けとった。

数年前にバントリー大佐が亡くなるとともに、バントリー夫人はゴシントン・ホールとホールに付属していたかなりの広さの土地を売りはらい、以前東側の門衛所だったところだけを残した。そこは感じのいい柱廊玄関のある建物だったが、庭師でさえ住みたがらないほど不便な家だった。だが、バントリー夫人は最新式の造りつけの台所設備や、水道、電気、浴室などの近代的な設備を加えた。それにはずいぶん費用がかかったが、ゴシントン・ホールに暮らそうとするよりはずっと安上りだった。樹立ちにかこまれた四分の三エーカーばかりの庭も残して、外からは内部の生活が見えないようにしてあったので、彼女の言葉を借りれば――〝ゴシントンで何をしていようと、見えもしないし、気にもならないわ〟というわけだった。

この数年間、彼女は一年の大部分を旅行に過ごし、世界じゅうにちらばっている子供たちや孫たちのところをまわって歩いていたが、時おりひとりだけの生活を愉しみに自分の家に帰ってきた。ゴシントン・ホールのほうはその後一、二度持ち主が変わった。最初は高級下宿屋になっていたが、失敗に終わり、次に四人の人間が共同で買い、ざっと家を分割して、アパートのようにして暮らしていたが、その後その四人も喧嘩別れしてしまった。最後には保健省が何かわけのわからない目的で買いいれはしたものの、結局は不必要になった。それで最近になって売りはらったということだった。二人の話題にしているのもそのことだった。

「何かと噂は聞いているわ」とミス・マープルは言った。

「そうでしょうね」とバントリー夫人は言った。「チャーリー・チャップリンが子供全員を連れて引っ越してくるという噂さえあったのよ。そうなったらおもしろかったのだけどね。全然のうそっぱちだったわ。結局、マリーナ・グレッグにきまったということよ」

「あのひとはきれいな女優さんだったわね」とミス・マープルはため息まじりに言った。

「わたしは今でも昔の頃のあのひととの映画をおぼえているわ。例の美男のジョーエル・ローバートと共演した《渡り鳥》。それから《スコットランドのメアリ》。それから、ずいぶんセンチメンタルなものだったけれど、《カミング・スルー・ザ・ライ》も、わたしにはおもしろかったわ。考えてみると、ずいぶん古い話だわね」

「そうね」とバントリー夫人も言った。「あのひとはもう――どう思って？　四十五か、五十くらいじゃないかしら？」

ミス・マープルは五十歳に近いのではないかしらと思った。

「近頃も映画に出ているのかしら？　わたしは最近はあまり観に行かないものだから」

「端役《はやく》で出ているだけだと思うわ――」とバントリー夫人は答えた。「もう長いあいだスター役はしてないわ。ひどいノイローゼにかかったせいなの。何度目かの離婚のあとでね――」

「何人も夫を変えたものねえ」と、ミス・マープルは言った。「しんが疲れるにちがいないわ」

「わたしはそんなことはまっぴらよ」とバントリー夫人は言った。「一人の男と恋をして、結婚をし、その男の習慣にも慣れて落ちついたと思うと――何もかも投げ出して、また初めからやりなおすなんて！　気ちがいじみてるわ」

「わたしは何も言う資格はないけれど」ミス・マープルはオールドミスらしくちょっと咳をした。「一度も結婚したことがないんですものね。それにしても、気の毒だという気がするわ」

「あのひとたちにはやむをえないのだと思うわ」とバントリー夫人は漠然とした言い方をした。「あんな生活をさせられているのだもの。何もかも公開されてねえ。わたしは会ったのよ」と彼女はつけ加えた。「マリーナ・グレッグに、カリフォルニアにいたときにねえ」

「どんなふうなひとだった？」とミス・マープルは興味をもって訊ねた。

「魅力のあるひとだったわ」とバントリー夫人は答えた。「いかにも自然で、純真な感じなの」ついで考え顔でこうつけ加えた。「ほんとうは制服でも着せられているみたいなの」

「どういうところが？」

「純真で自然なところがよ。そんなふうに見せる演技を身につけ、しじゅうそんなふうにしていなきゃならないのだから。まあちょっと考えてもごらんなさいよ――そんな演技は脱ぎ棄てて、『もうこんなものにわずらわされるのはまっぴらだ』なんて言うわけにいかないのだもの。きっと、自分を護るためには、酔っぱらうか乱痴気騒ぎでもしないではおれないだろうと思うわ」

「あのひとは五人夫を変えたのだったわね？」とミス・マープルは訊いた。

「少なくともね。最初に結婚した相手は名もない男だったけれど、その次は外国の王子か伯爵、その次は映画スターの、ロバート・トラスコットだったわねえ？　あのときの結婚は世紀のロマンスだと騒ぎたてられたものだわ。それでいて、四年しか続かなかったけれど。その次は劇作家のイジドール・ライト。この時の結婚はそう騒がれもせず、まじめなものだったし、子供もできたのよ――あの人は前から子供をほしがっていたらしいの――二人か三人孤児を養子みたいにしていたくらいなのだから――ところが、今度は自分の子供ができたというのでたいへんな評判だったわ。母性愛の権化のように言われたりしてね。ところがね、生まれた子供が知能が低いか異常児だったらしいの。そんなことがあったあとなのよ、あのひとがひどいノイローゼにかかり、麻薬を飲んだり、映画をすっぽかしたりしだしたのは」

「あなたはずいぶんあの女優のことは詳しいらしいわね」とミス・マープルは言った。

「そりゃ当然よ。ゴシントン・ホールを買ったひとなのだから、興味を持ったというわけなの。今のご亭主とは二年前に結婚したのだけど、今ではすっかり健康も回復しているそうよ。ご亭主というのはプロデューサーなの――それとも監督だったかしら？　わたしはいつも両方をごっちゃにするものだから。どっちもまだ若かった時から、その人はマリーナに恋していたのだけど、その頃はその人はまだかけだしだったの。でも、今ではずいぶん有名になっているらしいわ。なんという人だったかしら？　ジェースン――ジェースン――なんとか――ジェースン・ハッド、ではなくて、ジェースン・ラッドだわ。あの二人がゴシントン・ホールを買ったのはね、スタジオに通うのに――」彼女はちょっとためらい、「あれはエルストリーだったかしら？」とあてずっぽうを言った。

ミス・マープルは首を振った。

「そうではないと思うわ。エルストリーといえば、ロンドンの北部にあるんだから」

「なんでも新しいスタジオなの。ああそうだわ、ヘリングフォースよ。フィンランドにでもありそうな地名だと前から思っていたのだから。マーケット・ベーシングから六マイルばかりの所なの。たしか、彼女はオーストリアのエリザベス皇后を扱った映画にかかっているはずよ」

「あなたはなんでも知っているのね。映画俳優のプライベートのことまでも」とミス・マープルは言った。「みんなカリフォルニアでしいれた知識なの？」

「ちがうわよ」とバントリー夫人は答えた。「本当をいうとね、みんな美容院で読んだ雑誌からの知識なのよ。わたしは映画スターのことなんか名前だって知らないくらいなのだけど、今も言ったように、マリーナ・グレッグ夫婦がゴシントン・ホールを買ったものだから、関心を持ったわけなのよ。ああいう雑誌に書いてある記事ときたら！――半分も――四分の一だって――信じちゃいないわ。マリーナ・グレッグが色情狂だなんて信じられないいし、お酒を飲むなんてことも信じられないいわ。きっと麻薬なんか飲んでもいないし、ひどいノイローゼにかかったなんてこともうそっぱちで、たぶん休養に行っただけのことなのよ！――でもね、この土地へ引っ越してくることだけは事実なのよ」

「来週だという噂だわね」とミス・マープルは言った。

「そんなに早くなの？　二十三日に、セント・ジョン野戦病院部隊の記念パーティにゴシントンを貸すという話は聞いているけれど。あの家にもずいぶん改装を加えたらしいわね？」

「建て替えたも同然よ」とミス・マープルは言った。「とりこわして新しく建て直したほうがずっと簡単で、安上りでもあったろうと思うほどよ」

「浴室なんかもつけ加えたのでしょうね？」

「六カ所も新しい浴室を作ったそうよ。しゅろの木を植えこんだ中庭や、プールも。それからね、額縁つき窓《ピクチュアウインドー》とかいうのを作ったり、それにあなたのご主人が書斎や図書室にしておられたところをぶっ通しにして、音楽室に改造しているそうよ」

「アーサーがお墓の中で寝返りをうちそうだわね。知ってのとおり大の音楽ぎらいだったのだから――気の毒なことに音痴だったのよ。親切な友人がわたしたちをオペラに連れていってくれた時のあの人の顔ときたら！　幽霊にでもなって出てくるかもしれないわ」彼女はちょっと言葉をきったと思うと、だしぬけにこう言った。「ゴシントン・ホールに幽霊が出そうだなんて、言っている人がありはしない？」

ミス・マープルは首を振った。

「そんなばかなことを」と彼女はきっぱり言った。

「人はいろんな噂をたてたがるものよ」とバントリー夫人は指摘した。

「わたしはそんな噂は聞いたこともないわ」ミス・マープルはちょっと言葉をきり、ついでこうつけ加えた。「人間って案外愚かじゃないものよ。ことにこの村の人たちはねえ」

バントリー夫人はちらとミス・マープルに視線を走らせた。「あなたはまえから、そういう意見だったわね、ジェーン。わたしもそう思っていないわけではないけれど」

彼女は不意ににっこりした。

「マリーナ・グレッグからね、優しい思いやりのある言葉でこう訊かれたのよ、自分の以前住んでいた家がひとに占領されているのを見ると、心が痛みはしないかって。わたしはそんなことは全然ないと答えたわ。あのひとは信じなかったろうけれどね。でもね、あなたも知ってのとおりに、ゴシントンはもとからのわたしたちの家ではなかったのだから。子供の頃からあそこで育ったわけではないしね——それだとぜんぜん違ってくるけど。あれは、アーサーが隠退したときに買った、多少狩猟や魚釣りのできる家という だけのことだったのだから。わたしは今でもおぼえているけど、家事のしやすい家だと思ったりしたのよ！　どうしてそんなふうに思ったりしたのか、想像もつかないわ！　やたらに階段や廊下があって、使用人はただの四人。ただのなんて言えたのだから、あの頃はよかったわねえ！」彼女は突然話題を変えた。「あなたはころんだりしたってことだけど、どうしたのよ？　ナイトという付添いも注意がたりないわね、あなたを一人で外出させるなんて」

「ナイトが悪いんじゃないのよ。いろんな買物をいいつけて、出しておいてから——」

「わざと抜け出したというわけなの？　わかるわ。でもね、ジェーン、そんなことをしちゃだめよ。もう年なのだから」

「あなたはどうしてそれを知っているの?」

バントリー夫人はにやにやした。

「セント・メアリ・ミードではなんだって秘密にできないんだから。あなたも前からそう言っていたじゃないの。ミセス・ミーヴィから聞いたのよ」

「ミセス・ミーヴィというと?」ミス・マープルはさっぱりわからなそうな顔つきをした。

「毎日来てくれているひとなのよ、新住宅地に住んでいる」

「ああ、新住宅地にねえ」いつものようにまたちょっと言葉がとぎれた。

「あなたは新住宅地なんかで何をしていたのよ?」とバントリー夫人は不思議そうに訊いた。

「ただ見てみたかっただけよ。どんな人たちが住んでいるかと思って」

「それで、どういう印象をうけて?」

「ほかの人たちとちっとも変わっていなかったわ。おかげで失望したのか、安心したのか、自分でもよくわからないのよ」

「わたしなら、失望するところだわね」

「わたしは安心していいような気がするわ。おかげで——そうね——どういうタイプの人間かわかるわけだし――何か事件が起こった場合にも――その原因や理由が理解できそうだから」

「殺人事件でも起きた場合、ということなの？」

ミス・マープルは唖然とした表情を浮かべた。

「あなたときたら、わたしがしじゅう殺人事件のことばかり考えているとでも思っているらしいのねえ」

「いいじゃないの、ジェーン。自分は犯罪学者だとはっきり認めたらどうなの？」

「わたしはそういう種類の人間ではないのだもの――」とミス・マープルはきっぱりと言った。「人間の性質についての多少の知識を持っているというだけのことよ――それも、こういう小さな村に一生暮らしてきたせいで、そうなっただけのことだわ」

「そうも言えないことはないわね」とバントリー夫人は考え顔で言った。「もちろん、たいていの人は賛成しないだろうけれど。あなたの甥のレイモンドさんは、この村ほどよどんだ所はないと、いつも言っていたものだわ」

「ああ、レイモンドねえ」とミス・マープルはかわいくてたまらなさそうな声で言った。「あの子はいつも優しくしてくれるわ。ナイトの給料だってあの子が出してくれているのよ」

ナイトのことが頭に浮かぶとともに、新たな方向に意識が動いてゆき、彼女は立ち上った。「もうそろそろ帰らなきゃいけないわ」

「まさかここまで歩いてきたわけではないでしょうねえ？」

「もちろんよ。インチできたの」

　この多少謎めいた言葉もバントリー夫人にはすぐにわかった。もうずっと昔のことだが、インチという男が貸馬車を二台持っていて、汽車が着くたびに降りてくる客を乗せていた。村の婦人たちも、〝およばれ〟でティー・パーティに行ったり、ときには娘を連れて、ダンス・パーティなどにうかれに行ったりする場合にも、そこの馬車を雇ったものだった。そのうちに、元気そうなあから顔の七十過ぎの爺さんになったインチは、息子――村では〝インチ青年〟で通っていたが、そのときには息子はもう四十五だった――に仕事をゆずった。もっとも、老婦人たちを乗せるときには、息子では若すぎて頼りないとでも思うのか、自分が御者をつとめたりしてはいた。インチ青年は、時代に順応して馬車はやめ、自動車に変えた。だが、彼は機械の扱い方はそれほどうまくなかったので、そのうちにバードウェルという男が商売を譲りうけた。インチという屋号はそのままに残った。そのバードウェルもやがてロバーツという男に権利を譲ったが、電話帳には相変わらず〈インチ・タクシー〉と載っていたので、村の老婦人たちは、どこかへ行くときには、自分たちはヨナ（魚の腹に入って航海したという旧約聖書の人物）で、インチが鯨でもあるように、〝インチで〟と昔のままの言葉を使っているのだった。

2

「ヘイドック先生が来てくださったのですよ」とナイトがとがめるように言った。「バントリー奥さんのところへお茶に招かれていらっしゃいましたと申しあげると、明日またくるとおっしゃいました」

彼女はミス・マープルに手を貸してオーバーを脱がせてやった。

「わたしたち、とっても疲れましたわねえ」と彼女はまたとがめるように言った。

「あなたはそうかもしれないけど、わたしは疲れてなんかいませんよ」とミス・マープルは言った。

「さあ、炉のそばでゆっくりお休みなさいねえ」ナイトは相変わらずこちらの言うことなんか耳にいれようともしなかった（〝年寄りの言うことなんか本気で相手にする必要はない。ご機嫌をとってやりさえすればいいのだ〟というわけだ）。「おいしいオヴァルティン（牛乳に溶かして飲む栄養飲料）でもお持ちしましょうか？　でなければ、たまにはホーリックス（麦芽粉乳あるいは麦芽粉乳から作る飲み物）でも？」

ミス・マープルは、それよりもドライ・シェリー酒を一杯おくれ、と言った。

「お医者さまがなんとおっしゃいますかねえ」シェリー酒を持って引き返してくると、ナイトは言った。

「明日の朝、忘れずに訊いてみることにしようね」とミス・マープルは答えた。

翌朝、ナイトはヘイドック医師を玄関まで出迎え、興奮した声で何か囁いた。

老医師は手をこすりあわせながら部屋へ入ってきた。冷えこみのきびしい朝だったから。

「先生が来てくださいましたよ」とナイトははしゃいだ声で言った。「先生、手袋をおぬがせしましょうか？」

「ここなら脱いでもよさそうだなあ」ヘイドックはそう言って、手袋を無造作にテーブルの上へほうり出した。「いやに冷える朝だ」

「なんでしたら、シェリー酒でも？」とミス・マープルは言った。

「あなたは酒好きになられたという話ですなあ。それにしても、ひとりで飲んだりしちゃいけませんぞ」

シェリー酒の瓶とグラスがもうすでにミス・マープルのそばの小テーブルの上に置いてあったからだ。ナイトは出ていった。

ヘイドック医師はずいぶん古くからの友だちだった。もう半ば隠退しているかたちだったが、古くからの患者幾人かのところへはまだ往診していた。

「ころんだりしたそうですなあ」シェリー酒を一杯飲みほすと、彼は言った。「そいつはいけませんぞ、あなたのお年ではねえ。じょうだんごとじゃありませんよ。それに、あなたはサンドフォードを呼ぶのをいやがったそうですなあ」

サンドフォードというのはヘイドックが共同で医院を開いている同僚だった。

「それでも、さっきのナイトさんはサンドフォードを呼んできた——あれは当然の処置でしたよ」

「軽い打ち傷と少々ショックをうけただけだったのです。サンドフォード先生もそうおっしゃっていました。先生がお帰りになるまで待っていたってよかったのですがね」

「いいですか、わたしだっていつまでも続けられるわけではないんですよ。それに、サンドフォードはわたしなんかよりもりっぱな資格を持っているんですよ。第一流の医者なのだから」

「若いお医者さんはみんな同じですわ」とミス・マープルは言った。「血圧を調べ、どういう病気だろうと、大量生産の新薬を何か飲ませる。桃色や、黄色や、茶色の錠剤をねえ。薬までが最近はスーパーマーケットの商品と同じじゃありませんか——みんな箱づめで」

「それなら、ひとつあなたには蛭《ひる》だの、真黒な煎じ薬だのを処方してあげ、樟脳油でも胸にすりこんであげますかな」

「咳が出る時には、わたしは自分でそうしてますわよ」とミス・マープルはむきになって言った。「そのほうがよくきくんですもの」

「要するに、年はとりたくないということですよ」とヘイドックは優しく言った。「わたしも年をとるのはいやだ」

「わたしに比べればまだ青年じゃありませんか」とミス・マープルは言った。「それに、わたしはほんとうは年をとることを苦にしてはいないんですよ——年寄りになることそのものはねえ。問題はもっとささやかな屈辱のことですわ」

「それはそうかもしれませんなあ」

「全然一人にしておいてもらえない！　ちょっとのあいだでも一人で外出することのむずかしさ。編物をしようとしても——以前はあんなに愉しみだったし、わたしはほんとうに上手でもあるんですよ。だのに、今では編目を落としてばかり——しかもそれに気がつかないときているんですから」

ヘイドックは考え顔で彼女の顔をみつめた。と思うと、彼の眼がきらめいた。

「なんにだってその逆のものがあるのですよ」

「それはどういう意味ですの？」

「編物ができなければ、気分を変える意味で、ときほぐしてみたらどうなのです？　ペネロペはそうしていましたよ。(夫のトロイアの遠征中彼女は求婚者を退けるためにに布を織ってはそれをほぐして暮らした)」

「ペネロペとは境遇が違いますよ」

「しかし、ときほぐすのは、あなたの専門ではありませんか？」

彼は立ち上った。

「もう行かなきゃ。わたしなら、あなたには汁気の多いうまい殺人事件を処方しますがね」

「まあ、なんという言い方ですの！」

「そうではありませんか？　それはともかくとして、あなたはパセリが夏の日にバターの中に沈みこむ深さからでも推理できるひとだ。わたしは前から感心していましたよ。シャーロック・ホームズがなつかしいですなあ。今ではもう時代おくれでしょうがねえ。それにしても忘れられない存在ですよ」

医師が帰ると、ナイトがせかせかと入ってきた。

「ほら、ずいぶんお顔の色もよくなりましたわね。先生は何か強壮剤をすすめてくださいまして？」

「殺人事件に関心を持てとすすめてくださったわ」

「おもしろい探偵小説にですか？」

「違うのよ。ほんもののほう」とミス・マープルは答えた。

「まあ、あきれた！」とナイトは叫んだ。「でも、こんな静かな土地には殺人事件なんか起こりそうもありませんわね」

「殺人事件はどこにだって起こる可能性があるし、げんに起きてもいるわ」とミス・マープルは答えた。

「起きるとしたら、新住宅地でしょうねえ？」とナイトは考え顔で言った。「あそこにはナイフを持ち歩いている不良じみた少年が多いそうですから」

ところが、実際に殺人事件が起きたのは新住宅地ではなかった。

第四章

バントリー夫人は一、二歩あとずさりして鏡に映っている自分の姿を見なおし、ちょっと帽子に手を加え（彼女は帽子をかぶるのには慣れていなかったから）、上質の革手袋をはめ、ドアをきちんとうしろ手に閉めて、家を出た。彼女はこれから行くさきの楽しい期待に胸をおどらせていた。ミス・マープルと雑談してから三週間ばかりたっていた。マリーナ・グレッグ夫婦もすでにゴシントン・ホールに引っ越してきていて、もう多少は落ち着いたらしい様子だった。

その日の午後には、セント・ジョン野戦病院記念パーティの準備に関係していたおもだった者たちが、そこに集まることになっていた。バントリー夫人は委員ではなかったが、マリーナ・グレッグから委員会の始まる前にお茶に招待されたのだった。招待状にはカリフォルニアで会った時のことがなつかしそうに書いてあって、〈あなたの心からの友、マリーナ・グレッグ〉と署名してあった。それも、タイプで打ったものではなく、自筆だった。バントリー夫人は嬉しく思うとともに、おもねられたような気がしないでもなかった。なんといっても、マリーナは、まぎれもない有名な映画スターだし、老婦人たちも、この地方でこそ有力者であるにしても、知名人の前に出れば無名の人間にひとしいことは承知していた。それだけに、バントリー夫人は特別の御馳走を約束された子供のような嬉しい気持ちだった。

玄関道を歩いてゆきながら、バントリー夫人は両側へ鋭い眼を走らせ、いろんな印象を心にとどめた。この屋敷も次々と持ち主が変わった頃にくらべるときれいになっていた。

「費用がかけてあるだけのねうちはあるわ」と彼女はひとりごとを言い、満足そうにうなずいた。玄関道からは全然花壇が見えなかったが、その点も彼女の望みどおりだった。

ここの花壇とその縁飾りの独特の草花とは、ずっと以前ゴシントン・ホールに住んでいた頃の、彼女の喜びのみなもとだったのだから。ことに自分の作っていたアヤメのことを思うと、なつかしく、残念な気持ちをおさえきれなかった。この地方でも最高のアヤメ園だったのだと、彼女は強烈な誇りをこめて自分に言い聞かせた。

彼女は塗りたてのペンキの色あざやかな玄関のドアの前に立ってベルを押した。どう見てもイタリア人と思われる執事が、感心するほどの速さで、取りつぎに出てきた。彼女は以前はバントリー大佐の図書室だった部屋へすぐに案内された。すでに聞いていたとおりに、その部屋は書斎と合わせて一室に改造されていた。そのために見ちがえるほどりっぱになっていた。四面は鏡板張りになっていて、床は寄木細工だった。片隅にはグランドピアノが置いてあり、同じ側の真中あたりの壁ぎわにはすばらしいレコード・プレーヤーがあった。部屋の向こうはしは、ペルシャ製の絨毯を敷きつめ、ティー・テーブルや椅子が並べてあって、まるで小さな島みたいだった。マリーナ・グレッグはそのティー・テーブルのそばに座っていて、こんな醜男ははじめてと、最初見たときには思ったほどの、みにくい顔つきの男が炉棚にもたれていた。

バントリー夫人が玄関のベルを押そうとして手をのばした数分前に、マリーナ・グレッグは、やさしい情熱的な声で、夫にこう言っていたところだった。

「ここはわたしにはもってこいのところよ、ジンクス。ほんとうにもってこいのところだわ。わたしが前からあこがれていたとおりの家よ。この静けさ。イギリスの静寂とイギリスの田舎。わたしには、ここで暮らしている自分が、必要なら一生でもここで暮らしている自分が、眼に浮かぶようだわ。わたしたちイギリス風の暮らし方をとりいれることになるわね。毎日午後には、中国のお茶とジョージ王朝時代のきれいな茶器でお茶を飲む。窓の外のあの芝生やイギリス風のふち植えの草花を眺める。やっとのことでわが家に辿り着いた、そういった感じよ、ここなら落ち着けて、おだやかな幸福な気持ちでいられそうな気がするわ。この家こそはわたしの家庭になってくれそうだわ。そういった感じよ。わたしの家庭」

ジェースン・ラッド（細君はジンクスと呼んでいたが）はにこにこしながら聞いていた。そのとおりと言っているような、甘やかすようなほほえみ方だったが、彼女のこういった言葉は何度も聞かされてきているだけに、多少ひかえめなところもあった。たぶん今度はそのとおりになるだろう。この家はマリーナ・グレッグに家庭を感じさせてくれる家かもしれない。だが、彼は彼女が最初のうちは熱狂することを知りすぎていた。いつでも彼女はやっと自分の求めていたとおりの家を見つけたと思いこんでしまうのだった。彼は深みをおびた声で言った。

「それならすばらしい。ほんとうにすばらしいよ。きみが気にいってくれてぼくもうれしい気がする」

「気にいるどころか、わたしはほれこんでいるのよ。あなただってそうじゃない？」

「もちろんだよ」とジェースン・ラッドは言った。「もちろんだ」

そう悪い家ではない、と彼も内心思った。

多少ヴィクトリア朝風なぶかっこうさはあるが、がっしりとしたいい建物ではある。

堅実さと安定感を与えてくれることはたしかだった。ちょっと想像もつかないほどの不便さも一応は改善を加えた今では、かなり暮らしいい家になってくれるはずだ。ときおり帰ってくるにはわるい家ではない。運がよければ、二年か二年半ぐらいは、マリーナもこんな家はいやだと言いださずにすむかもしれない。すべては今後の成行きしだいだが、と彼は思った。

マリーナはかすかなため息をついて言った。

「すばらしい感じよ、もとどおりに健康になれたと思うと。元気で、逞しくて、なんでもやってのけられそうなのだから」

彼はまたしても相槌をうった。「そりゃそうだろうとも」

ちょうどその瞬間に、ドアが開いて、イタリア人の執事がパントリー夫人を案内してきた。

マリーナ・グレッグの歓迎ぶりは愛嬌そのものだった。彼女は、両手を差し出して、歩みより、またおめにかかれて非常に嬉しいと述べた。あのときサンフランシスコでお会いし、二年後に、自分たちが以前奥さんの所有だった家を買いとることになったとは、なんという偶然の一致だろう。どうか自分たちがこの家を勝手に改築したりしたことを怒らないでいただきたいし、無神経な侵入者だなどと思わないでいただけたらありがたい、などとも言った。

「あなたがたがここに引っ越してこられたことは、この村はじまって以来の大事件なのですよ」とバントリー夫人は愛想よく答え、炉棚のほうを向いた。すると、今になって気がついたかのように、マリーナ・グレッグは紹介した。

「はじめてでしたかしら？　ジェースン、こちらはミセス・バントリー」

バントリー夫人は多少の興味をもってジェースン・ラッドを見まもった。ちょっと見たこともないほどの醜男だと思った最初の印象は訂正する必要があった。彼は興味をそそられる眼をしていた。こんなに深く落ちくぼんだ眼は見たことがないような気がした。深い静まりかえった水たまりのようだと、彼女は心の中で呟き、ロマンチックな女流小説家のような気持ちを味わった。彼の顔はほかの部分もいやにでこぼこしていて、こっけいなほど均斉がとれていなかった。鼻はつんと上を向いていて、ちょっと赤い絵具でもぬれば簡単に道化役者の鼻ができ上りそうだった。口も道化役者流の大きな悲しそうな口だった。いまは腹を立てているせいなのか、それとも、いつも怒ったような表情をしている人なのか、彼女には判断がつかなかった。ところが、口をきいてみると、意外なほど感じのいい声をしていた。深みがあり、ゆったりとした話ぶりだった。

「亭主というものはいつもあとまわしにされるものでしてね」と彼は言った。「ぼくも家内と同じで、お訪ねくださってたいへんうれしいと思っています。ほんとうならおたがいの立場が逆だったはずだがなどと、どうか思わないでくださいますように」

「そんなよけいなお心づかいはなさらないでください」とバントリー夫人は言った。

「わたしはべつに住みなれた家から追い出されたわけではありませんから。この家はもとからのわたしの家でもなかったのです。手ばなして以来、わたしは内心嬉しがっているのですよ。ずいぶん不便な家でしたものねえ。庭は好きでしたけれど、家のほうは苦労のたねでしたわ。あれ以来、わたしはすばらしい日を送っているんでございますよ、外国にも旅して、世界の各地にいる結婚した娘たちや孫たちや友だちを訪ねたりしましてねえ」

「お嬢さんたちといいますと」とマリーナ・グレッグが口をはさんだ。「お嬢さんやご子息がおありなのですね？」

「ええ、息子が二人に、娘が二人。それがまたずいぶん離ればなれに暮らしていましてねえ」とバントリー夫人は答えた。「一人はケニア、一人は南アフリカ。一人はテキサスの近くで、いま一人は、これはありがたいことに、ロンドンにいますけれど」

「四人いらっしゃるのですね」とマリーナ・グレッグは言った。「四人に――お孫さんたちも？」

「いまのところ九人ですわ」とバントリー夫人は答えた。「おばあさんになるのも愉快なものですのよ。親としての責任が全然ありませんものね。拘束なしに甘やかすことだってできますし――」

不意にジェースン・ラッドが口をはさんだ。「太陽の光線が眼にあたっているようですねえ」彼はそう言って窓のほうへ行き、ブラインドの位置を変えた。引き返してくると、「このたのしい村のことを何かと話していただけませんか？」と言った。

彼はバントリー夫人にお茶を手わたした。

「ホット・ケーキか、サンドイッチか、それともこちらのお菓子になさいますか？　イタリア人のコックがいましてね、すこぶるうまいパイやお菓子を作ってくれるんですよ。ぼくらもイギリスふうの午後のお茶がすっかり好きになったというわけなのです」

「お茶もおいしいお茶ですわね」とバントリー夫人は、香りのいいお茶をすすりながら、答えた。

マリーナ・グレッグもにっこりし、嬉しそうな表情を浮かべた。ついさっきジェースン・ラッドが気がついた彼女の手の神経質なふるえも、今はもうおさまっていた。バントリー夫人は讃嘆の眼で女主人を見まもった。マリーナ・グレッグの全盛期は女性の肉体の寸法がやたらに重要視されるようになる以前のことだった。彼女はもともと、セックスの権化だとか、〝あのバスト〟だの、〝あのヒップ〟だのともてはやされるような姿態の持ち主ではなかった。背がすらりと高く、柳のような身体つきだった。顔や頭のかたちにはグレタ・ガルボを連想させるような美しさがあった。彼女は単なるセックスよりも個性を映画に持ちこんだ女優だった。不意にかしげた頭のかっこう、深みのある美しい眼の見開きかた、唇のかすかなふるえ、そうしたものが、ハッと息をのまされるような愛らしさをもたらした。それはととのった容姿からくるものではなく、観客の不意をおそう一種の肉体的な魔術だった。今ではそう簡単には出せないにしても、彼女はまだそうした長所を残してはいた。多くの映画や演劇の女優と同じで、彼女も自分の個性を自由に変える習慣を身につけているらしかった。自分のうちにひっこみ、もの静かなよそよそしい態度に出て、熱心なファンを失望させることもできた。そうかと思うと、つとかしげた頭のかたち、手の動き、不意に浮かべたほほえみで、魔術を再現させることもあった。

彼女の最も成功した映画の一つは、《スコットランドのメアリ》だったが、今も彼女を見まもっているうちに、バントリー夫人の頭にはそのときの彼女の演技が想い出されてきた。バントリー夫人は、ふとジェースンのほうへ視線を向けた。ジェースンもマリーナを見まもっていた。一瞬警戒心を失っていたのか、彼の顔には内心の気持ちがはっきりとあらわれていた。〝まあ、この人は心からマリーナを愛しているのだわ〟とバントリー夫人は心の中で呟いた。それがどうしてそんなに意外に感じられたのか、彼女には自分でもよくわからなかった。おそらく、映画スターや彼らの恋愛や熱愛ぶりがやたらに新聞や雑誌に書きたてられているために、その実物を自分の眼で見ようとは思いがけなかったからであろう。バントリー夫人は思わずこう言った。

「ここがお気にめして、しばらくでも落ち着いてお暮らしになれるといいと、わたしも心から思いますわ。この家は長くお持ちになるつもりなのですか?」

マリーナはびっくりしたように眼を丸くしてバントリー夫人の方へ向き直った。「わたしはずっとここに住むつもりですのよ。そりゃね、しじゅう家をあけなきゃならないことになるとは思いますけど。しかたがありませんものねえ。来年は北アフリカで映画を一本とることになりそうなのです。まだはっきりときまったわけではありませんけれど。それにしても、わたしはここを自分の家にするつもりでいますわ。ここへ帰ってきますよ。いつでも帰ってこれる場所ができたというわけですわ」彼女は溜め息をもらした。「すばらしい感じですわ。ほんとうにすばらしい感じですのよ。やっと自分の家庭が見出せたと思いますとねえ」

「そうでしょうとも」とバントリー夫人は答えたが、同時に心の中ではこう思った。

〝今はそんなふうに言っておられても、わたしは信じてなんかいませんよ。あなたは落ち着けるひとではないのだから〟

彼女はまたそっとジェースン・ラッドのほうへすばやい視線を投げた。彼はいまは眉をひそめてはいなかった。それどころか、微笑を、それもこのひとがと思えるような、いかにも優しみをおびた微笑を浮かべていたが、悲しそうな微笑でもあった。

〝このひとにもわかっているんだわ〟とバントリー夫人は思った。

ドアが開いて、女の人が入ってきた。「ジェースン、バートレッツからお電話です」と彼女は言った。

「あとでかけなおすように言ってくれ」

「でも、急用だそうですのよ」

彼は溜め息をつき、立ち上がった。「紹介しておきましょう、バントリーさん、ぼくの秘書のエラ・ジーリンスキーです」と彼は言った。

エラ・ジーリンスキーがにっこりして、「はじめまして」と挨拶すると、「エラ、あなたもお茶をおあがりなさいよ」とマリーナが声をかけた。

「わたしはサンドイッチをいただきますわ。中国のお茶はどうも好きになれないので」とエラは答えた。

エラ・ジーリンスキーは見たところ三十五歳ぐらいだった。仕立てのいいスーツに、ひだのあるブラウスを身につけて、いかにも自信家らしい態度をしていた。ショートカットの黒い髪、広い額の持ち主だった。

「以前この家にお住みになっていたのだそうでございますね？」と彼女はバントリー夫人に話しかけた。

「もう何年も前のことなのですよ」とバントリー夫人は答えた。「主人が亡くなりましたときに売りはらい、それから何人も持ち主が変わっているのですから」

「わたしたちが手をくわえたことにも、幸いに奥さんは気を悪くしてはいらっしゃらないそうよ」とマリーナが言った。

「全然改造されていなかったりしたら、かえってがっかりしたでしょうよ」とバントリー夫人は言った。「わたしはわくわくするようなおもいでまいったのですよ。なにしろ村中がすばらしい噂でわきたっていたのですもの」

「このあたりでは、鉛管工をたのむのがこんなにむずかしいとは知りませんでしたわ」ジーリンスキーはてきぱきと事務的にサンドイッチを片づけていった。「ほんとうはその方面のことはわたしの分担ではないのですけれどね」と彼女は言葉をついだ。

「あらゆることがあなたの役目だし、あなたもそれは承知のはずよ、エラ」とマリーナはたしなめた。「使用人たちのことも、鉛管工事も、大工との交渉だってね」

「このあたりの人たちときたら、額縁つき窓なんて聞いたこともないらしいんですからねえ」

エラは窓のほうへ眼をやった。「たしかに景色はいいですわね」

「昔ながらのイギリスののどかな田園風景だわ」とマリーナは言った。「この家には雰囲気があるわね」

「あそこに樹立ちがあるおかげですね」とジーリンスキーは言った。「新しい住宅地が見る見るうちにふえてゆきますものねえ」

「ああいうものはわたしのいた頃にはなかったのですよ」とバントリー夫人は言った。

「その頃は昔の村だけだったのですか？」

バントリー夫人はうなずいた。

「買物なんかがたいへんだったでしょう」

「そうでもなかったような気がします。かえってずっとらくだったくらいで」とバントリー夫人は答えた。

「花壇をお作りになるのはわたしにもわかりますが、このあたりの人たちは野菜も栽培しておられるらしいですね。買うほうがずっとらくではありませんか――スーパーマーケットもあることですし？」とエラ・ジーリンスキーは言った。

「いまにそういうことになりそうですわ」とバントリー夫人は溜め息まじりに答えた。

「ですけどね、味がちがいますからねえ」

「エラ、雰囲気をこわさないでよ」とマリーナは言った。

ドアが開いて、ジェースンが顔を覗かせた。「ちょっと」と彼はマリーナに声をかけた。「きみをわずらわせたくはないのだが、先方ではきみの意見を聞きたがっているんだよ」

マリーナは溜め息をついて立ち上がった。ものうそうに長いすそをひいて戸口へ向かった。「いつでもなにか用事が起きる」と彼女は呟いた。「奥さん、ちょっと失礼させてくださいね。一、二分でかたづくと思いますから」

「雰囲気ねえ」とマリーナが出て行き、ドアを閉めると、エラ・ジーリンスキーは言った。「この家に雰囲気があるとお思いになりまして？」

「わたしはそんなふうに感じたことはありませんよ」とバントリー夫人はこたえた。

「わたしにとってはただの家でした。見ようによってはずいぶん不便でもあるし、居心地のよさもある家というだけでねえ」

「わたしだってそう思うところですわ」とエラ・ジーリンスキーは言った。彼女はバントリー夫人の顔に真っすぐに視線を向けた。

「雰囲気といえば、殺人事件がここで起きたのはいつ頃だったのですか？」

「この家で殺人事件が起きたりしたことはありませんよ」とバントリー夫人は答えた。

「まあいいではありませんか。わたしはいろんな噂を聞いているんですよ。噂というものはとめようがありませんものねえ。すぐそこの壁炉の前の敷物の上でだったのでしょう？」ジーリンスキーは壁炉のほうへ顎をしゃくった。

「そう。あそこでした」とバントリー夫人も答えた。

「やはり殺人事件があったわけですね？」

バントリー夫人は首を振った。「この家で殺害されたのではなかったのです。殺された娘の死体がこの家へ搬《はこ》びこまれていただけのことなのです。わたしどもとはなんの関係もない女の人でしたし」

ジーリンスキーは興味をそそられたらしい顔つきになった。

「でも、世間の人にそう信じさせるのには手をやかれたことでしょうねえ？」

「ええ、厄介でしたわ」とバントリー夫人も答えた。

「いつ死体を発見なさったのですか？」

「朝、メイドが入ってきたときに、お茶をもってねえ」とバントリー夫人は答えた。

「あの当時はメイドも幾人かいましたから」

「知っていますわ、サラサラと音のするさらさのドレスを着ていたのでしょう？」

「さあ、さらさのドレスだったかどうか。その頃にはもうエプロンをつけていたかもしれませんよ」とバントリー夫人は答えた。「その点はともかく、メイドが飛びこんできて、書斎に死体があると言うではありませんか。わたしは、『そんなばかなことが』と言って、主人を起こし、降りていってみたわけなのです」

「すると、あったわけですね。不思議なことが起きるものですわねえ」ジーリンスキーはさっと戸口のほうへ振り向いたと思うと、また向き直った。「どうかミス・グレッグにはこの話はなさらないでくださいね。あのかたにはよくないのです、こういう種類の話は」

「もちろん、ひとことだって口にする気はありません」とバントリー夫人は答えた。「それに、わたしはそんな話は絶対にしないことにしているのです。ずいぶん前に起きたことですしねえ。でも、いずれにせよ、あのかたの——ミス・グレッグの——耳にはいるのではありませんか？」

「あのひとはあまり現実との接触のないひとなのです」とエラ・ジーリンスキーは答えた。「映画スターというものは隔離された生活をしているものですから。実際はこちらがそうさせるように気をつけてあげなきゃいけないのです。神経を動揺させられがちですから。ことにあのひとはねえ。ご存じのように、この一、二年は病気がひどかったのですから。やっと一年前にカムバックできたばかりなのです」

「あのかたはこの家が気にいっているようですし、ここに住んでいれば幸福になれそうに思っておられるらしいですね」とバントリー夫人は言った。

「たぶん一年か二年は続くでしょう」とエラ・ジーリンスキーは言った。

「その程度ですの？」

「それだってあやしいものですわ。マリーナはいつだって自分の望みどおりの仕居を見つけたと思いこむたちのひとなのですから。ところが、世の中はそれほど生やさしいものではありませんわねえ？」

「たしかにそのとおりですわ」とバントリー夫人も力をこめて言った。

「マリーナがこの家で幸福になってくれたら、ご主人もずいぶん苦労がはぶけるのですけれどね」とジーリンスキーは言った。彼女はもうふたきれサンドイッチをほおばったが、まるで汽車に乗りおくれまいとして、がつがつ食い物をつめこんでいる人間のようなたべかただった。「あの人は天才ですのよ」と彼女は言葉をついだ。「あの人の演出された映画を何かごらんになりまして？」

バントリー夫人は多少返事につまった。配役、監督、製作者、カメラマンなどの長い字幕は見てもいなかったのだから。それどころか、スターの名前さえ知ろうともしないことが多かった。だが、自分のそうした欠点に気づかれるのもいやだった。

「なにしろ記憶がごっちゃになっているものですからねえ」と彼女は言った。

「あの人はいろんな苦労を背負っているんですよ」とエラ・ジーリンスキーは言った。「仕事のことだけでなく、マリーナのこともあるし、マリーナは扱いやすいひとではありませんからねえ。マリーナをしあわせにしてあげたいと努力しておられるわけですけれど、人をしあわせにしてあげるなどということは容易なことではありませんわね。相手が――つまり――相手が――」彼女は言いよどんだ。

「相手が幸福になれるたちの人でないかぎりはね」とバントリー夫人は助け舟を出した。ついで、考え顔になり、こうつけ加えた。「なかには不幸を愉しんでいる人もあるし」

「ところが、マリーナはそういうふうでもないのですよ」エラ・ジーリンスキーは首を振った。「あの人の場合は感情の起伏がはげしすぎることのほうが原因なのです。よくあるでしょう――一瞬間は有頂天な幸福さにひたり、何もかもが嬉しく、何もかもが愉しく、すばらしく感じられるかと思うと、次の瞬間には何か些細なことが起き、そのとたんに今度は逆の極端におちいるというふうなのですから」

「きっとそれは特異な気質のせいなのでしょう」とバントリー夫人は漠然とした言い方をした。

「そのとおりですの」とエラ・ジーリンスキーは答えた。「特異な気質。それは誰でも多少は持っているものですけれど、マリーナ・グレッグの場合はそれがはなはだしいのです。まるでおはなしにならないくらい、そりゃいろんなことがあったのですよ！」

彼女は最後のサンドイッチをほおばった。「ありがたいことに、わたしはただの社交面の秘書役ですから助かっていますわ」

第五章

ゴシントン・ホールをセント・ジョン野戦病院協会の催しに提供したことは、今までにも例のないほどの多数の人々を惹き寄せた。一シリングの入場料の総計が大いに満足していいだけの高額にのぼった。一つには、陽光の満ちわたった好天気のせいもあった。だが、なんといっても、一番の魅力は、〝映画人〟なるものがゴシントン・ホールにどういう改造を加えたか、自分の眼で見たいという好奇心に相違なかった。誰もが途方もない想像を抱いていた。ことに、水泳用のプールは大いに彼らの好奇心を満足させてくれた。誰もの頭に描かれているハリウッドの映画スターといえば、エキゾチックな風物やエキゾチックな人物にとりまかれて、プールサイドで日光浴をしている彼らの姿だった。セント・メアリ・ミードの気候よりもハリウッドの気候のほうが水泳用プールには適応しているなどということは、彼らの考慮の中にははいっていなかった。もっとも、英国でも夏にはたいてい一週間は晴れた暑い日が続き、日曜新聞が〈涼しく暮らす工夫〉だとか、〈涼しい食事のとり方〉、〈冷たい飲み物の作り方〉などという記事を載せる日があるものだ。プールはみんながこうもあろうかと想像していたとおりといってよかった。広くて、水は青々としており、変化を添えるためのエキゾチックなテントもあり、周囲は人工の粋をこらした生垣や灌木でかこまれていた。みんなの反応ぶりも予想どおりといってよく、多種多様な歓声が飛び出した。

「まあ、すてきだわねえ！」

「いやに見せかけだけの飾りたてをしやがったものだ！」

「休日に行ったキャンプを想い出すよ」

「わしならこういうことは道にはずれた贅沢だと言いたい。こんなことは許されるべきじゃないよ」

「あのこった模様の大理石をごらんなさいよ。眼の飛び出るほどのお金がかかったにちがいないわねえ！」

「こういう連中ときたら、こんな田舎に来て、好き勝手な贅沢をするなんて、いったいどういう神経なのかなあ」

「きっとここはときどきテレビに出るわよ。そうなったら愉快じゃない？」

セント・メアリ・ミードでは一番の長寿者で、九十六歳だと自慢している――もっとも親戚たちはまだ八十六歳なのだと言っているが――サンプスン爺さんまでが、この騒ぎを見物しようとして、リューマチの足をひきずりながら杖にすがってやってきていた。この爺さんも彼としては最上級の讃辞を呈した。「不道徳きわまるぞ、これは！」彼は愉しいことでも予想しているかのように舌づつみをうった。「ここではありったけの不道徳なことが行なわれるぞ、そうに違いないわい。裸の男や女が酒を飲んだり、新聞に載っとる麻薬入りの煙草とやらをふかしたりするにきまっとる」とサンプスン爺さんはいかにも愉快そうに言った。「ありったけの不道徳なことが行なわれるにきまっとるわい」

入場者の感嘆は午後の催しで最高潮に達した感があった。余分に一シリングはらえば、邸内に入らせてもらえ、新たに造られた音楽室だの、応接間だの、そして黒檀材とコードバ皮とで全然以前の面影をなくしてしまっている食堂だのを、見させてもらえたからだった。

「これがあのゴシントン・ホールだとは思えないわねえ」とサンプスン爺さんの息子の嫁は言った。

バントリー夫人はかなりおくれてやってきたが、今度の会は相当の収入をあげている様子だし、入場者の数も前例のないほど多かったので、嬉しい気がした。

お茶の接待が行なわれている大テントは身動きもできないほどの混みかただった。バントリー夫人は干しブドウ入りのパンがみんなにゆきわたってくれればいいがと思った。だが、どうやらそこの係りの女たちは非常に有能な連中らしかった。彼女自身はまっすぐに花壇のふち飾りの草花のほうへ行き、多少羨しそうな眼で眺めた。ふち飾りの草花などにも、費用をおしまず金をかけている点にも好感が持てたし、適切な種類の草花を充分に使い、配列もたくみに設計されていた。個人の手によるものではないことはたしかだった。どこかの造園を専門にしている会社が引き受けてやった仕事に相違なかった。それにしても、自由に手腕をふるわせてもらえたのと天候が幸いして、このような好結果を生んだものと思われた。あたりをみまわしていると、どことなくバッキンガム宮殿での園遊会を想わせるものがあるような気がした。

誰もが、何一つ見のがすまいとして、しきりにあちらこちらを覗きこんでいるし、ときおりは選ばれた少数の者が邸内の奥まったところへ案内されてゆく様子だった。まもなく、彼女自身のところへも、長髪を波うたせたひょろ高い青年が近寄ってきた。

「ミセス・バントリー？　バントリーさんでしょうか？」

「ええ、バントリーですが――」

「ヘイリー・プレストンと申します。ラッドさんの助手をしているものです」二人は握手した。「上へおこしくださいませんか。ラッド氏夫妻は特別のお友だちをそちらにお招きしていますから」

自分にも敬意を表してくれたことを嬉しく思いながら、バントリー夫人はその青年についていった。二人は彼女の住んでいた頃には庭木戸と呼んでいたところから中へ入った。正面の階段の上り口には赤い綱が張ってあった。ヘイリー・プレストンは綱を外し、彼女は階段を上がっていった。彼女のすぐ前には町会議員とオルコック夫人の姿が見えた。ふとっているオルコック夫人は苦しそうな息づかいをしていた。

「ずいぶんりっぱに改築されていますわね、バントリーさん」と彼女は喘ぎ喘ぎ言った。「できたら浴室も見せてもらいたいけど、たぶんそんな機会はないでしょうねえ」

彼女の声には残念そうなひびきがあった。階段を上がりきったところで、マリーナ・グレッグとジェースン・ラッドが選ばれた客たちを迎えていた。以前は予備の寝室だった部屋をつぶして階段の踊り場がひろげてあったので、踊り場が広いラウンジのようなかっこうになっていた。執事のジュゼッペが飲み物係の役をしていた。

制服をきたでっぷりとした男が来客の名前をつげていた。「町会議員殿とオルコック夫人」と彼は鳴り響くような声で伝えた。

この前バントリー夫人がミス・マープルに語って聞かせたとおりに、マリーナ・グレッグはいかにも自然な魅力にあふれた女主人ぶりを発揮していた。バントリー夫人はオルコック夫人があとでこう評するのがもう耳に聞こえるような気がした――〝あんなに有名なひとなのに、全然ひとをずれしていないのよ〟。

「オルコック夫人も議員さんもよく来てくださいました。どうかこの午後を愉しくお過ごしくださいますように」とマリーナは挨拶した。

「ジェースン、オルコック夫人がいらしてよ」

町会議員とオルコック夫人はジェースンのほうへまわされ、飲み物を手渡された。

「まあ、バントリーさん、よくいらしてくださいましたねえ」

「わたしは何をおいても参りますよ」とバントリー夫人は答え、自分のほうからマーティニの置いてあるほうへ移動していった。

ヘイリー・プレストンという青年は、優しいものごしで、彼女の接待をしておいてから、手にしていた小さな名簿を見ながら、また出かけていったところを見ると、ほかの選ばれた者たちを連れに行ったに相違なかった。バントリー夫人は、てぎわよくことが運ばれているようだと思いながら、マーティニのグラスを手にしてふりかえり、次の客を見まもった。痩せた禁欲的な顔つきの教区牧師が、多少とまどったようなぼんやりした表情をして、上がってきた。彼はていねいにマリーナ・グレッグに挨拶した。

「お招きいただいてありがとうございました。残念ながらわたしはテレビを持っていませんのですが、わたしだって、もちろん――その――子供たちから時勢におくれないようにと――」

彼が何を言おうとしたのか誰にも見当がつかなかった。やはりかり出されていたミス・ジーリンスキーが優しい微笑を浮かべて牧師にレモネードを手渡した。ついでバドコック夫婦が階段を上がってきた。ヘザー・バドコックは顔をほてらせ、勝ち誇った様子をして、亭主よりもいくらかさきにたっていた。

「バドコックご夫妻」と制服の男が鳴り響くような声で呼びあげた。

教区牧師はレモネードを手にしたままふりかえり、紹介した。「ミセス・バドコックは協会の疲れをしらぬ幹事なのです。こんなによく働いてくださるかたはありませんよ。実際、このかたがいてくださらなかったら、協会はどうしていいかわからなかったことでしょう」

「ずいぶん活動家でいらっしゃるのですね」とマリーナは言った。

「わたしをおぼえていてくださらないでしょうねえ?」とヘザーはいたずらっぽい調子で話しかけた。「おぼえてくださるはずがありませんわね、何百人ものかたとお会いになるのですもの。それに、もう、何年も前のことなのですから。しかも、場所もあろうに、バミューダでだったのですから。わたしはあそこの野戦病院部隊におりましたのですよ。考えてみるとずいぶんむかしのことですわ——」

「たしかにねえ」とマリーナ・グレッグも愛想のよさをとりもどして答えた。

「わたしは何もかもはっきりおぼえていますわ」とバドコックは言った。「うれしくてうれしくて、わくわくしていたのですもの。あの頃はわたしもまだ小娘でしたし。すがおのマリーナ・グレッグに逢えるのだと思いますとねえ！　わたしは前からあなたの熱狂的なファンだったのですから」

「ありがたいですわ、ほんとうにありがたく思いますわ」とマリーナは愛想よく答えたが、彼女の視線はヘザーの肩ごしに次の客たちのほうへただよいかかっていた。

「おひきとめするつもりはありませんけれど——ぜひこれだけは——」とヘザーは言葉をついだ。

「マリーナ・グレッグも気の毒に」とバントリー夫人は呟いた。「きっとしじゅうこういうめにあっているに違いない！　スターというものはずいぶん忍耐力が必要なのだわ！」

　ヘザーはがむしゃらに聞かせたい話というのを続けていた。

　オルコック夫人はバントリー夫人の肩さきで囁いた。

「ずいぶん改築されていますわねえ！　あなただって、ご自分の眼で見るまでは信じられなかったろうと思うほどですわ。どんなにお金が――」

「――ほんとうに気分もそうわるくはなかったのです――ですから――どんなことがあってもやってのけようと思いましてねえ――」

「これはウォッカなのよ」オルコック夫人は気持ちわるそうに、手にしていたグラスを見つめた。「ラッドさんから、ためしに飲んでごらんなさいと言われたのですけれどねえ。いかにもロシア的な名前ですわね。なんだかわたしは好きになれそうにない気がして――」

「――わたしは自分に言ってきかせたのですよ。これくらいなことに負けてなるものかとね。そこで、念いりに化粧をして――」

「これ、どこかへ置いておいたのでは、失礼にあたるかしら？」オルコック夫人の声には困りきったようなひびきがあった。

バントリー夫人はそんなことはないわよと保証してやった。

「べつに失礼にはなりませんよ。ウォッカというものはね、ほんとうは一気に飲みほさなきゃいけないんですよ」オルコック夫人はおびえたような顔つきになった――「でも、それには練習がいりますわ。テーブルの上にもどしておいて、執事からマーティニをもらいなさいよ」

　ふりかえってみると、ヘザー・バドコックは自分の得意話を終わりかかっているところだった。

「あの日のあなたのすばらしかったことは、わたしは一生忘れられませんわ、無理をしただけのねらうちは充分ありましたわ」

　今度はマリーナの反応は前ほど機械的ではなかった。さっきまではヘザー・バドコックの肩ごしにさまよっていた彼女の視線が、今は階段の中途あたりの壁に釘づけにされているみたいだった。大きく眼を見ひらいており、顔色も蒼ざめていたので、パントリー夫人は思わずそばへ歩みよろうとした。あのひとは貧血でも起こしかけているのではなかろうか？　いったい何を見たせいであんな不気味な表情をしているのだろうか？　だが、彼女がそばまで行き着かないうちに、マリーナは自分をとりもどしていた。

　焦点の定まらない眼はヘザーの顔にむけられており、こころもち機械的ではあったが、態度ももとの愛嬌のよさになっていた。

「いいおはなしでしたわねえ。それでは、お飲み物はなんになさいます。ジェースン！　カクテルでも？」

「でも、わたしはいつもレモネードかオレンジ・ジュースをいただくことにしていますから」

「もっとましなものをお飲みにならなきゃいけませんわ」とマリーナは言った。「今日はお祭りではありませんか」

「アメリカ式のダイキリをおすすめしたいですね」と言いながら、ジェースンがグラスを二つ持って姿を現わした。「マリーナの好きな飲み物でもあるのですから」

彼はグラスの一つを妻にさし出した。

「わたしはもうこれ以上飲んではいけなさそうよ。もう三杯も飲んだのだもの」とマリーナは言ったが、それでもグラスを受け取った。

ヘザーもジェースンのさし出した飲み物を受け取った。マリーナは、上がってきかかっている次の客を迎えようとして、そちらへ向き直った。

バントリー夫人は、「浴室を見に行きましょうよ」とオルコック夫人に言った。

「そんなことをしてもいいかしら？　ぶさほうな女だと思われはしない？」

「かまわないと思うわ」とバントリー夫人は言った。彼女はジェースン・ラッドに話しかけた。「ラッドさん、わたしたちはおたくのすてきな浴室を探険させていただきたいのですけれど、わたしたちの純粋に家庭的な好奇心を満足させてもらってもよろしいでしょうか？」

「どうぞ、どうぞ」とジェースンはにやにやしながら答えた。「お好きになさってください。なんでしたらひと風呂いかがですか？」

オルコック夫人もバントリー夫人にくっついて廊下を歩いていった。

「あなたのおかげですわ、バントリーさん。わたしにはとても言い出せそうになかったのだから」

「どこかへ行きたいと思ったら、大胆にやってのけるしかないものよ」とバントリー夫人は言った。彼女たちは廊下ぞいのいろんな部屋のドアを開けてみた。やがて、〝まあ〟とか〝おお〟とかいう嘆声がオルコック夫人やあとから一緒になった別の二人の女の口々から洩れはじめた。

「わたしはあのピンク色の浴室が気にいったわ」とオルコック夫人は言った。「あれが一番いいと思うわ」

「わたしはあのイルカの模様のタイル張りのが気にいったわ」とほかの女たちの一人は言った。

バントリー夫人は愉しそうに女主人役を演じていた。一瞬はこの家がもう自分の家ではないことも忘れてしまっていたほどだった。

「すてきねえ、どこにもシャワーがついていて！」とオルコック夫人は嘆声を漏らした。

「ほんとうはわたしはシャワーが好きなわけではないのよ。髪を濡らさないようにするのがたいへんなのですもの」

「ちょっと寝室も覗いてみたいわ」とほかの女たちの一人がものほしそうな声を出した。

「でも、少々あつかましすぎるわねえ。どうお思いになって？」

「そんなことまでしてはいけないような気がするわ」とオルコック夫人は言った。二人とも期待をかけるようにバントリー夫人のほうを見た。

「そうねえ、わたしもそう思うわ——」とバントリー夫人は言いかけたが、彼女たちが気の毒になってきた。「でも——ちょっと覗いたって誰にも気づかれはしないと思うわ」彼女はドアのノブに手をかけた。

ところが、ちゃんと警戒してあった。寝室には鍵がかかっていた。誰もがすっかり失望した。

「あの人たちだって多少はプライバシーを認めてもらわなきゃ」とバントリー夫人は同情して言った。

彼女たちは廊下を引き返した。バントリー夫人は踊り場の窓の一つから外を見おろした。ミセス・ミーヴィ（新住宅地の住人の）が、オーガンディーのひだのあるドレスを身につけ、信じられないほどスマートな姿をして、来ているのに気がついた。ミーヴィのそばには、姓のほうはそのときには思い出せなかったが、ミス・マープルの家の通いのメイドのチェリーもいた。二人は大いに愉しんでいるらしく、笑いさざめいていた。

不意に、バントリー夫人にはこの家が古び、疲れはて、やたらに人工が加えられているだけのような気がしてきた。塗りたてのペンキの色もあざやかだし、あちらこちら改造されてはいても、本質的には疲れはてたヴィクトリア朝時代の邸宅だった。〝手ばなしたのはかしこかったわけだわ〟とバントリー夫人は思った。〝家というものもほかのものとなんの変わりもない。さかりを過ぎるときがくるものなのだわ。この家もそうなのだわ。表面だけは飾りたてられていても、なんの役にもたっていない気がする〟

突然、雑然とした人声がいくぶん高まったみたいだった。いっしょにいた二人の女たちもそのほうへ歩きだした。

「どうしたのかしら?」と一人が言った。「何か起きたみたいだわねえ」

彼女たちは急いで階段のほうへ引き返した。エラ・ジーリンスキーが急ぎ足でやってきて、彼女たちの横を通っていった。彼女は寝室のドアを開けようとして、急にこう呟いた。「ああそうだったわ。みんな鍵がかけてあるにきまっているのに」

「何か起きたのですか?」とバントリー夫人が訊いた。

「誰かが病気になったのです」とジーリンスキーはそっけなく答えた。

「まあ、それはたいへんですね。何かお手伝いしましょうか？」

「どこかにお医者さんもみえていると思うのですけど？」

「わたしは村のお医者さんはどなたも見かけませんでしたけれど」とバントリー夫人は言った。「でも、どなたかは来ておられそうなものですわね」

「ジェースンさんが電話しているのですけどね、どうも重態みたいなのです」とエラは言った。

「どなたなのですか？」とバントリー夫人は訊いた。

「ミセス・バドコックとかいうひとらしいのです」

「ヘザー・バドコックですって？　だってついさっきまで元気そうでしたよ」

エラ・ジーリンスキーは苛だたしそうに言った。「なにかの発作ですわ。心臓かどこかがわるかったのではありませんかしら？」

「あのひとのことはわたしも全然知らないんですよ」とバントリー夫人は答えた。「わたしのいた頃からのひとではありませんから。新住宅地のひとなのです」

「新住宅地？　ああ、あの団地のことですね。わたしはご主人がどこへいらしたか、どんなひとなのかさえ知らないしまつなのです」

「中年で、金髪で、控えめなひと」とバントリー夫人は言った。「夫婦でこられたのだから、きっとそのあたりにおられるはずですよ」

エラは浴室に入っていった。「何を飲ませたらいいのか、わたしにもほんとうはわからないのですよ。アンモニア水か何か、そんなものでいいでしょうか?」

「気を失ったのですか?」とバントリー夫人は訊いた。

「それどころではないらしいんです」とエラは答えた。

「わたしに何かできることはないかしら、行ってみましょう」とバントリー夫人は言った。彼女は急いで階段の上り口のほうへ引き返した。角を曲がったとたんに、ジェースン・ラッドにぶつかった。

「エラに会いませんでしたか?」と彼は言った。「エラ・ジーリンスキーに?」

「あのひとは浴室に入っていきましたよ。何かさがしている様子でした。アンモニア水か――何かそういったものを」

「もうその必要はなくなりましたよ」とジェースンは言った。

その語調の何かに彼女はハッとさせられた。彼女はさっと顔を上げた。「そんなに重態なのですか? ほんとうに重態なのですか?」

「そう言っていいでしょう」とジェースンは答えた。「あの気の毒な婦人は亡くなりましたよ」

「亡くなった！」パントリー夫人は、実際にショックをうけた。彼女はまたさっきの言葉をくりかえした。「だって、ついさっきまであんなに元気そうだったのに」

「知っています。知っていますよ」とジェースンは言った。彼は眉をひそめて突っ立っていた。「こんなことが起きるなんて！」

第六章

1

「さあ、まいりましたよ」とナイトは言って、ミス・マープルのそばのベッド・テーブルの上に朝食のお盆を載せた。「今朝はご機嫌はいかがですの？　あら、カーテンをお開けになりましたのね」と彼女は多少不賛成そうな口ぶりでつけ加えた。

「わたしは早く眼がさめるものだから」とミス・マープルは言った。ついで、「いずれ、わたしくらいの年になると、あなたもそうなりますよ」とつけ加えた。

「三十分ばかり前に、バントリー奥さまからお電話がございましたのですよ」とナイトは言った。「何かおはなしなさりたいことがあるそうでしたけれど、朝食後にでもかけ直してくださるように申し上げました。そんな時間にお騒がせしたくはございませんものね、まだお茶だって召しあがっていないし、何もおなかにいれていらっしゃらない頃ですもの」

「友だちから電話があったときにはね、しらせてもらうほうがいいのよ」とミス・マープルは言った。

「すみませんでした。でも、あまり思いやりがなさすぎると思いましたものですから。おいしいお茶や、お卵や、トーストを召しあがったあとならいいのですけれど」

「三十分前にねえ」ミス・マープルは考え顔になった。「それだと——八時頃だったわけだわね」

「あまり早すぎますよ」とナイトはまた同じ言葉を口にした。

「バントリーさんなら、何か特別の理由でもなければ、そんな時間に電話をかけてくるはずがないのよ」とミス・マープルは相変わらず考え顔で言った。「ふだんは朝はやく電話をかけてきたりするひとではないのだから」

「まあ、そう気になさらないほうがよろしいですわ」とナイトはなだめるように言った。

「きっとまたすぐにかけてくださるでしょうから。それとも、こちらからおかけしてみましょうか？」

「いいのよ」とミス・マープルは答えた。「わたしはさめないうちに朝食をいただきたいから」

「何も忘れているものはございませんでしょうねえ」とナイトはほがらかそうに言った。たしかに何ひとつ欠けているものはなかった。紅茶は煮たった湯でいれてあったし、卵は正確に三分四十五秒間ゆでたものだったし、トーストは平均して狐色にこがしてあったし、バターもきれいにつけてあり、小さな蜂蜜のつぼもそばに置いてあった。ナイトはいろいろの点で重宝な人間であることはたしかだった。ミス・マープルはおいしく朝食をたべた。やがて、階下で電気掃除機のブウンという音がしだした。チェリーが来たらしい。

掃除機の音と競争するように、最近の流行歌を歌っている彼女の新鮮な声が聞こえてきた。ナイトがお盆をさげにきて、いやそうに頭を振った。

「あの若い女ときたら家中を歌ってあるくのだから、たまりませんわねえ。あれではおせじにもお上品だとは言えませんわ」

ミス・マープルはちょっと微笑を浮かべた。「あの子は上品にしなきゃいけないなどと考えたこともないと思うわ。それが当然じゃないの？」

ナイトは軽蔑したように「フン」と言った。「むかしとはたいへんな変わりようですわね」

「それでいいのよ」とミス・マープルは言った。「時代は変わっていくものなのだから。

それはわたしたちだってうけいれるしかないことなのよ」ついで彼女はこうつけ加えた。「バントリーさんにお電話して、どういうご用件か訊いてみておくれ」

ナイトはあわただしく去っていった。それから一、二分して、ドアにノックの音がし、チェリーが入ってきた。彼女は興奮に顔を輝かせていて、いかにもかわいらしかった。水夫と海軍の記章の模様がおしゃれについたナイロンのエプロンを暗青色のドレスに巻きつけていた。

「髪をきれいにしてきたのねえ」とミス・マープルは言った。

「昨日パーマをかけてきたんですの」とチェリーは言った。「まだすこしこわばっていますけれど、いまによくなってくれると思いますわ。それよりも、噂をお聞きでしたか？」

「噂というと？」とミス・マープルは訊いた。

「昨日のゴシントン・ホールでの出来事ですわ。あそこでセント・ジョン野戦病院のための催しがありましたでしょう？」

ミス・マープルはうなずいた。「どんなことが起きたの？」

「その最中に死んだひとがあったのですよ。ミセス・バドコックというひとですの。わたしのところからすぐのところに住んでいる。ご存じではないと思いますけど」

「ミセス・バドコック？」ミス・マープルはぎくりとしたような声になった。「ところが、そのひとならわたしも知っているのよ。きっと――そうだわ、そういう名前だったと思うわ――このまえわたしが道でころんだときに、飛び出してきて、助け起こしてくれたひとなのよ。親切なひとだったわ」

「ええ、ヘザー・バドコックが親切なのは間違いなしですわ」チェリーは言った。「親切すぎる、と言う人もあるくらいですもの。おせっかいやきだって。ところが、そのひとがころりと死んだのですよ。しかもあんな死に方でしょう」

「亡くなった！　いったい何が原因で？」

「それがさっぱりわからないときているんですの」とチェリーは答えた。「あのひとはセント・ジョン野戦病院協会の幹事だったのですよ。ですから邸内へ入れてもらったのだと思いますわ。村長さんだの、なんだのと一緒に。わたしの聞いたところでは、何かを一杯飲み、それから五分ばかりして苦しみだし、あっというまに死んでしまったのですって」

「たいへんなことが起きたものねえ」とミス・マープルは言った。「心臓でもわるかったのかしら？」

「元気そのものだったとみんなは言っていますわ」とチェリーは答えた。「でもねえ、わかったものではありませんわ。どこか心臓がわるくても、誰も気がつかないことだってありますもの。いずれにしても、これだけのことは言えますわ。あのひとは家へは搬ばれなかったのですよ」

ミス・マープルはとまどった顔つきになった。「家へは搬ばれなかったって、それ、どういう意味なの？」

「死体がですわ」とチェリーは答えたが、彼女の陽気さはいっこうにおとろえなかった。「お医者さんの話ですと、解剖しなきゃいけないんですって。検死とかいうことを。そのお医者さんも一度も診たことのないひとだし、死因がさっぱりわからないんですって。わたしもへんだと思いますわ」と彼女はつけ加えた。

「へんだとはどういう意味なの？」とミス・マープルは訊いてみた。

「そうですねえ」チェリーは考えこんだ。「だって、へんですもの。何かうらがありそうで」

「あのひとのご主人もさぞびっくりなさったろうねえ？」

「まっさおでしたわ、あんなに打撃をうけた人は見たこともありませんわ」

ミス・マープルは言葉のニュアンスに耳をすますくせがあったから、自然とせんさく好きな小鳥のようにいくぶん小首をかしげていた。

「そのひとはずいぶん奥さんを愛していたのね？」

「あのひとはなんでも奥さんの言うとおりにし、好きなようにさせていましたわ」とチェリーは答えた。「でも、それだからといって、愛していたとも言えないんじゃありませんかしら。自分の意志を通すだけの勇気がなかったというだけで」

「あなたはあのひとがきらいだったの？」とミス・マープルは訊いた。

「ほんとうはわたしあのひとのことはよく知らないんです」とチェリーは答えた。「そりゃ知ってはいましたわ。きらいでもなかったのです。ですけど、わたしの好きになれそうなタイプのひとではありませんでしたわ。おせっかいすぎるんですもの」

「せんさく好きで、ひとのことに鼻をつっこみたがるというわけ？」

「いいえ、そういう意味でもないんです」とチェリーは答えた。「あのひとは非常に親切なひとで、いつもひとの世話をしていました。なんでも自分が一番よく心得ているという自信があったらしいですわ。ひとにどう思われようとそんなことはおかまいなしなんです。わたしの伯母がやはりそういうふうでしたわ。自分がシード・ケーキが大好きなものだから、ひとにも食べさせたり、持って行ってやったりしていましたけど、相手もシード・ケーキが好きかどうか知ろうともしないんです。中には大きらいなひとだってあるでしょう、中に入っているカラウェーのにおいがいやでたまらないというひとだって。ヘザー・バドコックもやはりそういうふうだったのですわ」

「なるほどねえ」とミス・マープルはしんみりと言った。「あのひとなら、そんなふうだったろうと思うわ。わたしも多少似たひとを知っているのよ」ついで彼女はこうつけ加えた。「そういう人たちは危険をはらんでいるものなのよ、本人は悟っていないにしてもねえ」

チェリーは眼をまるくして彼女を見つめた。「なんだか妙なお言葉ですわね。わたしにはさっぱりわけがわかりませんわ」

ナイトがばたばたと入ってきた。「バントリー奥さまはお出かけになったそうでございます」と彼女は言った。「どこへ行くともおっしゃらなかったそうですけれど」

「わたしには行先きの想像がつくわ」ミス・マープルは言った。「ここへやってくるのよ。さあ、わたしも起きなきゃ」

2

ミス・マープルが窓のそばのお気に入りの椅子におさまるとすぐに、バントリー夫人がやってきた。彼女はいくらか息をきらせていた。

「ジェーン、話したいことがうんとあるのよ」と彼女は言った。

「記念祭のことでですの?」とナイトが訊いた。「奥さまもいらしてたのでしょう? わたしもおひるすぎにちょっとだけのぞいてみましたのですよ。お茶の接待のテントはたいへんな混みかたでしたわ。よくこんなに集まったものだとびっくりするくらい。でも、マリーナ・グレッグをちらとも見られなかったものですから、ちょっとがっかりしましたわ」

彼女はテーブルの上の小さなごみをはらいのけておいてから、「さあ、奥さまたちは愉しいお喋りをなさりたいのでしょうから」とほがらかそうに言って、出て行った。

「あのひとはあのことは何も知らないらしいわね」とバントリー夫人は言った。ついで彼女は友だちの顔に刺すような視線を向けた。「ジェーン、きっとあなたは知っていると思うけど」

「昨日の死のことなの?」

「いつだってあなたはなんでも知っているわねえ」とバントリー夫人は言った。「どうやって知るのかわからないけれど」

「それはね、世間の人がなんでも知ってしまうのとおなじなのよ」とミス・マープルは答えた。「通いのメイドのチェリー・ベーカーがそのニュースをもってきてくれたわ。ナイトだって、まもなく肉屋さんから聞くにきまっているわよ」

「それで、あなたはあの事件をどう思って？」とバントリー夫人は言った。

「どう思うって、何をよ？」

「はぐらかすのはよしてよ、ジェーン。よく知っているくせに。あの女のひとは——名前はどうでもいいけど——」

「ヘザー・バドコックよ」とミス・マープルは言った。

「来たときにははちきれるほどの元気さだったわ。ちょうどそのときわたしもそばにいたのよ。ところが十五分ばかりたって、椅子に座りこんだと思うと、気分がわるいと言いだし、ちょっと喘いだと思うと、息たえてしまった。そのことなのよ。あなたはどう思って？」

「そう性急に結論に飛びついてはいけないものなのよ」とミス・マープルはこたえた。

「問題は医師がどう判断したかだわ」

バントリー夫人はうなずいた。「検死審問や解剖が行なわれるはずなのよ。それだけでも当局の考えかたがわかるというものじゃない？」

「必ずしもそうとはかぎらないわ」とミス・マープルは答えた。「突然病気に襲われて死ぬ場合もあるわけだから、死因を知るために解剖が必要になってくるのよ」

「それだけじゃないのよ」とバントリー夫人は言った。

「どうしてあなたはそんなことを知っているの？」

「サンドフォード先生が家に帰ってから警察に電話したのよ」

「そんなことを誰から聞いたの？」ミス・マープルはすっかり興味をそそられたらしかった。

「ブリッグス爺さんからよ」とバントリー夫人は答えた。「もっとも、直接に聞いたわけではないのだけれど。あの爺さんは夕方の暇なときにサンドフォード先生の家の庭の手入れに行っているでしょう。書斎のそばで何かの刈りこみをやっていたときに、医師がマッチ・ベナムの警察に電話しているのを耳にしたというわけ。ブリッグス爺さんはその話を娘にし、娘は郵便局の女事務員に話し、その女事務員からわたしは聞いたのよ」

ミス・マープルはにやりと笑った。「なるほどねえ、セント・メアリ・ミードも以前と大して変わっていないわねえ」

「ブドウのつるはブドウのつるというわけよ」とバントリー夫人も言った。「そこでなのよ、ジェーン、あなたの意見を聞かせてよ？」

「まず夫が問題になってくるわね」とミス・マープルは考え顔で言った。「そのひともその場にいたの？」

「いたわ、あなたも自殺だとは思わないでしょう？」

「自殺ではないことはたしかね」とミス・マープルは決定的な答え方をした。「あのひとはそういうタイプではなかったわ」

「あのひととはどんなことから会ったの、ジェーン？」

「わたしが新住宅地へ散歩にいったときにころんだのは、あのひとの家の近くでだったのよ。あのひとは親切そのものだったわ。非常に親切にしてくれたのよ」

「ご主人にも会ったの？　細君を毒殺しそうな人間に見えて？

　わたしのいう意味わかるでしょう」とバントリー夫人は、ミス・マープルがちょっと抗議するような身ぶりを見せたので、言葉をついだ。「つまりね、あなたも知っているスミス少佐やバーティ・ジョーンズのような、細君毒殺犯人や毒殺未遂犯人を思い出させるようなところがあったか、という意味なのよ」

「なかったわ」とミス・マープルは答えた。「べつに誰を連想させるようなところも。だけどね、妻のほうにはあったわ」と彼女はつけ加えた。

「というと、ミセス・バドコックのほうになの？」

「そうよ。アリスン・ワイルドという女のひとのことを思い出させられたわ」

「そのアリスン・ワイルドというのはどういうふうだったの?」

「世間とはどういうものなのか全然知らなかったひとなのよ」ミス・マープルはのろのろと答えた。「他人がどういうふうなのかということもねえ。ひとのことなどは全然考えたこともない女だったわ。そんなふうだから、自分の身に起きるおそれのある事態に対しても、警戒することができなかったわけなのよ」

「何を言っているのかわたしにはさっぱりわからないわ」とバントリー大人は言った。

「正確に説明することがむずかしいのよ」とミス・マープルは弁解するように言った。

「ほんとうは自己中心的な態度から生じることなの。だけどそれは利己主義ともちがうのよ」と彼女はつけ加えた。「どんなに親切で、利己心をはなれていて、思いやりさえ持っていても、アリスン・ワイルドのような人間は自分のしていることがほんとうはわかっていないのよ。だから、自分の身にどういうことが起きるおそれがあるかも、悟れないというわけなの」

「もうすこしはっきり説明できないの?」

「そうね、それでは具体的な例をあげてみることにするわね。これは実際に起きたことではなくて、わたしのつくりばなしにすぎないのよ」

「それでいいわ」とバントリー夫人は言った。

「かりに、あなたがある店に入ったとする。その店のおかみさんには、非行少年タイプのろくでなしの息子があることも、あなたは知っている。あなたが家においてある現金か、銀器か、宝石のことをおかみさんに話しているのを、その彼もそばで聞いている。あなたはその宝石か何かのことで嬉しがり、興奮していて、つい話さずにはおれなかったというわけなの。おまけに、自分が不在になる夜のことまでも喋ってしまう。自分は家に鍵をかけたりしたことがないということまでも、喋らないともかぎらない。その宝石か何かのことで頭がいっぱいになっているものだから、自分の言っていることに、おかみさんと話していることに、気がつかないわけなの。ところが、その留守にするはずの夜に、何か忘れ物をとりに家に引き返してみると、その不良息子が入りこんでいるので、現場をおさえる。相手はいなおり、棍棒でなぐりかかってくる」

「最近では誰にでも起きそうな出来事だわねえ」

「そうともかぎらないわ。たいていの人は一種の防御本能を持っているものよ。相手によっては、相手の性格によっては、こういうことを言ったり、したりしてはいけないと悟るだけのかしこさがあるわ。ところが、アリスン・ワイルドは自分以外の者のことなんか、ぜんぜん頭になかったわ――自分のしたこと、見たこと、感じたこと、聞いたこの。そういう人間だったの。自分がその道をあるいてゆくだけ。そういう人にとっては、他人は——そうねえ——部屋の壁紙程度にしか思えないのよ」彼女はそこでちょっと言葉をきり、やがてこう言った。「ヘザー・バドコックはそういう種類の人間だったと思うわ」

とは話すけれど、ひとの言ったことや、したことを口にしたことのない人間だったの。人生がまるで一方交通の道路みたいなのよ——自分がその道をあるいてゆくだけ。

バントリー夫人は言った。「自分のしていることに気がつかずに、何かに頭をつっこみそうな人間だったというわけなの？」

「自分が危険なことをしているとは気がつかないでね」とミス・マープルは答え、さらにこうつけ加えた。「あのひとが殺された理由としては、それがわたしに考えられる唯一の原因だわ。もちろん、あれが他殺だったという推定が正しいとしてのはなしよ」

「あのひとが誰かを恐喝していたとは考えられない？」とバントリー夫人は言ってみた。

「そんなこと」とミス・マープルは即座に否定した。「あのひとは親切で善良な女だったのよ。絶対にそんなことのできそうにないひとだったわ」とミス・マープルはじれったそうにつけ加えた。「今度の事件はわたしにはありそうにもないことのように思えるわ。もしかすると——」

「もしかすると、どうなの？」とバントリー夫人はうながした。

「人ちがいで殺されたのではないかという気がするのよ」とミス・マープルは考え顔で答えた。

ドアが開いて、ヘイドック医師が、べちゃくちゃ喋っているナイトをうしろに従えて、そそくさと入ってきた。

「おや、もう始めていますな」と彼は二人を見やりながら言った。「わたしは往診に来たのですがね」と彼はミス・マープルに言った。「その必要はなさそうですな。どうやらあなたはわたしのすすめた治療法を採用しはじめておいでらしい」

「治療法ですって？」

ヘイドック医師は彼女のそばのテーブルにおいてあった編物を指さした。「ときほぐしですよ。あたっているでしょうが？」

ミス・マープルはつつしみ深い老婦人流にかすかに眼をきらめかせた。

「冗談ばっかり」

「わたしの目をくらますことはできませんぞ。あなたというひとを長年知っているのですから。昨日のゴシントン・ホールでの不慮の死、セント・メアリ・ミードのありとあらゆる舌がさかんに活動していますよ。検死審問の結果がわかりもしないうちからもう他殺説が飛び出しているしまつだ」

「検死審問はいつ開かれるのですか？」とミス・マープルは訊いてみた。

「明後日です」とヘイドック医師は答えた。「その頃までには、あなたがたは事件全体を検討して判決をくだし、ほかのいろんな問題点についても推定をくだしておられることでしょうよ。いずれにしても、わたしはこんな所で時間を浪費するのはよしましょう。医者の助言なんか不必要な患者のところで時間をつぶしたのではつまりませんからなあ。あなたは頬の色つやもいいし、眼は輝いているし、いかにも愉しそうだ。人生に興味を持つことほど良薬はありませんよ。わたしはつぎへまわるとしましょう」

彼はまたさっさと出ていった。

「やはりサンドフォードさんよりもあの先生のほうがいいわね」とバントリー夫人は言った。

「そうよ」とミス・マープルも言った。「いいお友だちでもあるしねえ」と彼女はしんみりとつけ加えた。「あのひとは、わたしに前進の合図をしに来てくださったのだと思うわ」

「それだと、やはり他殺だったのねえ」とバントリー夫人は言った。二人は顔を見合わせた。「いずれにせよ、医師たちはそう考えているわけだわ」

ナイトがコーヒーを運んできた。このときだけは、二人は邪魔がはいったのが苛だたしくて、礼も言わなかった。ナイトが出てゆくと、待ちかねたようにミス・マープルは口をきった。

「それではね、ドリー。あなたは現場にいて――」

「事件を目撃したのも同然なのよ」とバントリー夫人は多少自慢そうに答えた。

「すてきだわ」とミス・マープルは言った。「つまり――わたしの言いたいことわかるでしょう。あのひとが来た瞬間からの出来事をありのままに話してもらえるわけだから」

「わたしは邸内に案内されたの。おえらがたの一人というわけ」

「誰に案内されたの？」

「ひょろ高い身体つきの青年。たぶんマリーナ・グレッグの秘書かなんかだと思うわ。邸内に案内され、階段を上がっていったのよ。階段を上がりきったところで、一種の歓迎パーティのようなものが開かれていたわ」

「踊り場でなの？」とミス・マープルは驚いて聞き返した。

「そのあたりもすっかり模様変えしてあるのよ。化粧室兼寝室をぶっつぶして奥行きをつくり、一種の広い部屋にしてあったわ。すごくしゃれた場所になっているのよ」

「なるほどねえ。そこに誰がいたの？」

「マリーナ・グレッグ。灰がかった緑色のドレスを着て、自然で、チャーミングで、すらりとしていて、すごく愛らしかったわ。それから、もちろんご主人に、この前話した例のエラ・ジーリンスキーという女の人。あの夫婦の社交面の秘書なの。それから、そのまわりに八、九人はいたと思うわ。知っている人もいれば、知らない人もいたわ。撮影所関係の人たちも混じっていたのではないかと思うわ――わたしの知らない人たちのなかにはよ。教区の牧師さんもいたし、サンドフォード先生の奥さんも来ていらしたわ。ご主人のほうはあとでみえたのだけれど。大佐や、クリッタリング夫人や郡長さんも来ていらしたわ。新聞社の人もいたように思うわ。それから、大きなカメラで写真をとっていた若い女のひとも一人」

ミス・マープルはうなずいた。

「それから――」

「ヘザー・バドコックとそのご主人はわたしのすぐあとから来たの。マリーナ・グレッグがわたしやほかの誰かに――ああ、そうそう、牧師さんだったわ――お愛想を言っていたときに、ヘザー・バドコック夫婦が上がってきたのだったわ。あのひとはセント・ジョン野戦病院協会の幹事をしていたからなのよ。誰かが、協会のためによくつくしてくれる貴重な存在だと、ほめて紹介していたわ。すると、マリーナ・グレッグが何かお愛想を言ったわ。そのあとで、白状すると、少々うるさいひとだと思ったのだけど、あのバドコックという女のひとは、何年もまえに、どこかでマリーナ・グレッグに会ったことがあるなどという、くだらない長話を始めたのよ。義理にも如才のないひとだとは言えなかったわ。それが何年のことで、今から何年前だったと正確に話したりするんだもの。女優や映画スターは、自分の正確な年齢を想い出させられるのはいやなのにきまっているのにねえ。あのひとときたら、そんなことには全然頭を働かせようとしないみたいだったわ」

「そうよ」とミス・マープルも言った。「あのひとはそんなことに頭の働くような女ではなかったわ。それで？」

「そうね、そのときにはべつにこれということも起きなかったけど、ただねえ、マリーナ・グレッグの態度がいつもとは違っていたのよ」

「迷惑そうにしていたという意味なの？」

「違うわ、そうでもないのよ。じつを言うとね、マリーナはバドコックの話なんかひとことも聞いていなかったのではないかという気がするのよ。マリーナはバドコックの肩ごしにぼんやり向こうを見ていたし、バドコックが、こっそり病床を脱け出し、マリーナに会って、サインをもらったという、くだらない話を終えたときには、奇妙にあたりが静まりかえった感じだったわ。そのとき、わたしはふとあのひとの顔を見たのよ」

「誰の顔を？　ミセス・バドコックの？」

「そうではなくて、マリーナ・グレッグの顔をよ。バドコックという女の話なんか、ひとことも聞いてはいなかったみたいな顔つきをしていたわ。相手の肩ごしに正面の壁を見つめているのよ。その見つめかたがねえ――どうにもわたしには説明できそうにないわ」

「そんなことを言わないで、なんとか努力してみてよ」とミス・マープルは言った。「そこのところが重要な点かもしれないのだから」

「一種の凍りついたような表情だったわ」と彼女は言葉をさがしさがし説明しようとした。「まるで、なにかを見たみたいな――情景を描写するなんてむずかしいものなのねえ。ああ、そうだわ、『レディ・オブ・シャロット』をおぼえていない？　鏡は横にひび割れぬ。〝ああ、わが命運もつきたり〟と、シャロット姫は叫べり。マリーナもそういった表情をしていたのよ。近頃の人はテニスンなんて古臭いというけれど、わたしは若いときには心をときめかせて『レディ・オブ・シャロット』を読んだものだし、いまだってそうなのよ」

「凍りついたような表情をしていたのね」ミス・マープルは考えこんだ。「そして、バドコックの肩ごしに壁を見つめていた。その壁には何があったの？」

「ああ！　何か絵がかかっていたと思うわ」とバントリー夫人は答えた。「イタリアの絵が。ベリーニのマドンナの複製だったと思うけど、はっきりしたことは言えないわ。マリアが笑っている赤ん坊を抱いている絵よ」

マープルは眉をよせた。「絵を見て、そんな表情になるとは思えないけどねえ」

「ことに、毎日眼にしていたはずの絵なのだからね」とバントリー夫人も言った。

「あとから階段を上がってきかかっていた人たちもあったはずじゃないの？」

「そりゃ、あったわ」

「それが誰々だったか、想い出せない？」

「階段を上がってくる誰かを見つめていたのではないかという意味なの？」

「そういうこともありうるわけじゃない？」とミス・マープルは言った。

「そりゃ、そうねえ――思い出してみるわ。村長さんがいたわ、首飾りまでつけた正装ぶりで、それから村長夫人、近頃はやりのおかしな顎鬚に長髪の男、まだ若い男なのよ。それからカメラを持った若い女もいたわ、階段に立って上がって来る人たちとマリーナが握手をしているところを写していたわけなの――それから――そうねえ、わたしの知らない人が二人。きっと映画関係の人だと思うわ。それからロワー農園のグライス夫婦。

もっとほかにもいたかもしれないけれど、いまわたしの思い出せるのはそれだけよ」

「あまり有望そうな人たちではなさそうね」マープルは言った。「それからどうなったの？」

「きっとジェースン・ラッドがこづくか何かして、注意したのだと思うけど、マリーナも急に気をとりなおしたようになり、バドコックに笑顔を向けて、いつものお愛想を言いだしたわ。例のやさしくて、無邪気で、チャーミングな女の役割を演じだしたわけなの」

「それから？」

「それからジェースン・ラッドが二人に飲み物を渡したの」

「どんな飲み物なの？」

「ダイキリだったと思うわ。家内の大好きな飲み物なのだと言っていたわ。グラスの一つはマリーナに、もう一つはバドコックという女のひとにさし出したわけなの」

「その点は非常に興味があるわね」とミス・マープルは言った。「すこぶる興味があるわ。そのあとでどういうことが起きたの？」

「そこまではわたしも知らないのよ。というのは、わたしはお喋りの女たちをつれて浴室を見にいったからなの。それからさきの知っていることといえば、例の女の秘書が駆けてきて、誰かが病気になったと言ったことだけなのよ」

第七章

検死審問は、実際に行なわれてみると、しごく簡単で、失望ものだった。被害者の夫が死体の確認をしたほかは、医師の証言があっただけだった。死因は、ハイ＝エチール＝デキシル＝バーボ＝キンデロリテートとかなんとかいう毒物が、四グレーンあったせいだった。そういう毒物がどうして体内にはいったかについては、なんの証言もなされなかった。

検死審問は二週間休廷ということになった。

そのあとで、フランク・コーニッシュ警部はアーサー・バドコックのそばへ行った。

「バドコックさん、お話ししたいことがあるのですが、かまいませんか？」

「どうぞ、どうぞ」

アーサー・バドコックは今までにもましてしおれかえっていた。「わたしにはわけがわからないんですよ」と彼は呟いた。「さっぱりわけがわからないんです」

「わたしはくるまをもってきていますから、お宅まで一緒にいかがですか？　そのほうが二人だけで気楽に話せるでしょうから」とコーニッシュは言った。

「ありがとうございます。そうしていただけるとわたしも好都合です」

二人はアーリントン・クローズ、三号館の、青く塗ったこぎれいな門の前までくるまを乗りつけた。アーサー・バドコックがさきに立ち、警部はそのあとからついていった。バドコックは玄関の鍵を取り出したが、彼が鍵をさしこまないうちに、ドアは内側から開いた。ドアを開けた女は、ちょっととまどった顔をして、身体をひいた。アーサー・バドコックもハッとした様子だった。

「メアリ」と彼は言った。

「アーサー、紅茶の用意をしてあげていたところなのよ。検死審問から帰ってきたら、きっと飲みたいだろうと思って」

「それはどうもご親切に」とアーサーは嬉しそうに言った、「ええ――」彼は言いよどんだ。「こちらはコーニッシュ警部さん、こちらはミセス・ベイン。ベインさんは近所のひとなのです」

「ああそうですか」とコーニッシュは言った。

「紅茶をもう一杯用意してきますわ」とベインは言った。

彼女は姿を消し、アーサーは多少不安そうな態度で警部を玄関の右手の、明るい色のさらさ張りの椅子をならべた居間に案内した。

「非常に親切なひとなのです」とアーサーは言った。「いつも親切にしてもらっています」

「長いおつきあいなのですか？」

「いいえ、ここへ移ってきてからの知り合いなのです」

「ここへ移られてから二年になるのでしたね？　三年でしたか？」

「三年ばかりになります」とアーサーは答えた。「ベインさんは六カ月ばかり前に越してこられたばかりなのです。息子さんがこの近くに勤めておられるので、ご主人が亡くなられたあと、こちらへ来て、息子さんの炊事をなさっているわけなのです」と彼は説明した。

ちょうどそのとき、ベインが紅茶をのせたお盆を台所からはこんできた。彼女は色黒の四十歳くらいの女で、どこか情熱的な顔つきをしていた。黒っぽい髪や眼がジプシーふうな皮膚の色と似合っていた。眼つきにはどこか奇妙なところがあった。警戒心をこめた眼つきだった。彼女はお盆をテーブルの上にのせ、コーニッシュは当たりさわりのないお愛想を述べた。だが、彼のうちのなにかが、職業的本能が、動きだしていた。彼女の眼に浮かんでいる警戒心や、アーサーに紹介されたときにちょっとドキッとしたらしい様子も、彼は見のがしてはいなかった。誰でも警官の前に出ると多少不安そうになるがそのことには慣れていた。その不安さには二種類あった。一つは、自分でも気がつかずに何か法を犯したかもしれないという、自然な不安感だったが、別種の不安感もあった。彼はたしかにこの女のうちにひそんでいそうに思ったのはそのほうだった。ベインは過去に何か警察と関係を持ったことがあり、そのために、いまだに警戒心や不安感が残っているのではないかと思えた。彼はメアリ・ベインのことをもう少し調べてみようと心に書きとめた。彼女はお盆を置くと、家に帰らなければいけないからと言って、紅茶をつきあうことは断わり、出ていった。

「いいひとのようですね」とコーニッシュ警部は言った。

「ええ、たいへん親切な、いい隣人ですし、同情心のあるひとなのです」とアーサーは言った。

「奥さんとも親しいお友だちだったのですか?」

「いいえ、そうとも言えませんでした。隣人として仲よくはしていましたが、べつに特別の関係ではなかったのです」

「なるほど。さて、バドコックさん、われわれとしては、できるだけあなたにいろんなことを聞かせていただきたいのですがね、検死審問の結果にはさぞあなたはショックをうけられたことでしょうね？」

「ええ、そうなのです。警察でもどこか不審なところがあると考えておられるらしいこともわかりましたし、わたし自身もそういう気がしないでもなかったのです。なにしろヘザーは前から健康な女でしたからねえ。一日だって病気をしたことがないと言っていいくらいでした。わたしも自分に言い聞かせましたよ、〝これは少々おかしいぞ〟とね。わたしの言う意味を理解してもらえるかどうか知りませんが、信じられない気がしました。実際、信じられませんよ。あんな毒薬——バイ＝エチール——」彼は言葉につまった。

「あれにはもっとやさしい名前があるんですよ」と警部が言った。「あれはカルモーという商品名で売られているものなのです。どこかで見かけたことがありませんか？」

アーサー・バドコックはとまどった顔をして首を振った。

「イギリスよりもアメリカで多く使われている薬なのです」と警部は言った。「アメリカでは自由に販売されているらしくてね」

「なんの薬なのですか？」

「一種の鎮静剤として使われているのです」とコーニッシュは答えた。「緊張状態にある人だとか、不安や、無力感や、憂鬱や、不眠に悩まされている人たちが服用するわけです。適量なら危険はありませんが、飲みすぎは警戒を要します。奥さんは適量の六倍程度も飲んでおられるらしいんですよ」

アーサーは眼をまるくした。「ヘザーはそんな薬を飲んだことなんか一度もありませんよ。その点はたしかです。だいたい薬ぎらいでしたしねえ。気がめいるだの、くよくよするだのということもありませんでした。ちょっとないほど陽気な女だったのです」

警部はうなずいた。「なるほどねえ。こういう種類の薬をお医者さんにもらったこともなかったのですか？」

「ありませんでした。全然。ここへ引っ越してからはお医者さんに診てもらったことは一度もないはずです」

「かかりつけの医師は誰でしたか？」

「シムズ先生に保険証を渡してはありますが、ここへ引っ越してからは一度も行っていないはずです」

コーニッシュは考え顔になった。「してみると、こういった薬を必要とするひとでも、飲みそうなひとでもなかったわけですね？」

「そうなのです。それは確信をもって言えます。何かの間違いで飲んだにちがいありませんよ」

「そういう間違いはちょっと想像できませんね」とコーニッシュ警部は言った。「あの午後、奥さんはどういうものを口になさったのですか？」

「そうですねえ、昼食には――」

「昼食までさかのぼる必要はなさそうです」とコーニッシュは言った。「あれだけの量の薬を飲めば、即座にききめが現われるはずですから。お茶のときですよ。お茶のときまでさかのぼってください」

「そうですね、わたしたちは庭の大テントへ入って行きました。テントの中はたいへんな混みかたでしたが、わたしたちもどうにかそれぞれ干しブドウ入りのパンと紅茶をもらいました。ですが、テントの中はいやに暑かったので、わたしたちは急いで飲み食いし、また出ていったのです」

「奥さんの口にされたのはそれだけですね、干しブドウ入りのパンと紅茶一杯？」

「そのとおりです」

「そのあとで邸内に入ってゆかれたわけですね？」

「そうです。若い女のかたがみえて、マリーナ・グレッグが、奥さんにおめにかかりたいが、よろしかったら中においでくださいませんかということでした。もちろん、家内は嬉しがりました。家内ときたら、もう何日もマリーナ・グレッグのことばかり話していたのですからね。誰もみな興奮していましたよ。そんなことは警部さんもよくご存じでしょうが」

「ええ、知っています」とコーニッシュは答えた。「うちの女房も興奮していましたよ。このあたりの者は誰だって、一シリングはらっても、ゴシントン・ホールやその改築ぶりを眺めたり、ひと眼でもマリーナ・グレッグの姿を見たい気でいましたからねえ」

「その若い女のひとに家の中へ案内されて、わたしたちは階段を上がってゆきました」とアーサーは言葉をついだ。「そこでパーティが開かれていたのです。その踊り場で。ですがね、そこも以前とは、すっかり様子が変わっていましたよ。踊り場というよりは部屋のようになっていて、壁をくりぬいたようなところに、椅子や飲み物をのせたテーブルが置いてありました。あたりには十人ぐらいはいたようでした」

コーニッシュ警部はうなずいた。「そこで挨拶をうけられたわけですね。誰がでてきましたか？」

「マリーナ・グレッグさんでしたよ。ご主人も一緒でした。ご主人の名前は忘れましたが」

「ジェースン・ラッドですよ」とコーニッシュ警部は言った。

「ああ、そうでしたね。もっとも、わたしは最初からご主人に気がついたわけではなかったのです。なにしろ、グレッグさんは丁寧にヘザーを迎えてくれて、嬉しそうな様子を見せてくれますし、家内は家内で、何年も前に西インド諸島でグレッグさんにおめにかかったときのことを話したりして、すべてがうまいぐあいにいっているようでしたからねえ」

「すべてがうまいぐあいにいっているようだった」と警部は、同じ言葉を繰り返した。

「それから？」

「それから、グレッグさんが何を召しあがりますかと訊いてくれました。ご主人のラッドさんがカクテルのようなものをヘザーに持ってきてくれました。ディッカリーとかなんとかいう」

「ダイキリですよ」

「ああ、そうでしたねえ。二杯持ってこられて、一杯は家内に、一杯はグレッグさんにお渡しになりました」

「あなたは、あなたは何を飲まれたのですか？」

「わたしはシェリー酒をいただきました」

「なるほど。それでは、そこで三人で一緒にお飲みになったわけですか？」

「いいえ、そんなふうにはいかなかったのです。まだ続々と階段を上がってくる人たちがありましたから。村長さんもその一人でしたし、ほかに何人か——アメリカの人たちだと思いますが——ですから、わたしたちはちょっと横へのいたのです」

「そのときに奥さんはダイキリをお飲みになったのですか？」

「いや、そのときではなかったのです」

「そのときではないとすると、いつお飲みになったのですか？」

アーサーは想い出そうとして顔をしかめた。「たしか——家内はグラスをテーブルの上に置いたと思います。知っている人を見かけたからなのです。セント・ジョン野戦病院に関係している人で、マッチ・ベナムかどこかから自動車で来た人だったと思います。いずれにせよ、二人はお喋りを始めたのです」

「それでは、飲み物を飲まれたのはいつだったのですか？」

アーサーはまた顔をしかめた。「それからすこしあとでした」と彼は答えた。「その頃には前よりも混んできたのです。それで、誰かに肘をおされたとみえて、家内の飲み物がこぼれたのです」

「なんですって？」コーニッシュ警部はさっと顔をあげた。「奥さんの飲み物がこぼれたのですって？」

「そうなのです、わたしのおぼえているかぎりでは……家内はグラスを手にしていて、たしかひと口すすり、顔をしかめたような気がします。家内はほんとうはカクテルが好きではなかったのですが、だからといって飲むのを止めるような女ではありませんでしたよ。とにかく、そうやって立っていたときに、誰かに肘をおされ、飲み物がこぼれたわけなのです。カクテルが家内のドレスにかかり、たしかグレッグさんのドレスにもかかったはずです。ですが、グレッグさんはこれ以上もないほど気持ちのいい態度をとってくれました。なんでもありませんよ、しみなんか残りはしませんと言ってくれただけでなく、自分のハンカチを渡して、ヘザーのドレスを拭かせたりしました。ついで自分の手にしていた飲み物を差し出し、『これをおあがりなさい、まだ全然手をつけていないのですから』と言ってくれました」

「マリーナが自分の飲み物を奥さんにゆずったのですって？」と警部は聞き直した。

「それはたしかなことですか？」

アーサーはちょっとのあいだ口を閉ざし、考えているようだった。「ええ、たしかなことです」と彼は答えた。

「そこで、奥さんはその飲み物を受け取られたわけですか？」

「最初は辞退したのです。『そんなことをしていただくわけにはまいりませんわ』と言いましたが、グレッグさんは笑って、『わたしはもう飲みすぎているんですから』とおっしゃいました」

「そこで、奥さんはそのグラスを受け取り、それをどうなさったのですか?」

「家内はちょっと横を向いて、はやすぎると思うほど、ぐいっと飲みほしました。それから、わたしたちはちょっと廊下を歩いて、絵やカーテンを見せてもらいました。カーテンの生地なんか今まで見たこともないようないいものでしたよ。そのうちに、わたしは仲間のオルコック町会議員に会ったので、ちょっとのあいだお喋りをしたのですが、ふとふりかえってみると、ヘザーが、奇妙な顔つきをして、椅子に座りこんでいるではありませんか。そばへ行って、『どうしたのだ?』と訊くと、なんだか奇妙な感じだと言うのです」

「奇妙なというと?」

「わたしにもわからないのですよ。訊く暇もありませんでしたからねえ。声もへんなだみ声でしたし、頭がすこしぐらついていました。突然あえぐようにしたと思うと、頭ががっくりたれてしまいました。そのときにはもう息が、息がたえていたのです」

第八章

1

「セント・メアリ・ミードですって？」クラドック主任警部はさっと顔を上げた。

副総監はちょっと驚いたような顔つきをした。

「そう、セント・メアリ・ミードだ。どうしたのだね？　何か――」

「べつになんでもないのです」とダーモット・クラドックは答えた。

「小さな村らしい」と副総監は言葉をついだ。「もっとも、近頃ではあのあたりも急激に住宅地に変わりかかっている。セント・メアリ・ミードからマッチ・ベナムまでずうっと住宅が建ちならんでいるといっていいらしい。ヘリングフォース撮影所もセント・メアリ・ミードから逆にマーケット・ベーシングのほうへ行ったところにある」と彼はつけ加えた。彼はまだ多少訊ねるような顔つきをしていた。ダーモット・クラドックはわけを話す必要がありそうだと思った。

「あそこにはわたしの知っている人間がいるんです」と彼は言った。「セント・メアリ・ミードにね。おばあさんです。もうずいぶんの年のはずです。もう亡くなっているかもしれませんが。ですが、もしかして――」

副総監は部下の言おうとしていることを悟った。少なくともわかったような気がした。

「そう、まだ存命なら、ある意味では〝内情〟に通じさせてもらえるわけだ」と彼は言った。「土地の噂話も聞く必要があるからね。事件も奇妙な事件だし」

「郡の警察から依頼してきたのですか？」とダーモットは訊いた。

「そうだ。ここに警察本部長からの手紙がある。地方的な事件ではないかもしれないという気持ちがあるらしい。映画スターのマリーナ・グレッグ夫妻が最近ゴシントン・ホールという、あの付近では一番大きな邸宅を買ったのだ。二人はヘリングフォースの新撮影所で、マリーナ主演の映画をとっているらしい。その二人の屋敷でセント・ジョン野戦病院協会の募金のための催しが行なわれた。被害者は――名前はヘザー・バドコックというのだが――協会のその地方の幹事をしており、その日の催しの実際上の仕事を大部分ひとりでやってのけた。有能で、常識を備えた女だし、土地の者たちからも好意を持たれていたらしい」

「ボス的な女だったわけですね?」とクラドックは言った。

「おそらくはね」と副総監は答えた。「それにしても、わたしの経験では、ボス的な女はめったに殺されたりしないものだよ。なぜだかわからないがねえ。考えてみると、不公平な気がしないでもないがね。その催しは記録的な入場者を集め、好天気にめぐまれ、すべてがとどこおりなくはこんだらしい。マリーナ・グレッグ夫妻は、ゴシントン・ホールで一種の私的な歓迎パーティを開いた。そちらには三、四十人の人間が出席していた。地方名士、セント・ジョン野戦病院協会の関係者、マリーナ・グレッグの個人的な友人、撮影所関係の連中、などだ。すべてが平和に、順調に、はこんでいた。ところが、そこでヘザー・バドコックが毒殺されるという、奇怪なありそうにもない事件が起きたわけだ」

ダーモット・クラドックは考え顔で言った。「奇妙な場所を選んだものですね」

「警察本部長もそう考えている。かりにヘザー・バドコックを毒殺したがっている人間がいたとしても、なぜとくにあの午後のそういう場所を選んだりしたのか? いくらでももっと簡単な方法があるはずなのだから。いずれにせよ、危ない橋を渡ったものだよ。二、三十人もの人間がまわりをうろついているなかで、ひそかにカクテルに毒薬を入れたりしたのだから。誰かに何かを見られているにちがいないのだがね」

「その飲み物の中に入っていたことははっきりしているのですか？」

「そう、それははっきりしている。ここに詳しい報告も来ているよ。医者の大好きなわけのわからない長ったらしい名前の毒薬なのだが、実際にはアメリカではかなり広く用いられている薬品なのだ」

「アメリカでねえ。なるほど」

「いや、この国でもそうなのだよ。だが、こういうものは大西洋の向こう側でのほうがずっと自由に手に入れられる。少量飲めば、くすりにはなるのだから」

「医者の処方で買うわけですか、それとも自由に買えるのですか？」

「医者の処方が必要だということにはなっている」

「たしかに奇妙ですね」とダーモットは言った。「ヘザー・バドコックという女は映画人と何か関係があったのですか？」

「なんの関係もなかったのだ」

「被害者の家族でこの事件に関係のありそうな者は？」

「亭主がいる」

「亭主がねえ」ダーモットは考えこんだ。

「そう、誰だってそういうふうに考えるものだよ」と彼の上役は言った。「ところが、あの町の警察の人間は――コーニッシュという名前だったと思うが――その方面には疑わしい点がないと考えているらしいのだ。もっとも、バドコックはそわそわしていて不安そうだったと報告してきてはいるが、ちゃんとした人間でも、警察の訊問をうけると、そんなふうになるものだとも書いている。夫婦仲はきわめてよかったらしいのだ」

「要するに、向こうの警察では自分たちの手には負えないと考えているわけですね。とにかく、興味のありそうな事件ですね。わたしが派遣されるわけですか」

「そうだ。なるべく早く行くほうがいいぞ。誰を連れて行く？」

ダーモットはちょっと考えていた。

「ティドラーがいいと思います」と彼はゆっくりと言った。「あの男はいい人間だし、なおいいことには映画のファンでもありますから、それが何かの役に立つかもしれません」

副総監はうなずいた。「では、幸運を祈るよ」と彼は言った。

2

「おや、まあ！」とミス・マープルは、嬉しさと驚きに顔を紅潮させて、叫んだ。「ほいんとうに想いがけなかったわ。お元気、わたしのなつかしい少年――でも、もう少年なんかではないわね。今は何になっているの？――主任警部？　それとも、なんとか部長とでも呼ばれているの？」

ダーモットは自分の現在の地位を説明した。

「あなたがここへ何をしに来ているかは訊くまでもなさそうね」とミス・マープルは言った。「この村の殺人事件がロンドン警視庁《スコットランド・ヤード》の注意をひくだけのねうちがあると考えられたわけね」

「われわれのほうへ事件がまわされてきたのです」とダーモットは答えた。「ですから、この村に着くとすぐに、わたしも当然本部に出頭したというわけですよ」

「まさか――」ミス・マープルはちょっと狼狽の色を見せた。

「そのとおりですよ。おばさんのところへ来たわけです」とダーモットは敬意をこめて言った。

「わたしはもうすっかり時代おくれな人間になっているのよ。外へもあまり出ないしねえ」とミス・マープルは残念そうに答えた。

「ところが、外出してころんでみせ、十日後にはもう殺される運命になっていた女に、助け起こしてもらったりしておられるではありませんか」とダーモットは言った。

ミス・マープルは昔の小説でなら〝チェッ〟と書かれていたような声を出した。

「いったいどこでそんなことを聞いたの？」と彼女は言った。

「おばさんならわかるはずですがね」とダーモットは言った。「いつも口癖のように言っておられたではありませんか、村の生活では誰もがなんでも知っているものなのだって」

「ところで、これはここだけの話ですがね」と彼は言葉をついだ。「その女のひとは、ひと眼見るとすぐに、殺されそうな女だという気がしましたか？」

「とんでもない！」とミス・マープルは叫んだ。「とっぴなことを考えるわねえ！」

「亭主の眼つきを見たとき、おばさんもご存じの、ハリー・シンプスンや、デーヴィド・ジョーンズなどという、あとで女房を崖から突き落とした連中の眼つきを想い出しませんでしたか？」

「全然！」とミス・マープルは答えた。「バドコックという人はそういう悪事のできそうにない人だということはたしかよ」ついで彼女は慎重につけ加えた。「少なくとも、たしかだと言っていいと思うわ」

「しかし、人間の性質というものはあてにならないものなのだから――」とダーモットは呟いた。

「そのとおりよ」とミス・マープルも言った。「おそらくあの男も最初の悲しみが過ぎれば、大してさびしがりもしなくなると――」

「なぜですか？　細君に頭をおさえられていたのですか？」

「ちがうわ」とミス・マープルは答えた。「でもね、あの妻は――そうねえ、思いやりのあるひとだったとは思えないわ。親切なことは親切だったけど、思いやりは、なかったわ。だんなさまをかわいがり、病気のときにはゆきとどいた看病をし、食事の世話もしたろうし、家政のきりもりもうまかったろうとは思うけれど、あのひとは――そうねえ、亭主が何を考え、何を感じているか、知りもしなかったろうと思うわ。それでは、男にとっては淋しい生活になるものよ」

「なるほど」とダーモットは言った。「それでは、あの男の生涯もこれからはさほど淋しいものではなくなりそうだというわけですか？」

「きっと再婚するだろうからねえ」とミス・マープルは答えた。「おそらくはそう日もたたないうちに。それも、気の毒なことだけれど、また同じようなタイプの女とねえ。自分よりは個性の強い女と結婚しそうなひとだから」

「誰か候補者が現われているのですか？」

「わたしの知っているかぎりではまだよ。でも」と彼女は残念そうにつけ加えた。「わたしはあまりにも知らなさすぎるのだから」

「ところで、おばさんはどうお考えですか？」とダーモット・クラドックは意見をひき出そうとした。「おばさんはものを考えることにおくれをとるようなひとではなかったのだから」

「そうねえ、あなたはバントリー夫人に会いに行くべきだと思うわ」と彼女は想いがけないことを言った。

「バントリー夫人？　どういうひとなのですか？　映画関係の人間ですか？」

「そうではないの」と彼女は答えた。「彼女はゴシントン・ホールの東門に住んでいるひと。あの日のパーティに出席していたのよ。以前はゴシントン・ホールの持ち主だったの、バントリー大佐がこの世におられた頃には」

「パーティに出席していたとすると、何かを見たというわけですか？」

「何を見たかは本人に話してもらうほうがいいと思うわ。あなたはそんなことは事件とはなんの関係もないと思うかもしれないけれど、そうではないかもしれないのよ——何かを暗示していることとかも——もしかするとねえ。わたしに聞いてきたと言ってごらんなさい——ああそうそう、『レディ・オブ・シャロット』の話をもち出してみるのよ」

ダーモット・クラドックはちょっと首をかしげて彼女を見つめた。

「レディ・オブ・シャロット？　なにかの暗号なのですか？」

「そんなふうに解釈していいかどうかはわからないけれど、その言葉をもち出せば、あのひとはわたしの頭にあることを思い出してくれるはずなの」とミス・マープルは答えた。

ダーモットは立ち上がった。「いずれまた引き返してきますよ」と彼は警告した。

「それはありがたいわね」と彼女は答えた。「そのうちに、暇があったら、お茶にでも寄ってちょうだい。あなたがまだ紅茶を飲む習慣を持っていればよ」と彼女はなさけなさそうにつけ加えた。「近ごろの若い人たちは外で飲み食いするだけらしいわね。午後のお茶なんか時代おくれだと思っているらしいんだから」

「わたしはそれほど若くはありませんよ」ダーモットは言った。「そのうちによらせていただいて、一緒にお茶をいただくことにします。いろんな噂話やこの村の話でもしましょう。ところで、おばさんは誰か映画スターを、撮影所の人間を、ご存じじゃありませんか？」

「全然知らないわ」とミス・マープルは答えたが、ついでこうつけ加えた。「ひとから聞いたことだけで」

「ところが、おばさんはずいぶんいろんなことを耳にしているひとなのだから」とダーモットは言った。「それでは、失礼します。お目にかかれてうれしかったですよ」

3

「はじめまして」とバントリー夫人は言ったが、ダーモット・クラドックが自己紹介をし、肩書を述べると、少々驚いたような顔つきをした。「主任警部さんにお目にかかるなんて、興奮させられますわ。いつも部長刑事さんを連れておられるんじゃありませんの？」

「ええ、連れてきてはいますが、仕事中なのです」とクラドックは答えた。

「聞きこみというやつですの？」とバントリー夫人は希望をこめて訊いた。

「まあ、そういうところです」とダーモットは重々しく答えた。

「ジェーン・マープルに聞いてこられたわけですね」と言いながら、彼女は小さな居間へ案内した。「花を活《い》けていたところなのですよ」と彼女は話した。「今日はどうしても花が思うようになってくれない日でしてねえ。倒れたり、とんでもないところに突っ立ったり、寝かせようとしても、どうしても横になってくれなかったりするしまつでね。おかげで気晴らしができますわ、ことにこういう興奮させられるお客さんに来ていただくと。やはりあれは他殺だったのですか？」

「あなたは他殺だとお思いになりましたか？」

「そうですねえ、偶然の事故であるはずがないという気はしますわ」とバントリー夫人は答えた。「一つもはっきりしたことを発表してくれないんですよ、公式にはね。犯人を示す証拠も、毒薬をいれた手段を示す証拠もないという、ばかげた発表だけでねえ。でも、もちろんわたしたちは他殺だと噂しあっていますわ」

「犯人についてはどうですか？」

「そこがおかしな点なのですよ」とバントリー夫人は言った。「そういう話は出ないんですから。ああいうことをやってのけられる人間がいたはずがないという気がするせいでしょうけれど」

「つまり、物質的な条件から見て、ああいうことがやれたはずがないと考えておられるわけですか？」

「いいえ、そういう意味ではないのです。困難だったろうとは思いますが、不可能ではなかったはずです。わたしの言う意味は、ああいう行動をとる意志のある人間がいたはずがないということなのです」

「ヘザー・バドコックを殺したがっている人間なんかいるはずがないと、考えておられるわけですね？」

「正直にいうと、そうなのです」とバントリー夫人は答えた。「ヘザー・バドコックを殺したがっている人間がいるなんて、想像もつきませんわ。わたしもあのひとには何度か逢っているんです。この村のいろんな会でねえ。少女補導委員会だとか、セント・ジョン野戦病院協会だとか、教区の集まりだとかいったような。何をするにもいやに熱心で、少々大げさな言い方をするくせがあり、ほんのすこしでしゃばりすぎるきらいがありました。でも、そんなことで殺したいとまでも思うものではありませんわ。昔だったら、そういう人が玄関に近づいてくるのを見つけると、大急ぎで小間使を呼んで——その頃には小間使もいてくれて、非常に便利でしたがねえ——〝お留守です〟と言わせたところでしょう。もしその小間使がうその言えないたちでしたら、〝今日はどなたにもお目にかかりません〟とでもねえ」

「つまり、ミセス・バドコックを避けるための努力はしても、永久に消し去りたい衝動を感じる人間はいないはずだという意味ですか？」

「うまく表現なさいましたわね」とバントリー夫人は感心したようにうなずいた。

「被害者は財産といえるほどのものも持っていなかった」とダーモットはひとりごとのように言った。「したがって、彼女の死によって利益をえる者もいなかったわけでしょう。憎悪を感じるほどきらっていた者もいなかったらしい。まさかあの女は誰かを恐喝していたわけではないでしょうねえ？」

「そんなことをしそうなひとでは絶対にありませんよ」とバントリー夫人は答えた。「良心的で、社会奉仕の精神を持ったひとでしたから」

「夫が何か女性問題を起こしていたというようなことはありませんか？」

「そういうこともありそうにない気がしますわ」とバントリー夫人は答えた。「もっとも、ご主人のほうには、わたしはあのパーティで初めて逢っただけなのですけれどね。なんだかしょぼしょぼした感じのひとでしたわ。好感は持てるけれども、きりっとしたところはないといったような」

「そうすると、もうあまり手がかりが残っていませんね」とダーモットは言った。「結局、被害者は何か知っていたのだという仮定にもどるしかなさそうです」

「何か知っていたといいますと？」

「誰かにとって非常に不利になるような事実をですよ」

バントリー夫人は首を振った。「それも疑問ですわ。大いに疑問だと思いますよ。わたしのうけた感じでは、あのひとは、誰かの秘密をつかみでもしたら、喋らずにはおれなさそうなひとでしたから」

「それではその方面も見こみなしですかね」とダーモットは言った。「そこでですね、よろしかったら、お訪ねした理由にうつりたいのですが、マープルさんがね、あのかたはわたしが大いに尊敬しているかたなのですが、あなたに『レディ・オブ・シャロット』のことをもち出してみろと言われたのですが」

「ああ、あのこと！」バントリー夫人は言った。

「ええ、そのあのことなのですよ。何のことなのかは知りませんが」と彼は言った。

「テニスンは最近はあまり読まれていませんからね」とバントリー夫人は言った。

「多少はわたしの記憶にも残っていますよ」とダーモットは言った。「姫はキャメロットのかたを眺めやりぬ、でしたねえ？」

織物はとびちり、ひろがれり
鏡は横にひび割れぬ
「ああ、呪いがわが身に」と、
シャロット姫は叫べり。

「そのとおり。あのひともそうでしたわ」とバントリー夫人は言った。

「失礼ですが、誰が、どうだったのですか？」

「そっくりそんなふうでしたよ」とバントリー夫人は答えた。

「誰が、どんなふうだったのですって？」

「マリーナ・グレッグがですよ」

「ああ、マリーナ・グレッグがねえ。それはいつのことだったのですか？」

「ジェーン・マープルからお聞きにならなかったのですか？」

「何も聞いていないんです。お宅へ行けと言われただけで」

「まあ、あのひとったら、いやねえ」とバントリー夫人は言った。「わたしなんかより ずっと上手に話せるのに、わたしときたら、いきなりなんの脈絡もないことを言いだす ので、お前の話はさっぱりわからないと、よく主人が申していたものですわ。とにかく、 あれはわたしの幻想にすぎなかったのかもしれないのです。ですがね、ああいう顔つき を見たら、ちょっと忘れられないものなのですから」

「どうか話してみていただけませんか？」とダーモットは言った。

「あれはあのパーティのときだったのです。ほかに言いようがないから、パーティと言っておくのですけれどね。でも、ほんとうは階段の踊り場が拡げてあって、そこで一種の接待が行なわれていたのですよ。そこには、マリーナ・グレッグもそのご亭主もいました。入場者のうちの何人かをそこへ案内していたわけなのです。わたしも、あの屋敷の以前の持ち主だったせいでしょうが、そこへ招かれたわけですし、ヘザー・バドコック夫婦も、奥さんがあの記念祭のいっさいの行事の幹事役をしていましたから、やはりそこへ案内されてきました。わたしたちは偶然ほとんど同時に階段を上がってゆきましたから、わたしもそばに立っていて、あのことに気がついたわけなのです」

「なるほど、それで、いつ、何に気がつかれたのですか？」

「ヘザーは、有名人に会うと誰でもよくやることですが、長ったらしいひとり語りをはじめたのですよ。すばらしかったとか、胸がわくわくしたとか、前からおめにかかれたらと思っていた、といったようなことをね。ついで、何年も前に一度おめにかかったことがある、そのときどんなに興奮したかという長話にはいりました。わたしはね、心の中で思いましたよ。有名人というものはこんな話にも愛想のいい返事をしなければならないのだから、気の毒なものだ、と。ところが、そのうちに、マリーナがそういったお愛想を言わなくなっているのに気がついたのです。ただぼんやり見つめているだけで」

「見つめていた——ヘザーをですか？」

「それが違うんですよ。まるでヘザーのことなんかは忘れてしまっているみたいでしたわ。ヘザーの話していることを聞いてもいなかったにちがいないと思いますわ。ただ、わたしの言うシャロットふうの表情を浮かべて、茫然としているだけで。まるで何か恐ろしいものでも見たようにねえ。何か、おびえさせられるようなものを、自分の眼が信じられないような、見るのが耐えがたいようなものをでも」

「自分の運命もつきた、といったような？」とダーモットは助け舟を出した。

「ええ、そのとおりですの。ですから、わたしはシャロットふうのと言ったのですわ」

「それにしても、マリーナはいったい何を見ていたのですか、バントリーさん？」

「それがわたしにもわからないときているんですよ」

「マリーナは階段を上がりきったところにいたわけですね？」

「あのひとはヘザーの頭のさきのほうを見ていました——いや、どちらかというと、片方の肩のさきのほうだったと思います」

「すると、階段の中途あたりをですか？」

「すこし片方によったほうだったかもしれませんわ」

「階段を上がってきかかっている人たちもいたわけですね？」

「ええ、たしか五、六人は」

「とくにそのうちの誰かを見つめていたのですか？」

「その点はなんとも言えませんわ」とバントリー夫人は答えた。「じつは、わたしはそちらのほうを向いてはいなかったのですよ。マリーナを見ていたのです。階段に背をむけていたわけですわ。わたしはかけてある絵のどれかを見つめているのかと思いました」

「しかし、自分の家にかけてある絵なのですから、マリーナは知りぬいているはずではありませんか」

「ええ、それはそうですわねえ。やはり誰かを見つめていたにちがいありませんわ。いったい誰なのかしら」

「それをさぐり出す必要がありますね」とダーモットは言った。「どういう人たちがいたか、思い出せませんか？」

「そうですね。村長さんご夫妻がおられたことは知っています。それから、新聞記者かと思われる赤い髪の人、あとで紹介されたのですけれど、名前は思い出せませんの。わたしは名前は聞こうともしないものですから。たしかガルブレイスといったような名前だったと思いますけど。それから、黒い顔をした大きな男もいました。黒人ではないのです――いやに色が浅黒くてたくましい感じの風貌の持ち主、というだけで。女優さんも一人いっしょでした。濃すぎるほどのブロンドで、ミンクの毛皮のような髪をしたひと。それから、マッチ・ベナムのバーンステープル老将軍もみえていました。お気の毒に、もうすっかり老いぼれてしまっておられましたわ。まさかあのかたがひとに呪いをもたらした当人だとは、思えませんけど。ああ、そうそう！ 農場のグライス夫婦も来ていましたわ」

「奥さんのおぼえておられるのはそれらの人たちだけでしょうか？」

「まだほかにもいたかもしれません。でも、なにしろわたしは——べつに注意して見ていたわけではありませんから。バーンステープル将軍や、村長さんや、アメリカ人たちが、その時間頃に着いたことは知っていますわ。それから、写真をとっている人たちもいました。一人はこの村の人のようでしたが、もう一人はロンドンからきたひとで、髪を長くたらし、比較的大きなカメラをもった、芸術家ふうのひとでしたわ」

「マリーナ・グレッグに、お話のような表情をもたらしたのは、そのうちの誰かだとお思いになりますか？」

「わたしはべつにこれという考えも持っていませんわ」とバントリー夫人は正直に答えた。「わたしは、どうしてあんな表情になったのだろうかと、不思議に思っただけで、それ以上は考えてもみませんでした。ですが、人間ってあとになってからいろんなことを思い出すものですわね。ですがねえ」とバントリー夫人は正直につけ加えた。「あれはただわたしの幻想だったのかもしれませんわ。結局、マリーナは突然歯痛を起こしたか、突然さしこみに襲われたのだった、ということにならないともかぎりませんよ。そういう場合には、普通にふるまい、なんでもないような顔をするつもりでも、つい顔をしかめてしまうことがあるものですから」

ダーモットはふきだした。「奥さんも現実主義者だとわかって、愉快ですよ」と彼は言った。「おっしゃるとおりに、そういう種類のことだったのかもしれませんね。しかし、たしかにこれは手がかりになりそうな、興味のある事実の一つには違いありませんよ」

彼はいとまを告げて、マッチ・ベナム警察に信任状を提出しに行った。

第九章

1

「すると、この町での捜査は行きづまったというわけだね？」と言いながら、クラドックはシガレット・ケースをコーニッシュにさしだした。

「完全にねえ」とコーニッシュは答えた。「恨みを持っている者もいなければ、喧嘩も起きていないし、夫婦仲もよかったときているんです」

「べつに男があったとか、女があったというはなしも？」

コーニッシュは首を振った。「全然。どこに鼻を突っ込んでみても、醜聞のにおいがしません。被害者はいわゆるセクシーな女ではなかったのです。いろんな委員会や何かに関係していましたし、多少の勢力争いくらいはあったようですが、それ以上のものではなかったようです」

「亭主のほうにも、ほかに結婚したがっている女はいなかったのかね？　勤めている会社のほうにでも？」

「あの男は不動産の売買や評価が専門のビドル・アンド・ラッセル事務所に勤めているのです。そこにはフロリー・ウェストという女がいるが、これはアデノイドだし、グランドルという女は五十はこしているうえに、醜女ときている——あそこには男の心をかきたてるような女はいませんよ。もっとも、あの男がすぐに再婚したとしても、わたしは驚きませんがね」

クラドックは興味をそそられたらしい顔つきになった。

「となりに未亡人がいるんですよ」とコーニッシュは説明した。「検死審問があったあとで一緒に家へ行ってみたら、その女が入りこんでいて、お茶の用意をしたり、何かと世話をしてやっていましたよ。あの男は驚きもし、嬉しがってもいるようでした。わたしに言わせれば、女のほうはもう結婚の気がまえだと思うが、かわいそうに男のほうはまだ気がついていませんね」

「どんな女だった？」

「美人ですよ」とコーニッシュは白状した。「若くはないがジプシーふうなところのある美人でしてね。色つやもいいし、黒っぽい眼をしていましたよ」

「名前は?」

「ベイン。ミセス・ベイン。メアリ・ベインというのです。未亡人ですよ」

「亭主は何をしていた男なのかね?」

「さあ、その点はまだわかっていません。この付近に勤めている息子があって、一緒に暮らしているんです。もの静かな、ちゃんとした女のようでした。それにしても、どこかで見かけたことのある女のような気がするんですがね」

彼は時計に眼を走らせた。「十二時十分前。十二時にゴシントン・ホールへうかがうと、あなたに代わって約束がしてあるのです。もう出かけたほうがいいでしょう」

2

いつもおだやかな、ぼんやりしたようなまなざしをしてはいたが、ダーモット・クラドックはゴシントン・ホールのさまざまな特色をこまかに頭にきざみこんだ。コーニッシュ警部は、彼を案内していって、ヘイリー・プレストンという青年に紹介したと思うと、たくみに口実をもうけて帰ってしまった。それからあと、ダーモット・クラドックは、プレストンの口から流れ出る滔々としたお喋りに耳を傾けて、ときおりおだやかにうなずいていただけだった。ヘイリー・プレストンはジェースン・ラッドの一種の渉外係か、助手か、個人秘書か、それともその三者をかねたような存在らしかった。彼はじつによく喋る男だった。大して抑揚もつけず、奇蹟的なほど同じことを繰り返しもしないで、長々と喋りたてた。感じのいい青年で、この最善の世の中でのすべての出来事は神様のおぼしめしによるものだという、パングロス博士（ヴォルテールの著書に出てくる哲学者）の意見を想わせるような考え方を、誰にだろうと説きつけたがっているみたいだった。彼は幾度も、言葉を変えてだが、次のように述べた。今度のような事件が起きたことは残念しごくであり、誰もが心をいためており、マリーナにいたっては何をする気力も失ってしまっているしまつだし、ラッド氏も口では言えないほど神経をやられてしまっている。こんなことが起きようなどとは考えられもしないことだった。おそらく何かの物質に対するアレルギーのせいではなかったのだろうか？　これは自分の意見にすぎないが、アレルギーというやつは不可解なものなのだから、クラドック主任警部さんには、ヘリングフォース撮影所はもちろん、そこに勤めている者も、できるかぎりの協力をするつもりでいる。なんなりと訊いていただいていいし、好きなところへ行っていただいていい。何かお手伝いできることがあればさせていただく。ミセス・バドコックには、自分たちはみんな大いに敬意をはらっていたし、あのかたの社会奉仕の精神にも、セント・ジョン野戦病院協会のためにつくされた貴重な仕事にも、感心させられていた。

さらに彼は、同じ言葉を使わないまでも、同じ趣旨のことをまた繰り返しだした。世にもこの男ほど協力的な人間はなさそうに思えるほどだった。同時に彼は、今度の事件が撮影所の隔離された世界とはおよそ無縁なものであることや、ラッドにしろ、マリーナ・グレッグにしろ、この家の者はすべてできるかぎりの助力をするつもりでいることも、伝えようと努力した。ついで、彼はこれでもう四十四回目ぐらいになるだろうが、やさしくうなずいてみせた。その間を利用して、ダーモット・クラドックはやっと言葉をはさんだ。

「何かとありがとうございました」

その言葉は静かな語調ではあったが、ぴたりと相手のお喋りを封じるだけの力がこもっていた。

「それで——？」とプレストンは訊ねるように言葉を途切らせた。

「質問してもいいということでしたね？」

「もちろんです。どうぞおはじめください」

「あのひとが絶命したのは、ここでだったのですか？」

「ミセス・バドコックがですか？」

「そうですよ。ここだったのですか？」

「そうなのです。ここなのですが、そのときの椅子にご案内しましょう」

二人は広くしてある踊り場に立っていたのだった。プレストンはちょっと廊下を歩いてゆき、どことなくまがいものめいた樫材の安楽椅子を指さした。

「あのひとはここに座りこんでいたのです」と彼は言った。「気分がわるいということなので、誰かが何かを取りに行ったのですが、まもなく息が絶えてしまいました。この椅子に座りこんだままで」

「なるほど」

「最近医者にかかっておられたのかどうか知りませんが、どこか心臓に故障があると警告されていたのでしたら――」

「心臓にはなんの故障もなかったのです」とダーモットは言った。「健康な婦人でした。学名は長ったらしいのではぶきますが、わたしの了解しているところでは、カルモーという名で通っている薬を、許容量の六倍も飲んだことが死因でした」

「ああ、その薬なら知っています。わたしもときどき飲みますから」とプレストンは言った。

「ほほう。それはすこぶる興味がありますね。効果があるのですか？」

「すばらしいですよ。じつにすばらしい。矛盾したことを言うようですが、元気づけてくれると同時に、気持ちを鎮めてもくれます」ついで彼はこうつけ加えた。「もちろん、適量を飲まなければいけませんが」

「この家にも、その薬は備えてあるのですか？」

この質問に対する答はすでにわかってはいたが、彼はしらないふりをして訊いてみたのだった。プレストンの答は正直さそのものだった。

「いくらでもあると言っていいでしょう。たいていの浴室の戸棚には一瓶置いてあるはずです」

「そういう事情では、われわれの仕事も厄介さをました感じですね」

「当然、あのひとも前からその薬を使っていたものだから、いくらか飲み、さっきも言ったようにアレルギーを起こしたとも、考えられないことはありませんね」とプレストンは言った。

クラドックはそんなことは全然信じられないという顔つきをした――プレストンは溜め息をつき、言い直した。

「飲んだ量ははっきりしているのですか？」

「もちろんです。致死量だったわけだし、あの婦人にはそういう種類のものを飲む習慣はなかったのです。われわれのたしかめたかぎりでは、せいぜい重炭酸ソーダかアスピリンを飲んでいた程度でした」

プレストンは頭を振った。

「それだと、やはり問題ですね。たしかにこれは問題ですよ」

「ラッドさんとグレッグさんはどこでお客を迎えておられたのですか」

「ここですよ」プレストンは階段を上がりきったところへ行った。

クラドック主任警部もそのそばに立った。彼は正面の壁に目をやった。中央にはイタリアの画家の手になるマリアと幼児キリストの絵がかけてあった。有名な絵のすぐれた複製だろうと彼は推定した。青いローブをまとったマリアが赤ん坊を差し上げていて、どちらも笑顔を浮かべており、両側に立っている数人の者たちも差し上げられた赤ん坊を見まもっていた。これはマドンナを描いたものとしては好ましいものの一つだとダーモットはおもった。絵の左右には細長い窓が二つあった。全体の効果がいかにも魅力的だったが、どう見ても、悲運に見舞われたシャロットのような表情を女性に浮かべさせる原因になりそうなものは見当たらなかった。

「もちろん、いろんな客が階段を上がってくるところだったのでしょう？」と彼は訊いた。

「そうです。数人ずつ入ってきました。一度にどっとではなくてね。わたしも幾人かを案内してきましたし、エラ・ジーリンスキーが――ラッドさんの秘書なのですが――案内してきた人たちもいました。わたしたちは気持ちのいい形式ばらないパーティにしたかったのです」

「ミセス・バドコックが上がってきたときには、あなたもここにおられたのですか?」

「残念ながら、わたしはそのときのことはおぼえていないのですよ。わたしは名簿を渡されていたので、外に出て、その人たちの案内役をしていたのです。お客さんたちを紹介し、飲み物の世話をしておいてから、また外へ出て、次の一団を連れてくるというふうでした。その当時は、わたしはまだあのひとの顔も知りませんでしたし、あのひとの名前もわたしの名簿には入っていませんでした」

「ミセス・バントリーというかたのことは?」

「あのかたならおぼえています。この屋敷の以前の持主だったかたでしょう? たしかあのかたとバドコック夫妻は同じ頃に上がってこられたはずです」彼はちょっと言葉をきった。「すぐそのあとから村長さんがおみえになりました。村長さんは大きな首飾りをつけておられたし、金髪の奥さんはひだ飾りのあるふじ紫の衣裳でした。どなたのこともおぼえていますよ。飲み物はわたしがお注ぎしたわけではなかったのです。次の客を迎えに降りていかねばならなかったのですから」

「誰が飲み物を注いでいたのですか？」

「それはわたしにもはっきりしたことは答えられません。そういう方面の係りをしていた者が三、四人はいたのですから。わたしが階段を降りていったとき、村長さんが上がってきかかっておられたことは知っています」

「そのときに階段にいた者で、ほかにもおぼえておられる人はありませんか？」

「記念祭の記事をとりに来ていた新聞記者のうちの一人のジム・ガルブレイスと、ほかにもわたしの知らない人が三、四人。写真班員も二人来ていて、一人は、名前は思い出せませんが、この土地の者でしたし、もう一人はロンドンから来た芸術家ふうの女性で、どちらかというと奇妙な角度から写すのを専門にしているひとです。そのひとは、客を迎えているときのグレッグさんの姿を写そうとして、あの隅にカメラをすえつけていました。ああ、そうそう、アードウィック・フェンが到着したのも、そのときだったような気がします」

「アードウィック・フェンといいますと？」

プレストンは唖然とした顔つきになった。

「主任警部さん、あのひとは大物なのですよ。テレビや映画界ではたいへんな大物なのです。わたしたちはあのひとがこの国に来ていることすら知らなかったのです」

「そのひとの出現は意外だったわけですね？」

「そう言っていいでしょう」とプレストンは答えた。「よく来てくれたわけですし、わたしたちにとっては思いがけないことでした」

「そのひとはラッドさんやグレッグさんの古くからのお友だちなのですか？」

「マリーナとは、もう何年も前にあのひとが二度目の結婚をした当時、ごく親しかった友だちなのです。ジェースンがどの程度知合いかはわたしも知りませんが」

「いずれにせよ、そのひとがきてくれたことは愉快な驚きだったわけですね？」

「そうでしたよ。わたしたちはみんな嬉しがりました」

クラドックはうなずき、別の話題に移った。彼は飲み物のことや、その材料、客に出す手順、給仕した者たちや、全体の使用人や臨時傭いの者たちの名前などを、こまかく訊ねていった。それらの質問に対する答から、すでにコーニッシュ警部も暗示していたように、三十人のうちの誰でもが簡単にヘザー・バドコックのグラスに毒薬を入れられたろうと思えると同時に、三十人のうちの誰かがそれを目撃していた可能性もありそうな気がした。ずいぶん大きな危険をおかしたものだな、とクラドックは思った。

「ありがとうございました」とついに彼も質問をうちきった。「そこで、よろしかったら、マリーナ・グレッグさんにおめにかかりたいのですが」

ヘイリー・プレストンは首をふった。「残念ですが、まことに残念ですが、それは問題外なのです」

「それはどうも！」

クラドックは眉をつり上げた。

「あのひとは心身ともにまいっているのです。完全にまいっているのです。かかりつけの医者に来てもらっているような状態なのですよ。その医者が診断書を書いてくれています。ここに持っていますから、それをおめにかけましょう」

クラドックは診断書を受け取って読みくだした。

「なるほど」と彼は言った。ついでこんなふうに訊いた。「グレッグさんはいつも医者をそばにおいておられるのですか？」

「非常に神経質なのですよ、俳優や女優というものはねえ。ああいう生活は緊張の連続ですから。ことにスターの場合には、本人の体質や精神状態を理解している医者を持つことが望ましいと考えられています。モーリス・ギルクリストは非常に有名な医者なのです。もう何年もグレッグさんを診てきてもいます。あのひとは、新聞でご存じでしょうが、この数年病気続きだったのです。長いあいだ病院生活もしていました。たちなおり、健康を回復したのはつい一年前のことなのです」

「なるほどねえ」

プレストンは、クラドックがそれ以上は抗議しなかったので、ほっとした様子だった。

「なんでしたら、ラッドさんにお逢いになりませんか」と彼は自分のほうから言いだした。「あのひとは——」彼は時計を出してみた。「——もしあなたのご都合さえよろしければ、あと十分もすれば撮影所から帰ってくるはずですが」

「それだと願ってもないことです」とクラドックは答えた。「ところで、ギルクリスト医師はげんにこのお宅におられるのですか？」

「おります」

「それなら、おめにかかりたいものですが」

「承知しました。すぐに連れてまいります」

青年は急いでその場を去っていった。ダーモット・クラドックは、考えこみながら、踊り場に突っ立っていた。もちろん、バントリー夫人の言っていたあの凍りついたような表情は、バントリー夫人の幻想にすぎなかったのかもしれない。あのひとはすぐに結論に飛びつきたがる女性らしいから。同時に、彼女の飛びついた結論が正しかったということもありうる。シャロットが自分の命運の尽きたことを悟ったときほどの表情はしていなくても、マリーナ・グレッグも何か当惑させられるようなものを見たのかもしれない。何かに気をとられて、自分に話しかけている客の存在も忘れてしまったに相違ない。たぶん階段を上がってきた連中のうちの誰かが——予期されていなかった客の誰かが——歓迎されざる客だったのではなかろうか？

足音がしたので、彼はふりむいた。ヘイリー・プレストンが引き返してきていて、モーリス・ギルクリスト医師も一緒だった。ギルクリスト医師はクラドックが予想していたような人物とは全然違っていた。病床むきの如才のない態度の持ち主でもなければ、芝居がかった服装もしていなかった。見たところ、ぶっきらぼうで、元気のいい、事務的な人物のようだった。ツイードと言っても、英国人趣味からいえば多少はでな、ツイードの服を着ていた。鳶色の頭髪、ひとを見ぬくような、鋭い黒っぽい眼の持ち主だった。

「ギルクリスト先生ですね？　わたしは主任警部ダーモット・クラドックといいます。ちょっと内密にうかがいたいことがあるのですが？」

医師はうなずいた。廊下を曲がり、ほとんどそのはずれまで行ったと思うと、ドアを押し開け、クラドックを請《しょう》じ入れた。

「ここなら邪魔がはいりませんよ」と彼は言った。

どうやらそこは医師の寝室らしく、居心地のよさそうな設備になっていた。ギルクリスト医師は椅子をさし示し、自分も腰をおろした。

「あなたの診断によると、マリーナ・グレッグさんは面会不可能だということですが、どこがわるいのですか？」とクラドックは口をきった。

ギルクリストはほんのかすかに肩をすくめた。「神経ですよ」と彼は答えた。「いまあなたに訊問されれば、十分とたたないうちにヒステリーに近い状態におちいりますよ。わたしとしてはそういうことは許すわけにはまいりません。なんでしたら警察医を派遣してくだされば、喜んでわたしの見解をお伝えしましょう。同じような理由で検死審問にも出席できなかったわけなのです」

「そういう状態は何日くらい続きそうなのですか？」とクラドックは訊いた。

ギルクリスト医師は彼を見やり、にっこりした。感じのいい微笑だった。

「わたしの意見を、医者としてではなく、人間としての意見を述べさせていただくとしますと、あのひとは二日もたたないうちに、喜んでおめにかかるだけでなく、自分のほうからおめにかかりたいと言いだしますよ。あなたの質問に答えたがりますよ。あのひとたちはそういうふうなのです」彼は身体をのりだした。「できればあなたにも理解してもらえるように、ああいう連中がなぜああした振舞いをするか、多少お話ししてみましょう。映画人の生活は緊張の連続ですし、成功すればするほど緊張の度合いはますばかりなのです。いつも終日衆目を浴びての生活ですからね。ロケーションに出れば、撮影中は長時間にわたっての辛い単調な仕事になります。朝から行って、じっと待っていなければならない。わずかばかりの演技を、それも何度も繰り返して、やらされる。舞台でリハーサルをやる場合には、たいていはひと幕全体の稽古をやるものだし、でなくても、ひと幕の一部分はやりますよ。演技も連続しているわけだし、多少は人間的な、合理的な面がありましょう。ところが、映画をとる場合には、あらゆるものが連続を断たれます。単調な、神経をすりへらされる仕事です。くたくたに疲れきります。そりゃ、贅沢な生活もできるし、鎮静剤も飲むし、入浴だの、クリームだの、おしろいだの、医師の手当てだのとさわぎたて、気晴らしやパーティもやれはするが、いつも衆目を浴びているわけです。静かに愉しむなどということは不可能です。実際――くつろぐことだってできないのですからね」

「なるほどね。その点はわたしにもわかりますよ」とクラドックは言った。

「それに、こういう点もあります」とギルクリストは言葉をついだ。「こういう生活にはいり、多少でも才能があるとなると、特殊な人間になってしまうわけです。つまり――

—これはわたしの経験からくる観察なのですけれど——つらの皮のうすすぎる人間、しじゅう自信のなさに悩まされている人間にねえ。自分には才能がないというたまらない気持ち、要求されているだけの演技ができていないのではないかという懸念。俳優というものはうぬぼれが強いと世間では言っているが、それは事実に反しています。彼らはうぬぼれているわけではないのです。自分というものにとりつかれてはいるが、しじゅう安心させてもらう必要があるのです。絶えず安心させてやらなければいけないのです。ジェースン・ラッドに訊いてごらんなさい。おなじようなことを言いますよ。映画俳優には、自分にもやれるのだという気持ちを持たせてやり、やれるにきまっていると安心させて、しじゅうはげましながら、繰り返し繰り返し演技をさせて、こちらの望む効果をあげさせねばならないのです。それでいて、彼らはつねに自分の能力に疑いを抱いています。そのために、素人的な、ありふれた人間的な言葉で言えば、神経質なのです。いやに神経質なのです。神経のかたまりですよ。ところが、神経質になればなるほど、職業上はうまくゆくというわけです」

「それは興味がありますね」とクラドックは言った。「非常に興味を感じます」彼はちょっと言葉をきり、こうつけ加えた。「しかし、あなたがなぜそういう話を」

「マリーナ・グレッグという人間を理解してもらいたいがためですよ」とギルクリスト

は答えた。「あなたもきっとあのひとの映画をごらんになったことがあると思いますが」

「すばらしい女優ですね」とダーモットは言った。「すばらしい。個性もあれば、美しさもあり、共感もある」

「そうです」とギルクリストは言った。「そのすべてを備えており、あれだけの効果をあげるためには悪魔のように働かねばならなかったのです。そのあいだに神経をめちゃくちゃにされてしまったわけだが、もともと健康な身体の持ち主でもないのです。あの職業に必要なほどの健康さでは。あのひとは絶望と有頂天な歓喜とのあいだをたえずゆれ動いているような気質の持ち主です。そうなるしかないのです。そんなふうに生まれついているのですから。今までもずいぶん苦しみをなめてきています。その苦しみの大部分は自分の身から出たことなのですが、そうではないものもあります。幾度もの結婚も、どれ一つとして幸福な結婚ではありませんでした。今度の結婚だけは別ですがね。今はあのひとも、何年間も変わりなく心から愛してくれていた男性と結婚しているわけです。少なくとも今のところは、その愛につつまれて幸福に暮らしています。それがどれだけ続くかはわかりませんがね。あのひとの困った点は、あらゆることがおとぎばなしのように現実になり、すべてがうまくゆき、二度と不幸になるようなことのない地点なり時期なりにたどり着いたと思いこむか、でなければ、自分は憂鬱症におちこんでしまっている、破滅した女であり、愛も幸福も一度も味わったことがなければ、今後も絶対に味わえそうにない人間だと、思いこむかの、どちらかなのです」彼はさらにたんたんとした声でつけ加えた。「その両者の中間にとどまることができたら、あのひと個人にとっては幸運が開けるのですがね。もっとも、世界は一人のすばらしい女優を失うことになりましょうが」

彼はそこで言葉をきったが、ダーモットは口をはさまなかった。なぜギルクリストがこういう話をしているのか不思議な気がしたからだった。なぜこんなふうにマリーナ・グレッグという女性のこまかな分析を聞かせたりしたのだろうか？　ギルクリストは彼を見つめていた。まるでダーモットにある特別の質問をするようにうながしているみたいだった。ダーモットは何を訊ねたらいいか迷った。やがて彼は、手さぐりでもするように、のろのろと口をきった。

「あのひとは、今度のこの家で起きた悲劇に、ひどく神経をまいらせているのですか？」

「ええ、まあそうです」

「不自然なほどにですか？」

「それは判断の仕方によりますよ」とギルクリストは答えた。

「何についての判断の仕方ですか?」

「あれほど神経をまいらせられた原因についてのですよ」

「わたしの想像では」とダーモットは手さぐりをするようにして言った。「パーティの最中に、あんなふうに突然に死者が出たりしたのでは、ショックだったろうと思うのですが」

相手の顔にはほとんど反応らしいものは現われなかった。「それとも、何かそれ以上の理由でもあるのかもしれませんね?」

「もちろん、ひとがどんな反応を示すかはわかるものではありませんよ」とギルクリストは答えた。「どんなによく知っている人間にでもわかるものではありません。その点ではつねに意外さを感じさせられるものです。マリーナはその性質どおりの感じかたをしたのかもしれません。元来気の弱い女性なのですから。〝まあ、お気の毒に、こんな悲劇にあうなんて。どうしてこんなことが起きたりしたのだろうか〟と思ったかもしれませんよ。あのひとは実際には苦にしていなくても、同情的になれる女性なのです。死は撮影所内でも起きていることなのですから。でなければ、ほかに大して興味をそそられることがなかった場合、ひとつこのことで演技をしてみてやろうという気になったのかもしれません。ひと騒ぎ起こしてみたのかもしれませんよ。でなければ、何か全然別の理由があるのかもしれませんがね」

ダーモットは思いきってぶつかってみることにした。

「あなたがほんとうに考えておられるとおりのことを話してくださると、ありがたいのですがね？」

「わたしにもわからないんですよ」とギルクリスト医師は答えた。「確信がもてないのです」ちょっと間をおいてから、彼はまたこう言った。「それに職業上のエチケットというものもあります。医者と患者の関係もあります」

「あのひとはあなたに何かうちあけましたか？」

「そこまでは申しあげかねますね」

「グレッグさんはあのヘザー・バドコックという女を知っておられたのでしょうか？前にお逢いになったことがあるのでしょうか？」

「何者なのか、全然知ってもいなかったでしょうよ」とギルクリスト医師は答えた。「それに、問題はそんなところにはありませんよ。わたしの意見を言わせてもらえれば、ヘザー・バドコックとはなんの関係もありませんよ」

ダーモットは言った。「カルモーという薬のことですがね、グレッグさんはしじゅうあれをつかっておられたのですか？」

「あれで生きているようなものですよ」とギルクリスト医師は答えた。「この家の者は誰もみなそうなのです。エラ・ジーリンスキーも飲んでいるし、たいていの者はそうです。最近の流行ですからね。こういった薬はみんな同じようなものなのです。今までのに飽きてくると、新しく売り出された薬をためしてみて、すばらしいと思うし、そう思えば全然違いが生じてきますよ」

「そんなに違ってくるものですか？」

「まあ多少の違いはありますよ」とギルクリストは言った。「ききめがあります。気持ちを鎮めてくれるか、元気づけてくれて、自分にはできないと思っていたかもしれないようなことでも、できるような気がしてくるものです。わたしはできるかぎりこの種のものは使わないようにしているのですが、適量を飲めば危険はありません。自力で自分を救えない人間には役にたちますよ」

「あなたが何をわたしに語って聞かせようとしておられるのか、どうもわかりかねるのですがねえ」とダーモット・クラドックは言ってみた。

「わたしも、何が自分の義務なのか、きめかねているんですよ」とギルクリストは言った。「二種類の義務がありますからね。患者に対する医者の義務がある。患者が医者に話したことは内密の話ですから、その秘密は守ってあげねばなりません。ところが、別の考え方もある。患者に危険が迫っていると思えた場合には、その危険をさける手段をとらなければなりません」

彼はだまりこんだ。クラドックは彼を見まもり、待ちうけた。

「どうやらわたしのとるべき道がわかったような気がします」ギルクリスト医師は言った。「クラドック警部さん、これからわたしの語ることは秘密にしていただかねばなりませんよ。もちろん、あなたの同僚はべつです。ですが、世間の人たち、ことにこの家の者たちにはね。お約束ねがえますか？」

「約束に縛られるわけにはいかないんです」とクラドックは答えた。「どういう事態が起きないともかぎりませんから。ですが、ぼんやりとした意味でなら、同意します。いずれ、あなたからお聞きした情報は、何によらず、わたしと同僚の腹の中だけにとどめておく気になるだろうと思いますから」

「それではお聞きください」とギルクリストは言った。「これにはなんの意味もないかもしれませんよ。女の人たちは、今のマリーナ・グレッグのような神経状態にいるときには、何を言いだすかわかりませんからね。あのひとがわたしに語ったことをお話しするわけですが、なんの意味もないことかもしれませんよ」

「あのひとが何を言ったのですか？」とクラドックは訊いた。

「あの事件のあとで、あのひとは寝こみました。わたしは呼ばれて行き、鎮静剤を与えました。そのあとそばについていて、手を握っていてやり、何も心配することはないのだからと、気持ちを落ち着かせるようなことを話して聞かせていました。そのうちに、無意識におちいる直前に、こう呟いたのです。『先生、あれはわたしをねらってのことだったのですわ』」

クラドックは愕然となった。「そんなことを言ったのですか、あのひとが？　それで、あとでは――翌日には？」

「二度とそのことには触れませんでしたよ。こちらから一度その話をもち出してみました。すると、あのひとは逃げましたよ。こう言うんです。『それは先生の聞きちがいに相違ありませんわ。わたしにはそんなことを言ったおぼえがありませんもの。あのときにはわたしは睡眠薬で眠りかかっていたんだと思いますわ』」

「しかし、あなたはあれは本心だったと思っておられるわけですね？」

「たしかに本心でしたよ」とギルクリストは答えた。「だからといって、事実もそのとおりだと言っているのではありませんよ」と彼は警告するようにつけ加えた。「何者かがあのひとを殺すつもりだったか、ヘザー・バドコックを毒殺するつもりだったか、わたしは知りません。それはあなたがたのほうがよくご存じのはずです。わたしに言えることは、マリーナ・グレッグは、あの毒薬は自分を狙ったものだったとはっきり考えており、信じてもいる、ということだけです」

クラドックはしばらく黙りこんでいた。やがて、彼はこう言った。「ありがとうございました、ギルクリスト先生。何かと聞かせていただいたことを感謝していますし、あなたのお気持ちも理解しているつもりです。マリーナ・グレッグさんがあなたに語ったことが事実にもとづいているとすれば、あのひとの身にはまだ危険が残っているおそれがある、そういう意味なのでしょう？」

「その点ですよ」とギルクリストは言った。「それがかんじんな点なのです」

「そのおそれがあると信じるだけの理由をおもちなのでしょうか？」

「それは、ありません」

「あのひとがそう考えていることの理由についての何か見当でも？」

「それもありません」

「ありがとうございました」

クラドックは立ちあがった。「先生、もう一つだけ。あのひとはご主人にもその話をしているかどうか、ご存じですか？」

ギルクリストはゆっくりと首を振った。「それは知りませんが、その点については断言していいと思います。あのひとは主人には話していませんよ」

二人の視線がちょっとのあいだからみあったが、やがて、ギルクリストは軽くえしゃくして、こう言った。「もうわたしにはご用はないでしょうね。それでは、引き返して患者を覗いてみることにします。できるだけ早く直接本人と話せるようにはからいますよ」

彼は部屋を出て行き、あとに残ったクラドックは、唇をすぼめ、聞こえないほどひくく口笛をふいていた。

第十章

「ジェースンが帰ってきています」とヘイリー・プレストンが言いにきた。「いっしょにおいでくだされば、あのひとの部屋へご案内しましょう」

ジェースン・ラッドが事務室兼居間に使っている部屋は二階にあった。居心地のよさそうな部屋ではあったが、贅沢な感じではなかった。部屋のぬしの個性を暗示する物もほとんどなければ、その趣味や好みを示す物も全然ない部屋だった。ジェースンは向かっていたデスクから立ち上がり、歩みよってダーモットを迎えた。部屋が個性を持つ必要は全然ないわけだ、部屋のぬしのほうが個性を持ちすぎているのだからと、クラドックは心の中で思った。ヘイリー・プレストンは有能な青年で、たいへんなお喋りだった。ギルクリストは逞しさと磁力のようなものを備えていた。だが、この相手は容易に推測のつきそうにない人物だと、ダーモットはすぐに見てとった。職業がら、彼は多くの人間に会い、その人柄を見さだめてきてもいた。今ではいろんな可能性を見てとることにも熟達していたし、たいていの場合、自分の接触した相手の心を読みとることもできた。ところが、ジェースンが何を考えているかは、本人がもらしてくれる以上のことは読みとれそうにもないという感じだった。深くおちくぼみ思慮をたたえた彼の眼は、相手の心を見てとりはしても、容易に自分の内心を現わしそうにはなかった。不格好なごつごつした頭は並はずれた知性の持ち主であることを語っていた。道化役者の顔は反感をそそるか、魅力を感じさせるかのいずれかだ。ここでは、自分はただ聞くだけにして、入念に記憶に留めておくしかないと、ダーモット・クラドックは思った。

「失礼しました、お待たせしたかもしれませんが。ちょっと厄介なことが起きて、撮影所にひきとめられていたものですからね。なにか飲み物でもいかがですか？」

「いや、いまはまだけっこうです」

道化役者のような顔が急にくしゃくしゃとなったと思うと、皮肉そうな笑いが浮かんだ。

「この家では飲み物はきんもつだというわけですか？」

「正直なところ、べつにそう考えていたわけではありませんがね」

「それはまあそうでしょうが。それではと、主任警部さん、何をお知りになりたいのですか？　ぼくのお話しできるようなことがありますかね？」

「もうプレストンさんからこちらの質問に何かと的確に答えていただきました」

「それでお役にたちましたか？」

「ところが、それが望んでいたほどではないのですよ」

ジェースン・ラッドは訊ねるような表情を浮かべた。

「ギルクリスト医師にもお目にかかりました。奥さんはまだ質問に答えられるほどには健康を回復しておられないということでした」

「マリーナは感受性の鋭敏な女でしてねえ」とジェースン・ラッドは言った。「正直なところ、いまは神経が狂っているのですよ。ご承知のとおりに、あんなふうに身近で殺人事件が起きたりすると、どうしても神経をやられるものですから」

「たしかに気持ちのいい経験ではありませんからね」とダーモットも調子を合わせた。

「いずれにしても、ぼくの知らないようなことまで家内が知っているかどうかは疑問ですよ。あの事件が起きたときには、ぼくも家内のすぐそばに立っていたのですし、正直に言って、家内よりはぼくのほうが、観察眼を持っていそうですからね」

「まず最初にお訊きしたいのは」とダーモットはきりだした。「こんなことはもうすでに地方の警察がお訊きしたでしょうが、それにしても、もう一度お訊きしたいのですが、あなたか、奥さんのどちらかが、前にもヘザー・バドコックにお会いになったことがあるのでしょうか？」

ジェースンは首を振った。

「全然。少なくともぼくはあのひとと顔を合わせたことは一度もありません。セント・ジョン野戦病院協会のことで二度手紙をもらいましたが、直接会ったのは、亡くなる五分ばかり前に会ったのが初めてです」

「ですが、あの女のほうでは奥さんにおめにかかったことがあると言っていたそうですが？」

ジェースンはうなずいた。

「ええ、十二、三年前のことらしいです。バミューダでね。野戦病院の基金集めのための大園遊会があり、マリーナがその開会の言葉を述べる役をしたらしいのです。ミセス・バドコックは、紹介されるとすぐに、自分は流感で寝ていたのだが、起き出て、どうにかその場にかけつけ、マリーナに頼んでサインをしてもらったといったような、長話を始めたわけです」

またしても彼は顔をくしゃくしゃにして、皮肉そうな笑いを浮かべた。

「そんなことはありふれた出来事なのですよ、警部さん。たいていいつでも家内のサインをもらいたがる人間が大勢列を作っているのですし、その人たちにとっては、そのときのことが一生忘れられない思い出になるわけです。その人たちの生涯の一事件であることは理解できますよ。同時に、サインをほしがる千人もの人たちのうちの一人の顔を、家内がおぼえていないことも、当然なわけです。正直に言って、家内はミセス・バドコックに会った記憶が全然なかったのですよ」

「そういう事情はわたしにもよくわかりますよ」とクラドックは言った。「ところで、これは傍観者から聞いたことなのですが、ヘザー・バドコックが話しかけていたわずかなあいだ、奥さんは多少うわのそらのようだったということです。実際にそういうことがあったのでしょうか？」

「ありうることですね」とジェースンは答えた。「マリーナはとくに頑丈だというほうではないのです。もちろん、社会奉仕的な仕事には慣れていますし、その方面の仕事では、ほとんど機械的に、最後までやりとおすこともできます。しかし、長い一日の終り頃には、家内もだれてくることがときどきありました。そのときもそういう場合だったのかもしれません。ぼくは全然気がつかなかったように思います。いや、ちょっと待ってくださいよ。そうとも言えないようです。家内の返事のしかたがおそくなってきたことはおぼえています。げんにぼくは軽く脇腹をこづいて注意したのでした」

「何かに気をとられておられたのでしょうか？」

「たぶんね。もっとも、疲労からきた一瞬の放心状態だったのかもしれませんよ」

ダーモット・クラドックはしばらく黙りこんでいた。彼は窓の外の、林に囲まれた多少陰気な景色に眼をやった。ついで壁にかけてある絵画を眺め、またジェースン・ラッドに視線をもどした。ジェースンの顔には注意深さは現われていたが、そのほかにはどんな表情も浮かんではいなかった。心の中の動きを辿る道しるべが全然なかった。礼儀正しく、いかにも気楽そうに見えはしたが、実際にはその逆なのかもしれないと、クラドックは思った。この男は高度な知能の持ち主なのだ。こちらも持ち札を投げ出してみないことには、不用意な言葉をひき出せるみこみはなさそうだ。ダーモットは決心をきめた。彼はそうしてみることにした。

「ラッドさん、ヘザー・バドコックが毒殺されたのは偶然の結果だったのかもしれないと、お考えになったことはありませんか？　狙われていたほんとうの犠牲者は奥さんだったのだ、と？」

沈黙が起きた。ジェースン・ラッドの顔にはなんの表情も生じなかった。ダーモットは待ちうけた。ついにジェースンは深い溜め息をつき、気持ちをゆるめたみたいだった。

「ありますよ」と彼は静かに答えた。「おっしゃるとおりです。ぼくはずっとそう信じていました」

「しかし、そういう意味のことは、コーニッシュ警部にも、検死審問の際にも、口になさいませんでしたね？」

「しませんでした」

「なぜなのですか、ラッドさん？」

「それは、単になんらの証拠もつかんでいなかったからだと言えば、妥当な答にはなると思います。ぼくをそういう推測に導いた事実は警察のほうでもご存じの事実だし、その価値判断は警察のほうが正しくくだせたはずです。ぼくは、ミセス・バドコックというひとのことなんか、直接にはなんにも知りませんからね。あのひとに恨みを抱いている人間があったかもしれないし、何者かがあの機会に乗じて毒殺する決心をしていたのかもしれません。すこぶる奇妙な、奇想天外な思いつきのようにみえて、あの機会を選んだことには合理的な理由もないではありませんから。ああいう人の集まっている場所では混乱も大きくなるし、見知らない人間も相当列席しているわけだから、犯人をつきとめることがいっそう困難になりますよ。それはそのとおりなのだが、正直に言いますとね、主任警部さん、それがぼくの沈黙をまもっていた理由ではなかったのですよ。その理由を申し上げましょう。ぼくはね、危うく毒殺されかかったなどと、一瞬でも家内に考えさせたくはなかったのです」

「率直な話を聞かせていただいてありがとうございました」とダーモットは言った。「ですが、沈黙をまもられた理由のほうはよくわかったとは言いかねるのですが」

「わかりませんか？　説明するのは少々厄介なのですよ。理解してもらうには、マリーナという人間のことを知っていてもらわねばなりませんから。マリーナは幸福感と安定をぜひとも必要としている人間なのです。今までの生涯は物質的な意味では非常に成功でした。芸術的にも名声を博しましたが、私生活のほうはこの上もなく不幸なものだったのです。幾度となく幸福を見出したと思いこみ、有頂天になったかと思うと、その希望をみじんにうち砕かれてしまうしまつでした。クラドックさん、マリーナは合理的で慎重なものの考え方のできない人間なのですよ。今までの幾度かの結婚でも、あのひとは、まるでおとぎばなしを読む幼児みたいに、今後永久に幸福に暮らせるものと期待したわけです」

またしても、皮肉っぽい微笑が道化役者のような醜悪な顔を突然不思議な優しさに変えた。

「ところが、結婚というものはそういうものではありませんね、主任警部さん。有頂天な嬉しさが無限につづいたりするはずがありませんよ。静かな満足感と、愛情と、平穏な落ち着いた幸福感が得られれば、幸運だと言わねばなりません。たぶんあなたも結婚しておられるのでしょう、主任警部さん?」

ダーモットは首を振った。

「わたしはまだそういう幸運も不運も味わったことがないのですよ」と彼は呟いた。

「われわれの世界、映画の世界では、結婚は職業上の冒険なのです。映画スターはたびたび結婚します。ときには幸福な結婚もすれば、不幸な結婚もしますが、長続きすることは稀なのです。その点では、マリーナがとくに不幸だったとは言えないわけですが、彼女のような気質の人間には、こういう種類のことがひどくこたえるのです。マリーナは、自分は不運な人間であり、自分には何事もうまくゆかないのだという観念にとりつかれました。つねに必死になって同じものを、愛や幸福や愛情や安定を、さがしもとめました。気ちがいじみているほど子供をほしがりました。ある医学上の見解によると、子供がほしいという欲望の強さがかえってその目的を失敗に終わらせるということです。ある非常に有名な医者は養子をもらえとすすめました。その医者の説によると、母親になりたいという強烈な欲望が養子をもらうことによって緩和されるためか、その後まもなく自分の子供が生まれる場合が多いということでした。マリーナは三人も養子をもらいましたよ。一時は彼女もある程度の幸福感と安定を得ましたが、それも本物ではありませんでした。それだけに、妊娠したと知ったときの嬉しがりかたは、あなたにも想像がつくことと思います。言葉では言い表わせないほどの有頂天ぶりでしたよ。健康状態もよかったし、医師たちもすべてが順調に行くものと信じていいと保証してくれました。ところが、ご存じかどうか知りませんが、その結果は悲劇的なものだったのです。生まれた子供は、男の子でしたが、精神遅滞児だったのです。その結果は悲惨でした。マリーナは完全に打ちのめされ、幾年も重病人のようになって療養所生活をしなければならないしまつでした。回復は遅々としていましたが、それでも回復しました。その後まもなくわたしたちは結婚し、マリーナも再び人生に興味を抱けるようになり、今度は自分も幸福になれそうな気持ちを持ちはじめました。最初のうちはやりがいのある役につくことが困難だったのです。誰もが、マリーナはまだ緊張にたえられるほどには健康を回復していないのではないかと、疑っていましたからね。そのためにぼくは闘わねばならなかったのです」ジェースンの唇がひきしまってきた。「とにかく、その闘いは成功しました。われわれは撮影にかかりました。その一方、この家を買いとり、その模様がえにも着手しました。つい二週間前にも、マリーナは幸福感にひたっていると語り、自分もやっと苦労を通りこし、幸福な家庭生活に落ち着けそうな気がすると言っていたほどだったのです。いつものとおりに、マリーナの期待はあまりにも楽観的にすぎるので、ぼくは多少不安を感じました。それにしても、家内が幸福そうだったことはたしかなのです。ノイローゼの徴候もなくなり、今までに一度もなかったほどの落ち着きと平静さにつつまれてもいました。そんなふうにすべてがうまくいっていたのに」彼はちょっと言葉をきった。不意に声にもにがにがしさが加わってきた。「今度のような事件が起きてしまった！　あの女が死んだりするなんて――しかも、この家で。それだけでも充分ショックだったのです。それに、マリーナに、きみの生命が狙われていたのだと知らせたりするような冒険は、ぼくにはやれませんよ――いや、絶対にそんな冒険はおかさないと決心をしたのです。そんなことをしたのでは、二度目の、おそらくは致命的なショックになったでしょうからね。またしても虚脱状態におちこんだかもしれないのですから」

彼はまっすぐにダーモットの顔を見つめた。

「これで、わかっていただけたでしょうね？」

「あなたの考え方はよくわかりました」とクラドックは答えた。「それにしても、失礼ながら見落としておられる面がありませんか？　今のお話では、奥さんに対する毒殺のくわだてがなされたものとあなたは信じておられる。ところが、その危険はまだ残っているのではありませんか？　犯人は成功していないわけだから、もう一度そのくわだてを繰り返すおそれがありはしませんか？」

「当然ぼくもその点は考えてみましたよ」ジェースンはこたえた。「ですがね、いわば予告されたようなものだから、ぼくには家内の安全をはかるための可能なかぎりの手段をとる自信があるのです。ぼくも見張っていてやるつもりだし、ほかの者たちも見張らせるように手配し、マリーナに自分の身に危険が迫っていることを知らせないのが、何よりもだいじだという気がするのです」

「すると、あなたは、奥さんはご存じないと思っておられるのですか？」とダーモットは用心深くさぐりをいれてみた。

「もちろんですよ。そんなことは夢にも思ってはいません」

「それはたしかですか？」

「たしかです。マリーナはそんなことに気がつくはずはありません」

「しかし、あなたは気がつかれたではありませんか」とダーモットは指摘した。

「そこには大きな差異がありますよ」とジェースンは言った。「論理的にはそう考えるしかありません。ところが、家内は論理的になんか考えない女だし、第一、自分を消し去ろうと望んでいる者がいるなどということに、想像がつくような頭の持ち主ではないのですから」

「おっしゃるとおりかもしれませんね」とダーモットはゆっくりと言った。「そうとすると、ほかにもいくつかお訊ねしたいことが生じてきます。今度も単刀直入に訊かせていただきましょう。あなたは誰を疑っておられるのですか？」

「それはぼくにも答えられませんよ」

「失礼ですがね、ラッドさん、答えられないのか、答えたくないのか、どちらですか？」

ジェースンは早口に言った。「もちろん、られない、ほうですよ。マリーナにもそうだろうが、ぼくにだって、ああした行動をとるほど家内をきらっている人間が——それほどまでに恨みを抱いている人間が——あろうとは考えられないのです。ところが、事実上のまぎれもない証拠からは、そうとしか考えられないことになります」

「そのあなたのごらんになった事実を大略話していただけませんか？」

「お望みでしたら。状況はきわめてはっきりしているのです。ぼくはすでに用意してあった水差しから、ダイキリ・カクテルを二杯注ぎました。一杯はマリーナに、一杯はミセス・バドコックのところへ持って行きました。バドコックさんがどうしたかは、ぼくは知りません。誰か知人に話しかけようとして、そちらへ動いていったような気もします。家内のほうはグラスを手にしていました。その瞬間に村長さん夫妻が近づいてきました。彼女はまだ口をつけていなかったグラスを下に置き、二人に挨拶しました。続いて幾人かへの挨拶がありました。何年ぶりかで逢った旧友や、数人のこの村の人たち、撮影所の者一人二人、などです。そのあいだ、カクテルのグラスはテーブルの上に置いてあったのですが、ぼくらはいくらか階段のほうへ歩みよっていましたから、そのときにはそのテーブルはぼくらのうしろ側にあったわけです。家内が村長さんと話しているときに写真を一、二枚とりました。これはこの地方の新聞からの特別の要求もあって、土地の人たちを悦ばしてあげようとして、したことだったのです。そのあいだに、ぼくはあとから来た二、三のかたに、あらたに飲み物を持って行きました。家内のグラスに毒薬をいれられたとすると、そのあいだのことに違いありませんよ。ぼくに訊かれたって、どうやってやったのか知りませんよ。容易なことではなかったろうとは思いますがね。逆の面から見ると、勇気のある人間が、大胆に無関心そうにやってのければ、周囲の人間は案外気がつかないらしいということも、驚くべきことですねえ！　あなたは誰かに疑いをかけているかとお訊ねになったが、ぼくに言えることは、少なくとも二十人ばかりの人間のうちの一人が犯人だったかもしれないということだけですよ。みんなは幾人かずつかたまって動きまわったり、喋ったり、ときおりはこの家の模様変えした部分を見に行ったりしていたのです。動きが、絶えず動きが、ありました。ぼくは考えに考え、こんかぎり頭をしぼってみたのですが、何ひとつとして、誰かに疑惑を向けていいような証拠は何ひとつとして、見つからないのです」

彼は言葉をきり、腹だたしそうに溜め息をついた。

「その気持ちはよくわかりますよ」とダーモットは言った。「どうぞ、お続けください」

「そのあとのことはもう誰かからお聞きになっているでしょう」

「わたしはあなたからもう一度お聞きしたいのです」

「それでは。ぼくは階段のほうへ引き返してきました。家内はテーブルのほうへ向き直り、グラスを手にとろうとしていました。バドコックさんが小さな声で、『アッ』と叫びました。誰かに腕を押されたらしく、グラスが手からすべり、床に落ちて、砕けました。マリーナはホステスとして当然のことをしました。カクテルは彼女のスカートにも幾分かかっていたのですが、そんなことは気にしてくれなくてもいいと言って、自分のハンカチをさし出してバドコックさんのスカートを拭かせ、自分の手にしていた飲み物を受けとってくれるようにすすめていました。ぼくの記憶に間違いがなければ、『わたしはもう飲みすぎているのですから』と言っていたようでした。しかし、これだけのことは断言できます。そのあとで飲み物に毒薬が加えられたはずがありません。というのはバドコックさんはすぐにそれを飲みだしたからなのです。ご存じのように、それから

四、五分後にはあのひとは亡くなっていました。自分の計画がたいへんな失敗に終わったと悟ったときの犯人の気持ちはどんなだったろうかと――ぼくは……」
「そうしたことは、そのときに頭に浮かんだことなのですか?」

「もちろん、そんなことはありませんよ。あのときには、当然のことですが、このひとは、なにかの発作を起こしたものと思いこみました。たぶん心臓か、冠状動脈の血栓か、そういったもののねえ。毒薬のせいだとは夢にも思いませんでしたよ。あなただったら――ほかの人にしても――気がついたでしょうか?」

「おそらく気がつかなかったでしょうよ」とダーモットは答えた。「いずれにせよ、あなたのご説明ははっきりしたものだし、事実をつかんでもおられるようです。あなたはとくにこれという疑わしい人間はないとおっしゃる。その点はどうもうけいれかねますがね」

「思ったとおりのことを言っているのですよ」

「ひとつ別の角度から考えてみようではありませんか。奥さんに危害を加えたがりそうな人間が誰かいませんか? メロドラマ的な言い方に聞こえるかもしれませんが、奥さんには誰か敵がありませんか?」

ジェースンは表情たっぷりな身ぶりをした。

「敵ですって？　敵ねえ？　敵とはどういうものをさすか、解釈がむずかしいですね。ぼくや家内の属している世界はねたみや嫉妬の巣みたいなものです。いつだって、ひとを中傷したがる者もいれば、こそこそと陰口をきいてまわる者もいるし、自分が嫉妬を感じている相手を蹉跌させる機会を狙っている者もいます。しかし、だからといって、そういう連中が殺人をおかすとか、殺人をおかす可能性があるという意味にはなりませんよ。そうではありませんか？」

「それはそうですね。単なる反感やねたみくらいではそういう行動に出る者はありませんから。それでは、例えば過去にでも、奥さんのために手ひどい打撃をこうむった者はありませんか？」

ジェースンもこの質問は簡単にはしりぞけなかった。眉をひそめて考えているようだったが、ついにこう答えた。

「正直に言って、そういう人間はないように思います。その点については、ぼくもずいぶん考えてみたのですがねえ」

「恋愛関係とか、男性との交遊の面では？」

「もちろん、その種のことはありましたよ。マリーナが誰か男性に手ひどいしうちをした、といったようなことはね。ですが、それは相手にいつまでも悪意を抱かせるほどのことではないのです。その点はたしかですよ」

「女性のほうは？　グレッグさんに根づよい恨みを抱いていそうな女性は？」

「どうも女性の気持ちはわれわれにはわかりませんからねえ」とジェースンは答えた。

「あの人と、即座に頭に浮かぶような心当たりはありませんよ」

「それでは、奥さんの死によって財政的に利益を得ることになるのは、どういう人たちでしょうか？」

「遺産はいろんな人に分配することになってはいますが、その分は大した金額ではないのです。あなたの言われるような財政的に利益を得る者と言えば、夫であるぼくや、別の角度から言えば、今度の映画に代役として主役をやることになる女優でしょう。もっとも、あの映画はうちきることになるかもしれません。そうしたことはそのときになってみないとわかりませんよ」

「ええ、いまはまだそういう問題にまではいる必要はありますまい」とダーモットも言った。

「マリーナの身に危険がせまるおそれがあることを、本人に知らせないという点については、確約していただけるでしょうね？」

「その問題については、いずれ話しあう必要があると思います。わたしとしては、あなたは大きな冒険をおかしておられることになる点を強調しておきたいですね。しかしまあ、ここ数日は医師も付添っていることだし、その問題はあとでもいいでしょう。さて、もう一つお願いしたいことがあるのですがね。あの事件が起きたときに階段を上がったところにある部屋にいた人たちや、階段を上がりかかっていた人たちの名前を、一人残らず、できるだけ正確に書いていただけませんか？」

「やってはみますが、ぼくにはどうも自信がありませんよ。むしろぼくの秘書のエラ・ジーリンスキーに相談されるほうがはるかに上策でしょう。エラは非常に正確な記憶の持ち主ですし、現場にいたこの土地の人たちのリストも持っているはずですから。もしいまお会いになりたいようでしたら――」

「ぜひエラ・ジーリンスキーさんとも話してみたいですね」とダーモットは言った。

第十一章

1

なんの感情も示さず、大きなべっこう縁の眼鏡ごしにじろりとこちらを見ただけのエラ・ジーリンスキーという女は、ダーモットにはこの上なしのありがたい存在のように見えた。彼女は、てきぱきとした事務的な態度で抽出しからタイプでうった紙されを取り出し、デスクごしに彼に手渡した。

「書き漏らしはないと言っていいと思います」と彼女は言った。「ただし、一人二人、余分の名前が含まれているかもしれない可能性は、多少あります——この土地の人で、実際にはあの場所にいなかった人たちです。つまり、早くかえったか、さがしても見つからなくて、案内してこれなかった人たちです。事実上はこのリストは正確だと思います」

「失礼ながら、じつにゆきとどいたリストですねえ」とダーモットは言った。

「ありがとうございます」

「きっと――わたしはこういう方面には無知なのですが――あなたのようなお仕事には高度な能力が必要なのでしょう？」

「ええ、きちんと整理しておかなければいけませんから」

「正確に言うと、あなたはどういう方面を分担しておられるのですか？　撮影所とゴシントン・ホールとのいわば連絡係、とでもいったところなのですか？」

「いいえ、実際には撮影所とはなんの関係もないのです。そりゃ電話での双方の連絡の取次くらいなことはしますけれどね。わたしの仕事はグレッグさんの社交面のことや、公私のいろんな約束を処理したり、ある程度はこの家の家事の監督をすることなのです」

「ここでのお勤めの感じはいかがですか？」

「給料がすごくいいんですよ。それにかなり興味をもってやれもします。ですがね、殺人事件まで起きようとは予期していませんでしたよ」と彼女は相変わらず事務的な声でつけ加えた。

「信じられないことのように思えたでしょうねえ？」

「ですから、警察ではほんとうに他殺だと考えておられるのか、お訊きしようと思っていたところですわ」

「ダイ＝エチル＝メキシンなんとかを、適量の六倍も飲まされているのでは、他殺としか考えようがないではありませんか」

「何かの偶然の結果だったのかもしれませんよ」

「そういう偶然が起こりうる可能性がありますかねえ？」

「あなたの想像しておられるよりは簡単ですわ、あなたは舞台装置をご存じないのですから。この家はあらゆる種類の薬でいっぱいですもの。薬といっても麻薬ではありませんよ。医者の処方による薬なのですけれど、こうしたものはたいていそうですが、致死量と治療に有効な量とのあいだにそう大きな開きがありませんからね」

ダーモットはうなずいた。

「演劇や映画関係の人間には奇妙なほど知能の衰えが起きるのです。ときには、芸術家としては天才であればあるほど、日常生活での常識には欠けているのではないかと思うほどですわ」

「そういうこともあるかもしれませんね」

「いろんな小瓶や、オブラートや、カプセルや、散薬や、小箱をしじゅう持ち歩いているうえに、こちらに鎮静剤があるかと思うと、あちらには強精剤がおいてあるというふうでは、間違えないともかぎらないではありませんか」

「それがこの事件とどういうかかわりがあるのでしょうか？」

「わたしはかかわりがあると思いますわ。客の一人が鎮静剤か興奮剤が飲みたくなり、しじゅう持ちまわっている小箱を取り出したが、ちょうどそのとき誰かと話をしていたか、しばらく飲まなかったので適量を忘れていたために、多すぎる量をグラスにいれたかもしれません。そのあとで、ついほかのことに気をとられて、どこかへ行ってしまい、そこへあのなんとかいう女のひとがやってきて、自分のグラスだと思い、飲んでしまう。それが一番ありそうな場合だとはお思いになりませんか？」

「そういう可能性を調べてみる点で、警察に手ぬかりがあったのではないか、というわけですか？」

「いいえ、そうは思いません。ですけれど、あれほどたくさんの人がおり、飲み物の入ったグラスがそこらじゅうにあったのですからね。それに、グラスを間違えて飲むなどということはよくあることなのですもの」

「それでは、あなたはヘザー・バドコックは故意に毒殺されたのではないと考えておられるわけですね？　彼女が誰かのグラスを間違えて飲んだのだと？」

「それが一番ありそうなことのように思えますわ」

「間違えたとすればね」とダーモットは慎重な言い方をした。「それは、マリーナ・グレッグのグラスだったはずですよ。その点をわかっておいでですか？　マリーナは自分のグラスをあのひとに渡したのですから」

「あるいは、マリーナが自分のグラスだと思ったものをねえ」と彼女は相手の言葉を訂正した。「あなたはまだマリーナと話をしてみていらっしゃらないのでしょう？　あのひとはたいへんなうっかりやなのですよ。あのひとなら、自分のらしく思えるグラスを手にとって飲みかねませんわ。げんにわたしは何度もそんなことをしているのを見ているのですから」

「あのひともカルモーを飲んでいるのですか？」

「もちろんですわ。この家の者はみんなそうですよ」

「あなたもですか、ジーリンスキーさん？」

「ときどきはそうしないではおれないのです」とエラ・ジーリンスキーは答えた。「こういうことはつい模倣しやすいものですから」

「グレッグさんにおめにかかれるとありがたいんですがね」とダーモットは言った。

「あのひとはショックからの回復に――なんだか、いやに長くかかっているみたいですね」

「あれはわがままを発揮しているにすぎませんわ」とエラは言った。「自分を大げさに表現するひとなのですもの。殺人事件などに落ち着いて対処するひとではありませんわ」

「あなたのようには、ですか？」

「まわりの人間がしじゅう興奮状態にいますとね、こちらはその逆の極端に走りたい気になるものですわ」とエラは平然として言った。

「あなたは、どんなショッキングな悲劇が起きても、髪の毛一筋動かさないでおれることに、誇りを感じるようになられたというわけですか？」

彼女はちょっと考えこんでいるようだった。「たぶん、ほんとうはいい特質ではありませんわね。でも、そんなふうにでもならなかったら、こちらまで気が狂ってしまいそうですもの」

「グレッグさんは、主人としては、厄介なひとなのですか？」

これは多少私的な問題にたちいった質問だったが、ダーモットはちょっとためしてみたい気を起こしたのだった。エラが眉をつり上げ、そんなことが今度の殺人事件となんの関係があるのかと、それとなく反問してきたら、彼もなんの関係もないと認めるしかなかったろう。彼はエラが、おもしろがって、自分のマリーナ観を聞かせてくれるかもしれないと思ったわけだった。

「あのひとは偉大な芸術家ですわ。ひとを惹きつける魅力が身に備わっていて、それが驚くばかりの効果をもってスクリーンに現われます。それだけに、あのかたのもとで勤めさせてもらうのは一種の特権のような気がしてきます。そりゃ、人間として見た場合には、あのひとほど厄介なひとはありませんよ！」

「ほほう」とダーモットは言った。

「あのひとには適度ということがないのです。有頂天になったかと思うと、どん底に落ちこむというふうですし、何事でもやたらに誇張しますし、気が変わりやすいし、気持ちを動揺させるおそれがあって、口にも出せないし、それとなく言うこともできない事柄がたくさんあるんです」

「たとえば？」

「そうですね、これは当然でしょうが、ノイローゼのことや、精神病院のことなどですわ。あのひとがそういうことに敏感なのは理解できますけれど。それから、子供に関することなども」

「子供ねえ？　どういうふうに？」

「子供を目にしたり、子供と一緒に幸福に暮らしている人間の噂を耳にしたりすると、ヒステリーじみてきます。誰かが妊娠したとか、赤ん坊を生んだばかりだと聞くと、たちまちみじめな気持ちにおちこんでしまうのです。もうあのひとには子供はできないでしょうし、たった一人できた子供は頭が変だときているのですからねえ。あなたもそれはご存じでしょう?」

「ええ、聞いてはいます。たいへん気の毒な、不幸なことですね。それにしても、あれだけ年数もたっているのですから、すこしは忘れられそうなものですがねえ」

「あのひとには忘れられないのです。強迫観念になっているのです。くよくよと考えこんでばかりいますわ」

「ラッドさんのほうはどうなのですか?」

「あのひとの子供ではなかったのですよ。前のご亭主のイジドール・ライトの子供だったのです」

「ああ、そうでしたね。その前のご亭主はいまどこにいるのですか?」

「再婚してフロリダに住んでいますわ」とエラはすぐに答えた。

「マリーナ・グレッグは今までに幾人も敵をつくってきていると言っていいでしょうね?」

「とくにというほどではありませんわ。つまり、たいていの人間程度ですわ。いつだって女のことや、男のことや、契約のことで争いはあります——その程度のことですわ」

「あなたのご存じのかぎりでは、誰かを怖れているようなふしはありませんでしたか？」

「マリーナがですか？　誰かを怖れている、いる？　そうは思えませんわ。なぜですの？　なぜ怖れたりしなきゃいけないんですの？」

「わたしにもわかりませんよ」とダーモットは言った。彼は名前のリストを手にとった。

「たいへんありがとうございました。何かまたお聞きしたいことができたら、引き返してきます。よろしいでしょうねえ？」

「もちろんですわ。わたしは——わたしだけでなく、この家の者はみんな——できるだけお手伝いしたいと心から望んでいるのですから」

2

「どうだい、トム、何か聞きこんできてくれたか？」

ティドラー部長刑事は愉快そうににやにや笑いを浮かべた。彼の名前はトムではなくて、ウィリアムなのだが、同僚たちはティドラーといえばトムと言いたくなるのだった（トム・ティドラーという子供の遊びがある）。

「何かわたしのために掘り出し物を見つけてきてくれたかい？」とダーモットは言葉をついだ。

二人はブルーボア館に宿をとっていて、ティドラーは撮影所で一日すごし、ついさっき帰ってきたところだった。

「その掘り出し物があまりなかったんですよ」とティドラーは答えた。「大して噂話も出なきゃ、これという風評もないときているんです。自殺説をとなえている者が一人二人ありましたがねえ」

「なぜ自殺なんだい？」

「あの女は亭主と喧嘩をしていて、亭主に後悔させてやろうとしたのだというわけですよ。例の田舎ふうな考え方ですよ。ほんとうに死ぬ気はなかったろうというんですがね」

「あまり有望な線ではなさそうだなあ」とダーモットは言った。

「もちろん、そうですがね。あそこの連中もなんにも知ってはいないわけですよ。知っているのは自分たちの仕事のことだけで。専門的な話ばかりだし、〝ぜひともショーを進行させなきゃ〟という雰囲気があります。もっとも、ほんとうは、映画を続行しなきゃ、とか、撮影を続行しなきゃ、とか言うんでしょうがねえ。連中の唯一の関心事はマリーナがいつ撮影にかかれるかということですよ。あの女優は前にも一、二度、ノイローゼになって、映画をすっぽかしたことがありましたからね」

「全体としてはマリーナに好意を持っているようだったかね？」

「厄介者あつかいしているとは言えましょうが、それにしても、心を惹かれないではおれないようです、マリーナが愛嬌をふりまく気分になっているときにはねえ。それはそうと、亭主もあの女優にはくびったけですよ」

「亭主のほうの評判は？」

「ちょっとないほどの大監督だとか、大プロデューサーとか、言っていますよ」

「ほかのスターか、どこかの女と関係があるというような噂は出なかったかね？」

トム・ティドラーは呆れたような顔をした。「いいえ、そんな噂はこれっぽっちも。そういうことがありそうな気がするんですか？」

「考えさせられているところだよ」とダーモットは答えた。「マリーナ・グレッグはね、あの毒薬は自分を狙ったものだと信じているんだよ」

「あの女がね？　事実そうらしいんですか？」

「まず確実と言っていいだろう」とダーモットは答えた。「だが、問題はそこにあるのではないのだ。マリーナがそのことを亭主には話さないで、医者にだけ話している点が問題だよ」

「つまり、本来なら亭主に話すところなのに——」

「心の奥に、亭主に関係があるという考えがひそんでいたのではないか、という気がちょっとしただけなのだ」とダーモットは言った。「あの医者の態度がちょっとへんだった。そんな気がしただけだったのかもしれないが、そうとも思えないのだ」

「いずれにせよ、撮影所ではそういう噂は全然出ませんでしたよ」とトムは言った。

「そういうことというものはすぐ耳に入るものですがね」

「マリーナのほうは、ほかの男と問題を起こしていないかね？」

「あの女優のほうもラッドを熱愛しているようです」

「あの女の過去のことで何か興味のありそうな噂でも？」

ティドラーはにやにやした。「映画雑誌に載っているようなこと以外は、なんにも」

「雰囲気を知るためにも、ああいうものも少しは読んでみなきゃならなそうだなあ」とダーモットは言った。

「まさかと思うようなことまで書きたてていますよ！」

「マープルさんも映画雑誌を読んでいるかな」ダーモットは考え顔になった。

「あの教会のそばの家に住んでいるおばあさんのことですか？」

「そうだ」

「頭のいいひとだという噂ですね」とティドラーは言った。「この土地で起きたことで、マープルさんの知らないことは一つもないと、みんな言っていますよ。映画人のことはたいしてご存じないかもしれないが、バドコック夫婦についての情報なら聞かせてもらえるでしょう」

「ここの事情も昔ほど単純ではないんだよ」とダーモットは言った。「ここにも新しい型の社会生活が生まれかかっているから、新住宅地だの、団地だのが。バドコック夫婦は比較的新来者だし、新住宅地に住んでいるのだ」

「わたしのほうは土地の人間についての聞きこみはあまりやらなかったのです。映画スター連中の性生活や、そういう方面のことに中心をおいていましたから」とティドラーは言った。

「大して収穫を持って帰っていないじゃないか」とダーモットは文句を言った。「マリーナ・グレッグの過去については、何か収穫がなかったか？」

「相当何度も結婚していますが、映画俳優としては普通でしょう。最初の亭主は別れるのをいやがったそうですが、しごく平凡な人間だったそうです。土地屋か何かだったということですがね、土地屋って何ですか？」

「不動産業者だろう」

「ああ、なるほど。いずれにせよ、その男はたいして魅力もないやつだったので、棄ててしまい、外国の伯爵か王子と結婚したわけです。この結婚は続くというほどもつづかなかったが、べつに喧嘩別れしたわけではなさそうです。簡単におっぽりだして、三人目の男とくっついたわけです。ロバート・トラスコットという映画スターです。これは情熱的な恋愛結婚だったそうです。相手の男の細君は別れたがらなかったが、結局は承知するしかなかったのです。大した扶養料をとったわけですよ。わたしの知っているかぎりでは、誰もが前の細君に莫大な扶養料をはらわせられて、金につまっているらしいですよ」

「だが、その結婚もうまくいかなかったのだろう？」

「そうなのですよ。今度はマリーナのほうが棄てられたらしいんです。ところが、それから一、二年後にまた大ロマンスが花咲きました。相手はイジドールなんとかいう男——劇作家なんです」

「われわれとは無縁の生活だなあ」とダーモットは言った。「とにかく、今日はこのくらいにしておこう。明日は少々厄介な仕事にとりかからなきゃならないから」

「どのような?」

「ここに持っているリストの中の人間にあたってみるわけだ。この二十幾人かの人間のうちから幾人かは消去できるはずだから、残った者たちのうちから怪しいやつをさがし出さなきゃならない」

「その怪しいやつについて、何か見当でも?」

「全然ないよ。ジェースン・ラッドがホシではないとすればね」ついで彼はにが笑いを浮かべてつけ加えた。「マープルさんのところへ行って、土地の情報を教えてもらわなきゃなるまい」

第十二章

ミス・マープルも彼女独特の調査をすすめていた。

「すみませんね、ジェームスンさん。ほんとうにありがたく思うわ」

「どういたしまして。そんなことぐらいおやすいご用ですわ。最近号のほうがおよろしいでしょうねえ？」

「いいえ、べつに最近のものではなくてもいいのよ」とミス・マープルは答えた。「ほんとうはね、どちらかというと古雑誌のほうが見たいのよ」

「それでは、さあどうぞ」とジェームスンは言った。「ひとかかえくらいはありますわ。うちでは読みたがるひともないと思いますから、お好きなだけお宅においといてくださってけっこうですのよ。でも、自分でお持ちになるには重すぎますわね。ジェニイ、そちらのパーマはどんなふうなの？」

「こちらはすみました。髪をお洗いしましたから、いま乾かしていらっしゃるところですの」

「それではね、この雑誌を持ってマープルさんのおともをしてあげてくれない？　いいえ、よろしいんですよ、マープルさん。わたしどもにできることでしたら、いつでもなんなりとおっしゃってくださいませ」

みんな、ことに生涯つきあってきたと言ってもいい人たちは、なんて親切なのだろう、とミス・マープルは思った。ジェームスンは長年美容院を経営してきているのだが、時代の進歩にあわせるために、看板を書きなおし、〈ヘアスタイリスト・ダイアン〉と名乗る程度の新装はこらしていた。そのほかは、美容院そのものもだいたい昔と同じだったし、だいたい同じようなやり方で客の要求に応じてもいた。つまり、長もちするパーマをかけて送りだしてくれるわけだ。若い女性向きのヘアスタイルやカットも引き受けてはいたが、へんなかっこうになっても、そう文句も言われずにすんでいた。それにしても、ここの常客は、ほかの店では自分の望みどおりの髪がたにしてもらえない、時代おくれな中年の女が大部分だった。

「まあ、驚きましたわ」と次の朝チェリーが、今でもまだ頭の中では〝ラウンジ〟と呼んでいる部屋にうるさい掃除機を持ちこんだとたんに、とんきょうな声を出した。「いったいどうなさったのですの？」

「わたしも多少は映画のことを知っておこうと思ってね、勉強しているところなのよ」とミス・マープルは言った。

彼女は《映画時報》を横にのけ、《スターとともに》を手にとった。

「すこぶる興味があるのよ。いろんな事柄についてのいろんなことを思い起こさせてくれるから」

「きっととてつもない生活をしているのでしょうね、スターともなると」

「特殊な生活なのよ。高度に特殊化された。前にある友だちの話していたことが何かと思い出されてくるわ。そのひとは病院の看護婦だったの。おなじような単純な人生観の持ち主で、うわさ話が大好きときているのよ。美男の医者がいたりすると大騒ぎになるんだって」

「なんだか急な変わりかたですわね、こんなことに興味をお持ちになるなんて」とチェリーは言った。

「近頃は編物をするのが困難になってきているからなのよ」とミス・マープルは言った。

「そりゃね、こういう雑誌の活字も小さいには小さいけど、拡大鏡をつかえばいいんだから」

チェリーは彼女の顔を不思議そうに見つめた。

「奥さんにはいつも驚かされますわ。いろんなことに興味をお持ちになるので」

「わたしはあらゆることに興味があるのよ」とミス・マープルは答えた。

「奥さんのお年で新しい事柄を取り上げたりなさるからですのよ」

「ほんとうの意味ではね、新しいことなんかないものなのよ。わたしは人間の性質に興味を持っているわけだけれど、人間の性質は、映画のスターだろうと、病院の看護婦だろうと、セント・メアリ・ミードの人たちだろうと、大して変わりのないものなのだからねえ」ついで、彼女は考え顔になってつけ加えた。「新住宅地に住んでいる人たちだってそうよ」

「わたしと映画スターとではそんなに似ているとは思えませんわ」チェリーは笑い声になった。「残念ですけれど。マリーナ・グレッグ夫婦がゴシントン・ホールに住むようになってからなのでしょう、奥さんがこういうことに興味をお持ちになりだしたのは？」

「それと、あそこで起きた悲劇のせいよ」とミス・マープルは言った。

「バドコックさんのことなのでしょう？　運が悪かったのですわね、あれは」

「あの事件をどんなふうに考えているの、新――」ミス・マープルは新住宅地と言いかかって止めた。「どんなふうに考えているの、あなたやあなたのお友だちは？」

「奇妙な事件ですわね」とチェリーは言った。「どうも他殺みたいですわね。警察では、用心してはっきりそうだとは言いませんけれど。それにしても、そうとしか思えないじゃありませんか」

「わたしもそれ以外には考えようがないと思うわ」

「自殺のはずはありませんものねえ、ヘザー・バドコックの場合は」とチェリーは言った。

「あなたはあの人をよく知っていたの?」

「いいえ、ろくには。知らないのも同然だったのですよ。あの人はあんなお節介やきだったわけでしょう。あれこれと会に加わりたがったり、どこにでも出席したがったりして。あまり活動しすぎでしたわ。ご亭主だってときにはいやになったろうと思いますよ」

「べつにそう憎まれていたようではなさそうだけれどねえ」

「あの人にはときどき誰でもうんざりさせられたものですわ。ですけれど、ご主人がやったのならともかく、ほかの人が殺したりするとは考えられませんわ。ところが、そのご主人はすこぶるつきのおとなしい人ときているんですよ。でも、一寸の虫にも五分の魂ということもありますものねえ。例の殺人鬼のクリッペンだって、ふだんはいい人間だったそうですし、殺した人間を全部塩漬けにしていたというヘイだって——あんな人好きのする男はなかったというではありませんか。ですから、人間って何をするかわからないんじゃありません？」

「おや、おや、あのご主人も気の毒に」とミス・マープルは言った。

「それにね、あの記念祭の日には——あの事件の起きる前のことですけど——あの人はなんだか落ち着きがなくて、そわそわしていたそうですのよ。でも、ひとはいつでもあとになってそんなふうなことを言うものですわね。わたしの感じでは、あの事件後、あの人はここ何年もなかったほど元気そうですのよ。前よりも活気が出てきたみたいですわ」

「まあ、そうなの？」とミス・マープルは言った。

「ほんとうは誰もあの人がやったなどとは思ってもいませんけれどね」とチェリーは言った。「でも、あの人が犯人でないとすると、ほかには犯人がいそうにもないではありませんか？　わたしにはどうも偶然に起きたことだったに違いないという気がしますわ。偶然の事故ってよく起きますものねえ。キノコのことはよく知っているつもりで、出かけて行き、とってくる。すると、その中に毒たけがまじっていて、ころげまわるほど苦しみだし、お医者さんが間にあってくれたら幸運だという場合だってありますもの」

「カクテルやシェリー酒には、そんな間違いが起きそうには思えないけどね」とミス・マープルは言った。

「でも、なんとも言えませんわよ」とチェリーは言った。「間違って何か別の瓶がまじっていないともかぎりませんもの。げんにわたしの知っているひとなんか、濃縮したDDTを飲んだりしたことがありますわ。おかげでひどいめにあったのですよ」

「偶然による事故ねえ」ミス・マープルは考え顔になった。「そう、たしかにそれが一番妥当な解釈のように思えるわね。わたしも、ヘザー・バドコックの場合は、故意の他殺だったとは信じられない気がするの。ありえないことだと言っているのではないのよ。この世には何事だってありうるけれども、どうも故意によるもののようではないわね。そう、やはりどうもそのあたりに真相がひそんでいそうだわ」彼女は雑誌をかきまわし、そのうちの一冊を手にとった。

「誰かの特集記事でもさがしていらっしゃるのですか？」

「そうではないのよ」とミス・マープルは答えた。「いろんな人間や生活ぶりなんかのはんぱな記事——役にたってくれそうな些細なことなの」彼女はまた雑誌のほうへ向き直り、チェリーは電気掃除機を二階へ持って上がった。ミス・マープルは顔が桃色にほてるほど熱中していたのと、多少耳が遠くなってもいたので、庭の小道を応接間の窓のほうへ歩いてくる足音が聞こえなかった。雑誌の上にうっすらと影が落ちかかったとき、初めて彼女は顔をあげた。ダーモット・クラドックがにこにこしながら立っていた。

「どうやら宿題をやっておられるようですね」と彼は言った。

「まあ、クラドック警部さん、よく来てくださったわね。わざわざ時間をさいて会いにきてくださるなんて。コーヒーがいいかしら、それともシェリー？」

「シェリーのほうがありがたいですね」とダーモットは答えたが、「お立ちにならなくてもいいんですよ、表から入ってくる途中に頼んでおきますから」とつけ加えた。

彼は横手の戸口のほうへまわり、まもなくミス・マープルと一緒になった。

「いかがです、そのがらくた雑誌から何か感想でも？」と彼は言った。

「ありすぎるくらいよ」とミス・マープルは答えた。「わたしはね、めったに驚かないたちなのだけど、これには少々驚かされたわ」

「なんに、映画スターの私生活にですか？」

「ちがうわ、そのほうにではないのよ」と彼女は答えた。「ああいう環境で、お金がふんだんにあり、接し合う機会が多ければ、ああいう生活をするのはしごく当然なことのように思えるわ。そうよ、あれが自然なのよ。わたしが驚いたのはね、雑誌の記事の書き方なのよ。わたしはこういうどちらかというと古風な人間でしょう。そのせいか、あんな書き方は許すべきではないという気がするわ」

「あれでニュースになるし、公平な批評をしているような顔をして、相当ひどいことが言えるからですよ」ダーモットは言った。

「それはそうね」と、ミス・マープルは言った。「わたしはときおりひどく腹が立ってくることがあるのよ。こんなものを読むなんて、ばかげたことをしていると思われるだろうけれど、わたしはいろんなことに通じたいのよ。こんなふうに家に閉じこもりがちの生活では、知りたいことも知ることができないのだから」

「わたしもそうだろうと思ったからこそ、いろんな情報を知らせてあげに伺ったのですよ」とダーモットは言った。

「でもね、そんなことをしたのでは、あなたが上の人から叱られはしない？」

「そんなことはありませんよ」とダーモットは答え、言葉をついだ。「ここにリストを持ってきているのですがね、ヘザー・バドコックが踊り場に着いてから死ぬまでの短いあいだに、現場にいた者たちのリストなのです。わたしたちはその中の多くの名前を消去しました。早まりすぎたかもしれないが、自分ではそうは思っていないのです。村長夫妻や、何とかいう町会議員夫妻、この土地の人間も大部分消去しました。もっとも、亭主はのこしましたがね。たしか亭主を疑えというのが、おばさんの持説でもあったのでしょう？」

「そりゃ夫が明白な容疑者である場合が多いからよ」とミス・マープルは弁解するように言った。「明白な容疑者が犯人という場合も多いしね」

「それはたしかですね」とクラドックも言った。

「でも、あなたはどちらの夫のことを言っているの？」

「どちらだとお思いになります？」とダーモットは問い返して、鋭く彼女を見やった。

ミス・マープルも彼の顔を見つめた。

「ジェースン・ラッドなの？」と彼女は訊いた。

「ああ！」とクラドックは言った。「おたがいに同じ方向に頭が動いているようですね。わたしはアーサー・バドコックが犯人だとは思っていません。ヘザーが狙われていたとは思えないからですよ。犯人が狙っていたのはマリーナ・グレッグだと思います」

「それは確実だと言っていいのではないかしら？」とミス・マープルも言った。

「その点で意見が一致したとなると、範囲がひろがってくるわけです」とダーモットは言った。「現場にいたのは誰々で、その連中が何を見たか、あるいは何を見たと言っているか、その連中がどこにいたか、あるいはどこにいたと言っているか、そうしたことは、おばさんが現場にいらしたとすれば、ご自分で見ておられるはずのことにすぎません。したがって、そうした問題についておばさんと話しあったとしても、上の人たちからわたしが文句を言われるはずがないではありませんか」

「それはうまい言い方だわね」とミス・マープルは答えた。

「まずわたしの聞いてきたことをかいつまんで話し、リストの問題にうつりましょう」

彼は自分の聞いてきたことを要約して話し、ついでリストを取り出した。

「犯人はこの中の一人に違いないのです。わたしの名づけ親のヘンリイ・クリザリング卿から聞いたところによると、おばさんは以前ここでクラブを作っておられたそうですね。おばさんはそれを火曜クラブと呼んでおられた。クラブ員は順番に行なわれる晩餐を共にし、そのあとで誰かが何か物語を聞かせる——実際に起きた事件で、結末が謎になっている話をです。その謎の解答は話し手だけが知っているわけです。ところが、おじいさんから聞いたところによると、おばさんはいつでもぴたりと当てられたそうではありませんか。ですから、今朝はひとつわたしのために多少の推測をやってみていただけないかと思って、やってきたわけですよ」

「なんだかふまじめな言い方だわね」とミス・マープルはとがめるように言った。「それにしても、わたしのほうから訊ねたいことが一つあるのよ」

「なんですか?」

「あの子供たちはどうなっているの？」

「あの子供たち？　子供は一人だけですよ。アメリカの療養所にいる精神遅滞児が。その子供のことですか？」

「そうではないのよ、わたしの言っているのは」とミス・マープルは答えた。「そりゃあれも悲惨なことには違いないけど、よく起きる、誰の責任とも言えない悲劇の一つだわ。わたしの訊いているのはね、これに載っていた記事で読んだ子供たちのことなのよ」彼女は眼の前の雑誌を叩いた。「マリーナが養子にした子供たちなのよ。男の子が二人と女の子が一人だったと思うわ。ある場合には、この国の子だくさんで貧乏な母親がマリーナに手紙を出し、子供を一人養育してもらえないかと頼んだのよ。そのことでは、いやに感傷的な調子でやたらに書きたててあったわ。その母親の私欲をはなれた態度だの、その子供が持つことになるすばらしい家や、教育や、将来についてねえ。あとの二人については、雑誌にもあまり載っていないのよ。一人は避難民の子供で、もう一人はアメリカ人の子供だったと思うわ。養子にした時期も違っているの。その子供たちがその後どうなったか知りたいのよ」

ダーモット・クラドックは不思議そうに彼女の顔を見つめた。「おばさんもそのことを頭に浮かべられたとは奇妙ですね。わたしもついさっき、ぼんやりと、あの子供たちはどうなったろうかと思ったのですよ。しかし、それが今度の事件とどういうつながりがあるのでしょうか？」

「そうね、わたしの聞いた、というよりも、読んだかぎりでは、その子供たちは現在マリーナの家には暮らしていないようだわね」

「きっと生活費をもらっているのでしょう」とクラドックは言った。「養子縁組についての法律によると、その義務があるはずですから。たぶん信託財産でも分けてもらっているのでしょう」

「そうすると、マリーナは子供に——飽きてくると」ミス・マープルは〝飽きる〟という言葉を口にする前にちょっとためらった。「おっぽりだしたわけだわねえ！　しかも、ありとあらゆる贅沢を味わわせておいたあとで。そうではないの？」

「おそらくはね」とクラドックも言った。「ですが、わたしも正確なことは知らないのです」やはり彼は不思議そうに彼女の顔を見つめていた。

「子供というものは敏感なものなのよ」とミス・マープルは自分でうなずきながら言った。「まわりの者たちが想像もつかないほどいろんなことを感じるものだわ。傷つけられた気持ち、はねつけられたという感じ、のけ者にされているという感じ。そうした傷ついた心は、いろんな恩恵を与えてもらったからといって、なおるものではないわ。教育も代償にはならないわ。いい生活をさせてもらったり、収入を保証されたり、知的職業にたずさわらせてもらったり、したとしてもねえ。いつまでも胸の中でうずいているものなのよ」

「それはそうですね。それにしても、そこまで考えるのはどうでしょうか。いったい何を考えておられるのですか？」

「わたしもね、べつにこれという具体的な考えを持っているわけではないのよ」とミス・マープルは答えた。「ただ、あの子供たちはどこで暮らしていて、いくつぐらいになっているのだろうかと思っただけなの。雑誌の記事から判断すると、もうおとなになっているはずだと思うのだけれど」

「それらの点は調べられると思います」とダーモットはのろのろと言った。

「なにもあなたをわずらわせるつもりで言ったのではないのよ。わたしのちょっとした思いつきが役にたつと思っているわけでもないし」

「調べてみてもべつに害になるわけではありませんから」とダーモットは答えて、小さな手帳に何か書きこんだ。「それでは、このリストをごらんになりますか？」

「ほんとうはね、わたしが見ても役にたちそうな気がしないのよ。相手がどういう人たちなのかわたしは知らないわけなのだから」

「それはわたしがざっと説明しますよ」とクラドックは言った。「では始めます。ジェースン・ラッド、夫（亭主はつねに疑惑の対象になる）。ジェースン・ラッドはマリーナを深く愛していると誰もが言っています。そのこと自体がすでに疑惑をそそる、そうはお思いになりませんか？」

「必ずしもそうとはかぎらないわ」とミス・マープルは威厳をもって答えた。

「あの男は兇行の目標が妻にあったことを隠そうとしてけんめいになっていました。そういう疑いがあるというけぶりすら警察には見せませんでした。警察がその点に気がつかないほど間抜けだとでも思っているのですかねえ。こちらは最初からそういった考えをいだいていましたよ。それはともかくとして、あの男の態度はそんなふうだったのです。あの男はそういう事実が妻の耳にはいり、妻が恐慌状態におちいるのを恐れていました」

「マリーナは恐慌状態におちいるような種類の女なのかしら？」

「ええ、ノイローゼ気味で、感情の差がはげしく、神経的にまいって、おかしくなってくるのです」

「そういう傾向は勇気がない証拠だとはかぎらないのよ」とミス・マープルは異論をとなえた。

「逆にですね」とクラドックは言った。「マリーナも自分が兇行の目標だったことを充分に承知しているとすると、犯人が何者かということもわかっている可能性がありますねえ」

「犯人が何者かわかってはいるが――あかしたがらない、という意味なの？」

「その可能性があると言っただけですよ。かりにそうとするると、なぜあかしたがらないのかという疑問が起きますねえ。動機は、問題の根底に、マリーナには何か夫の耳にいれたくないことがあるのだ、という気がします」

「それはたしかに興味のある考え方だわね」とミス・マープルも言った。

「まだ二、三の人間が残っています。秘書のエラ・ジーリンスキー。非常に有能な若い女です」

「ご主人のほうに恋をしているというわけなの？」とミス・マープルは訊いた。

「わたしにはそう思えます」とクラドックは答えた。「それにしても、いったいどうしてそう推察されたのですか？」

「それはね、よくあることだからなの」とミス・マープルは答えた。「したがって、気の毒なマリーナ・グレッグにはあまり好意を持っていない。そうでしょう？」

「したがって、殺害の動機がある」とクラドックは言った。

「雇い主の夫を愛している女秘書やメイドはずいぶんいるものなのよ。だけど、雇い主を毒殺しようとまでする者はごくごくまれだわ」とミス・マープルは言った。

「それにしても、例外も認めなきゃなりますまい」とクラドックは言った。「それから、この土地の写真家が二人と、ロンドンの写真家が一人、新聞記者が二人。いずれも見こみはなさそうですが、しらべてみるつもりではいます。以前マリーナの二度目か三度目の夫と結婚していた女も来ていました。マリーナに夫を奪われたときには恨みに思った女なのです。それにしても、もう十一、二年も前のことなのですよ。今になって、その恨みから毒殺する意図を抱いてこんな所までやってきたとは、どうも思えません。それから、アードウィック・フェンという俳優がいます。以前マリーナ・グレッグと非常に親しかった男なのです。最近は何年も逢っていません。イギリスに来ているということも知らなかったわけですから、あのときにこの男が姿をあらわしたのは非常に意外だったのです」

「そうすると、その男に会ったとき、マリーナは驚いたわけねえ？」

「おそらくそうでしょう」

「驚き——おそらくはおびえもした」

「わが命運も尽きぬ、というわけですか」とクラドックは言った。「そうとも考えられますね。それから、あの日、出たりひっこんだりして役目をはたしていた、ヘイリー・プレストンという青年がいました。いやにお喋りのくせに、何も聞いてもいなければ、見てもいないし、知ってもいないと言うのです。熱心すぎるくらいにね。いかがでしょう、今までのところで何かぴんとくるものがありませんか？」

「これといってないけど、いろんな興味のある可能性は感じられたわ」とミス・マープルは答えた。「それにしても、わたしはやはりあの子供たちのことをもう少し知りたい気がするわ」

彼は不思議そうに彼女の顔を見つめた。「おばさんはその点がひどく気になるらしいですね。よろしい、調べてみましょう」

第十三章

1

「どうやら村長が犯人である可能性はなさそうですね」とコーニッシュ警部は残念そうに言った。

彼は名前のリストを鉛筆でポンと叩いた。ダーモット・クラドックはにやにや笑った。

「希望的観測をしていたわけかい？」とダーモットは言った。

「そう言われてもしかたがありますまい」とコーニッシュは答えたが、続いてこう言った。「尊大で、もったいぶった偽善者ときているんだから！　誰もが不愉快なめにあっているのです。うぬぼれが強く、いやに信心家ぶっていて、しかも何年にもわたって収賄で私腹をこやしているときている！」

「収賄罪でつかまえるわけにはいかないのかね？」

「それがだめなのですよ」とコーニッシュは答えた。「やり口がずるくて尻尾をつかませないんです。いつでも違反すれすれのところにいやがってねえ」

「たしかに疑惑を感じるね」とダーモットも言った。「しかし、そういうバラ色の夢は捨てるしかあるまい」

「ええ、それはわかっているんですよ」とコーニッシュは答えた。「あの男も、やりかねない人間ではあっても、まずやっていそうにはありませんね。ほかにはどういう連中がいましたかねえ？」

二人はまたリストの検討にもどった。リストにはまだ八人の人間の名前が残っていた。

「このリストに洩れている人間は一人もいないという点では、われわれの意見が一致したと言っていいだろうね？」とクラドックは言った。彼の語調にはかすかに疑問がこもっていた。コーニッシュはこう答えた。

「これで全部だと考えていいと思います。バントリー夫人に続いて教区牧師、ついでバドコック夫婦が上がってきたわけです。そのとき、階段には八人の人間がいました。村長夫婦とローワー農園のグライス夫婦。マッチ・ベナムの《ヘラルド・アンド・アーガス》紙の記者、ドナルド・マックニール。アメリカ人のアードウィック・フェン。アメリカの映画スター、ローラ・ブルースター。それだけです。そのほかには、階段の隅にカメラを据えつけていたロンドンからきた芸術写真家がいました。あなたのおっしゃるとおりに、バントリー夫人の話に出たマリーナ・グレッグの〝凍りついたような表情〟が、階段を上がってくる人間を目にしたせいだとすると、この中からその人間の目星をつけなきゃならないことになります。村長は残念ながら除外。グライス夫婦も除外――一度もセント・メアリ・ミードを離れたことのない人間ですからね。すると、残りは四人。地方新聞の記者はシロと見てよさそうだし、写真家の女も、三十分前から現場にいたわけだから、マリーナがあとになって急にああいう反応を示すはずはありますまい。するど、残りは誰々ですか？」

「アメリカからの不気味な客どもだよ」とクラドックはかすかに微笑を浮かべて言った。

「まさにずぼしですよ」

「この二人が一番くさいという点ではわたしも同意見だ」とクラドックも言った。「二人の出現は予期されていなかった。アードウィックは以前マリーナが熱をあげていた相手だが、もう何年も逢っていなかった。ローラ・ブルースターはマリーナの三番目の亭主と結婚していたことがあり、マリーナのおかげで離婚させられている。それもあまり円満な離婚だったとは言えないらしい」

「わたしはあの女を第一の容疑者とみなしますねえ」とコーニッシュは言った。

「ほんとうにそう思うかい？　十五年ばかりも年月がたっているうえに、あの女自身もその後二度も結婚しているんだよ」

コーニッシュは女というものはわからないものだからと言った。ダーモットは、一般的な定義としてはそれを認めるが、どう考えても理屈に合わないように思えると答えた。

「しかし、容疑者はこの二人にしぼれると言っていいわけでしょう」

「おそらくはね。だが、どうもわたしにはすっきりしない点があるのだ。飲み物をくばっていた臨時傭いの連中のほうはどうなのだね？」

「さんざん聞かされている〝凍りついたような表情〟はべつにしてですか？　応はわれわれの手で調べてみました。マーケット・ベーシングにある食料品会社が一手にひきうけていたのです——記念祭のほうはねえ。邸内のほうは、実際上は執事のジュゼッペの管理下にありました。それから、撮影所の食堂に勤めているこの土地の女も二人手伝いに来ていました。わたしはどちらも知っているのです。頭がいいとは言えないが、無害な連中ですよ」

「仕事をわたしのほうへおしもどしたな。わたしもその新聞記者に逢ってみることにしよう。何か役に立つようなことを見ているかもしれないから。ついで、ロンドンだ。アードウィック・フェン、ローラ・ブルースター——それからあの女流写真家——なんという名前だったかなあ?——マーゴット・ベンスか。あの女も何か目にとめていないともかぎらない」

コーニッシュはうなずいた。「わたしはローラ・ブルースターに賭けますね」ついでクラドックの顔を不思議そうに見まもった。「あなたはわたしほどにはあの女には確信が持てないようですね」

「いろんな困難さが頭に浮かぶんだよ」とクラドックはのろのろと言った。

「困難さ?」

「誰にも見られずに、マリーナのグラスに毒薬をいれることのねえ」

「それは誰にとっても同じじゃありませんか? あれは気ちがいじみたやり口でしたよ」

「気ちがいじみたやり口には相違ないが、ローラ・ブルースターのような人間がやったのだとすると、いっそう気ちがいじみてくるじゃないか」

「なぜですか?」とコーニッシュは訊いた。

「あの女は重要な客の一人だったからだよ。大ものだし、有名でもある。誰もがあの女のほうを見ていたはずだ」

「なるほどね」とコーニッシュもその点は認めた。

　マリーナやジェースンと挨拶をすましたあとは、秘書たちがそばについて世話をしても信は持てなかったはずだ。そこに障害があるよ、しかも大きな障害がねえ」


「土地の人間は、おたがいにこづきあったり、囁きあったりしながら、見つめているし、いる。容易なことではないよ。どんなに器用だろうと、誰にも見られていないという確信は持てなかったはずだ。そこに障害があるよ、しかも大きな障害がねえ」

「さっきも言ったように、その障害は誰にもあったはずではありませんか？」

「違うねえ」とクラドックは言った。「全然違うよ。例えば、執事のジュゼッペを例にとってみたまえ。あの男は飲み物を注いだり、グラスを手渡したりするのに忙殺されていた。だが、あの男だったら、カルモーのひとつまみや一、二錠ぐらい、グラスに入れるのはわけなしにやれたはずだ」

「ジュゼッペねえ？」コーニッシュは考えこんだ。「あいつのしわざだとお思いなのですか？」

「べつにそう信じるだけの理由があるわけではないのだがね」とクラドックは言った。「だがその理由が見つからないともかぎらないよ。つまり、がっちりとした動機がねえ。たしかに、あの男にはやれたはずだ。食料品会社の従業員にしても、その点は同じだよ——残念ながら現場にはいなかったわけだが。

　何者かが従業員になってもぐりこんでいたと考えられないこともないのだからね」

「そこまで前もって計画されていた可能性があるという意味ですか？」

「その点については、われわれにはまだ何もわかっていないわけだよ」とクラドックは困ったように言った。「実際、まだなんの手がかりもつかんでいないと言っていいのだから。マリーナかジェースンから、こちらの聞きたいことをほじくり出すまではね。あの二人は犯人を知っているか、少なくとも誰かを疑ってはいるにちがいないが――喋ろうとはしない。なぜ喋ろうとしないのかは、こちらには判断がつかないときている。まったくまだ道は遠いよ」

彼はちょっと言葉をきったが、やがてまたこう言った。「例の〝凍りついたような表情〟もなんかの偶然からそうなったのかもしれないのだから、あの件を別にするとすれば、かなり簡単にやれたはずの人間がほかにもいる。例の女秘書のエラ・ジーリンスキー。あの女もグラスに注いだり、いろんな物を手渡したりしていた。とくに関心をもってあの女の行動を見まもっていた者は誰もいなかったはずだ。同じことは例のひょろ高い青年――名前は忘れたが――についても言えるわけだ。ヘイリー――ヘイリー・プレストンだったね？　ああ、やはりそうだ。あの二人のどちらにも充分機会があったはずだ。それどころか、どちらかがマリーナを消したいと考えていたのだとすると、公的な場所でやってのけるほうがはるかに安全でもあったろう」

「ほかには誰か？」

「やはり亭主ということになるね」とクラドックは言った。

「また亭主にもどってきたわけですか」コーニッシュはかすかに笑いを浮かべた。「われわれはバドコックという男に疑いをかけていた。狙われていたのはマリーナだったとわかるまではねえ。ついでわれわれは疑惑をジェースン・ラッドにうつした。あの男はマリーナを愛していると言っていいとは思いますがね」

「愛しているという評判だが、わかったものではないよ」とクラドックは言った。

「マリーナから離れたいのなら、離婚するほうがずっと簡単じゃありませんか？」

「そりゃそのほうが普通のやり方には違いないが、この事件にはまだわれわれの知らない、いろんな複雑な要素がからんでいるのかもしれないよ」

電話のベルが鳴った。コーニッシュが受話器を手にとった。

「なに？　そうか。ではつないでくれ。ええ、こちらにいます」彼はしばらく聞いていたと思うと、片手で受話器にふたをし、ダーモットのほうへ顔を向けた。「マリーナ・グレッグさんがすっかり元気づかれたそうです。お目にかかってもいいということです」

「それでは、気が変わらないうちに急いで出かけたほうがよさそうだ」とダーモットは言った。

2

ゴシントン・ホールに着くと、エラ・ジーリンスキーが出迎えてくれた。彼女は相変わらずてきぱきと能率的に振舞った。

「ミス・グレッグもお待ちしています」と彼女は言った。

ダーモットは多少の関心をもって彼女を見まもった。最初からえたいのしれない女だという気が彼にはしていた。〝これこそポーカー・フェイスというやつだな〟と思ってもいた。何を訊ねても、さっさと答えてもくれた。何かを隠していそうな徴候は全然見せなかったが、それでいて、実際には何を考え何を感じているのかも、今度の事件について何か知っているかどうかすらも、彼には全然見当がつかなかった。もちまえの聡明な有能さの鎧には、どこ一つとして隙間がなさそうだった。本人の言っている以上のことは何も知らないのかもしれないし、逆に、いろんなことを知っているのかもしれなかった。せいぜい彼に確信できたのは――それだってなんの証拠もないとは自分でも認めるしかなかったのだが——彼女がジェースン・ラッドを愛しているらしいということだけだった。これは、彼に言わせれば、秘書というものの職業病みたいなものだった。おそらくなんの意味もないことだろう。しかし、そうした事実は動機を暗示しているわけだし、何か隠しているということはどう見ても確実なように思えた。それは恋愛であるかもしれず、憎悪であるかもしれなかった。もしかすると、ただの罪悪感なのかもしれなかった。あの午後にねらっていた機会をつかんだのかもしれないし、前もって熟考し計画していたことだったのかもしれなかった。実行の点に関するかぎりでは、彼女がわけなしにその役割をやってのけたろうことは、彼にも想像できた。もちまえの急いでいるようではないくせに敏捷な動作で、あちらこちらへ動きまわり、客の世話をしたり、飲み物を渡したり、グラスを片づけたりしていたあいだにも、彼女はマリーナがテーブルのどこにグラスを置いたかを目にとめていたろう。そして、おそらくはマリーナがアメリカからの客を驚きと喜びの声をあげて迎え、誰もの眼がそちらにむけられていた瞬間に、ひとに気づかれないようにそっと致死量の毒薬をそのグラスの中に落としこむことができたはずだ。それには大胆さと、太い神経と、敏捷さが必要だろうが、彼女にはそれらのものが備わっていたはずだ。何をしたにせよ、やってのけているあいだは、彼女の顔には罪悪感などは浮かんでいなかったろう。単純で頭のいい犯罪、ほとんど失敗の可能性のない犯罪、だったにちがいない。ところが、偶然の手は思わぬ方向に動いた。パーティは混んでいたために、誰かがヘザー・バドコックの腕をおした。彼女の飲み物はこぼれ、マリーナは、身についた衝動的な優雅なものごしで、まだ手を触れないままだった自分のグラスを差し出した。そのために、あの女が間違って殺されるようなことになった。

こんなことは純然たる推測にすぎないし、ばかげた推測でもあろうと、ダーモットは心の中で呟いたが、同時に、丁寧な言葉でエラ・ジーリンスキーに話しかけた。

「ちょっとお訊ねしたいことがあるのですがね、あのときの仕出しはマーケット・ベーシングの会社がうけおったのでしたねえ？」

「ええ、そうですわ」

「なぜとくにあの会社をお選びになったのでしょうか？」

「ほんとうはわたしは知らないんですよ」とエラは答えた。「そういう方面のことは、わたしの仕事の領分ではないのです。ラッドさんには、ロンドンの店にやらせるよりはこの土地の店にたのむほうが、後のためにもいいという考えがあったことは、わたしも知っています。わたしたちの眼から見れば、あのときの催しは小規模なものだったのですから」

「なるほどね」彼はちょっと眉をしかめてうつむいている彼女を見まもっていた。ひろい額、意志の強そうな顎、その気になれば肉感的になれそうな肢体、かたく結んだ意欲的な口もと。眼は？　彼はかすかな驚きを感じた。瞼があからんでいたのだ。彼は不思議に思った。このひとは泣いていたのだろうか？　そんなふうに見える。だが、泣くようなタイプの娘ではないことは断言してもよさそうだった。彼女も彼を見上げ、まるで彼の頭の中に浮かんでいることを読みとったかのように、ハンカチをとり出して勢いよく鼻をかんだ。

「風邪をおひきになったらしいですね」と彼は言った。

「風邪ではないんです。枯草熱ですのよ。ほんとうは何かのアレルギーらしいんです。毎年いまごろにやられるんですよ」

低いリーンという音がした。その部屋にはテーブルの上と、隅のもう一つのテーブルの上とに、二つ電話があった。鳴りだしたのは隅のほうの電話だった。エラはそのほうへ行き、受話器を手にとった。

「ええ、こちらにおいでですからすぐにご案内します」と彼女は答えて、受話器をおいた。「マリーナがお待ちしているそうですわ」

3

マリーナ・グレッグは二階の、どうやら彼女の寝室に通じているらしい居間で、クラドックを迎えた。衰弱しきっているとかノイローゼ状態だとか聞かされていただけに、クラドックは弱々しい病人らしい姿を予想していた。ところが、マリーナはソファになかばよりかかってはいたものの、声にも張りがあったし、眼もいきいきとしていた。化粧らしい化粧もしていなかったが、それでいて、実際の年齢ほどには見えなかったし、彼女の美しさのいぶし銀のような輝きに彼は強く心をうたれた。頬から顎にかけてのえも言われぬ線や、その顔をふちどっているだらりと自然にたれ下がらせた髪のせいらしかった。きれ長な碧い眼、技巧をこらすよりも自然なままに描いたらしい眉、暖かみと、やさしさをおびたほほえみかた、すべてが微妙な魔術をおびていた。彼女は口をひらいた。

「クラドック主任警部さんですのね？　わたしはみっともないふるまいをしておりました。お詫びしなければなりません。あの恐ろしい事件のあとでとり乱してしまったのです。その気になれば、そんな状態からぬけ出せもしたのでしょうが、わたしはそうはしませんでした。恥ずかしく思っていますわ」唇のはしがうねり、悲しそうなあまい微笑が浮かんだ。彼女は片手をさし出し、彼はその手を握りしめた。

「とり乱されたのも当然ですよ」と彼は言った。

「そりゃ、誰もがおびえていましたわ。でも、ほかの誰よりもおびえかたがひどかったようにふるまう権利は、わたしにはなかったはずですもの」とマリーナは言った。

「ほんとうになかったのでしょうか？」

彼女はちょっと彼を見つめていたと思うと、やがてうなずいた。「あなたは鋭い観察眼をお持ちですわね。そう言われれば、たしかにあるにはあったのです」彼女は眼をふせ、長い人差し指でソファの腕をそっとなでた。それは彼女の映画のどれかで見おぼえのある身ぶりだった。意味のない身ぶりだったが、それでいて、何か意味をはらんでいるように思えた。一種のしんみりとした情味さえあった。

「わたしは臆病者なのです」と彼女は眼をふせたままで言葉をついだ。「わたしを殺したがっている人間がいるらしいのですけれど、わたしは死にたくはなかったのです」

「なにからそんなふうにお思いなのですか？」

彼女は大きな眼をみひらいた。「なぜって、毒薬をいれられていたのは、わたしのグラス——わたしの飲み物だったのですもの。あの気の毒な女のひとは間違って災難にあったわけですわ。それを思うと、おそろしい、悲劇的な事件だったという気がするのです。そのうえ――」

「そのうえ？」

彼女はそれ以上喋ってもいいかどうかちょっと迷っているみたいだった。

「自分が狙われていたのだとお考えになる理由が、ほかにもあるわけですね？」

彼女はうなずいた。

「どういう理由なのですか、グレッグさん？」

それでもまだ彼女はちょっとのあいだ黙りこんでいたが、やがてこう言った。

「ジェースンがあなたに何もかもお話ししなきゃいけないと言うものですから」

「それでは、ご主人におうちあけになったわけですね？」

「ええ、最初はジェースンにも話さないつもりだったのですけれど――ギルクリスト先生がぜひそうしろとおっしゃるものですから。話してみると、ジェースンも同じように推測していたことがわかりました。最初からそう考えていたそうなのですけど――それがね、おかしいんですよ」――彼女はまた悲しそうな微笑を口もとに浮かべた――「わたしがおびえはしないかと思って、言わずにいたのですって」マリーナは急に活気にみちた動作で座り直した。「ジェースンたら！　わたしをそんなおばかさんだと思っているのでしょうか？」

「グレッグさん、何者かがあなたの生命をねらっているとお考えになる理由のほうを、どうぞ」

彼女はまたちょっと黙りこんでいたと思うと、急にきびきびした動作でハンドバッグのほうへ手をのばし、バッグを開けて、一枚の紙きれを取り出し、彼の手の中におしこんだ。紙きれには、タイプで一行、つぎのように書いてあった。

このつぎはのがれられると思うな

クラドックは鋭い語調で訊いた。「これを受け取られたのはいつですか？」

「おふろからあがったときに、わたしの化粧台の上にあったのです」

「すると、誰かこの家の者でもが――」

「そうともかぎりませんわ。バルコニーをよじのぼって、窓からほうり込むことだってできたはずですもの。なおいっそうわたしをおびえさせるつもりだったのでしょうけれど、実際には相手のおもわくどおりにはいきませんでしたわ。かえって、わたしは猛烈に腹がたってきて、あなたに来ていただくようにお電話させたわけですの」

ダーモットはにっこりした。「こいつをよこした人間にとっては、思いがけない結果になったわけですね。こういう脅迫文をよこしたのは今度がはじめてなのですか?」

マリーナはまたちょっとためらった。やがて、彼女はこう答えた。「そうではないのですよ」

「ほかの場合のことも聞かせてくださいませんか?」

「三週間前に、わたしたちが初めてこちらへ来たときのことでした。この家にではなくて、撮影所のほうへ送られてきたのです。ばかげているったらないのですよ。簡単な文句でしてね。その時はタイプではなくて、大文字で書いてありましたわ。〝死ぬ用意をしろ〟とだけ」彼女は笑い声をたてた。かすかにヒステリーじみた感じもまじってはいたが、ほんとうにおかしそうな笑い声だった。「あまりにもばかげていますものね」と彼女は言った。「こういった気ちがいじみた手紙や脅迫文はよく来るんですよ。ですから、わたしはこれも狂信者か何かのしわざだろうと思いました。映画女優なんて者の存在を許せない人間のねえ。わたしはひきさいて屑籠にほうりこみましたわ」

「そのことを誰かにお話しになりましたか?」

マリーナは首を振った。「いいえ、誰にもひとことも喋りませんでした。じつを言いますとね、ちょうどその頃、とっていたシーンのことでちょっと頭を悩ましていたのです。ですから、その問題以外のことは何も考えられなかったのだと思いますわ。いずれにしましても、今も言いましたように、わたしはただのわるふざけか、芝居やそういったものの許せない、狂信者のしわざぐらいに思ったわけですの」

「そのあとでも、同じようなことがあったのですか？」

「ええ。記念祭の日に。庭師の一人がわたしのところへとどけてきたのだったと思います。誰かが奥さまにと言って、この手紙を置いて行きましたが、ご返事なさいますかとその庭師は訊きました。わたしは何かその日の催しに関係した用件だろうと思いました。すぐ開けてみると、〝今日はお前のこの世での最後の日だぞ〟と書いてあるではありませんか。わたしはすぐにもみくしゃにし、『返事の必要はないわ』と答えました。ですが、あとで気がつき、その庭師を呼びもどして、誰に渡されたのか訊いてみました。庭師の話ですと、眼鏡をかけた、自転車に乗った男だったそうですわ。でも、そんなこと気にしたってはじまらないではありませんか？　わたしは、またばかげたことを、と思いました。まさか――まさかそれが本気だろうなどとは夢にも思いませんでしたわ」

「その手紙はいまどこにあるのですか？」

「全然見当もつかないんですよ。例の色模様のイタリア絹のオーバを着ていましたから、もみくしゃにしてそのポケットにつっこんだような気がします。ですけれど、そのポケットにもないのです。きっとどこかにおっことしたのでしょう」

「そういう手紙をよこした人間なり、使嗾《しそう》した人間なりについても、なんの心当たりもないのですか？　今でも？」

　彼女は眼をまるくした。彼はその表情に無邪気な驚きが浮かんでいるのを心にとどめた。感嘆させられたが、本物だとは思えなかった。

「そんなこと、わたしにわかるはずがないではありませんか」

「あなたになら、相当はっきりした心当たりがありそうな気がしていたのですがねえ」

「とんでもない、全然ですわ」

「あなたは非常に有名な方だし、大した成功をおさめてもおられる」とダーモットは言った。「職業のうえでも、個人的な魅力の点でもね。あなたに恋をした男性もいれば、結婚をもとめた男性もあり、げんに結婚していた男性もいる。あなたを羨望し嫉妬している女性もいる。相当範囲が広いことはわたしも認めますが、あなたになら、こういう手紙を書きそうな人間についての多少の見当ぐらいはつきそうに思えますがねえ」

「誰にだってやれたはずではありませんか」

「そんなことはありません。誰にでもとは言えますまい。おそらく相当の数の人間のうちの誰かのしわざに違いないのです。衣裳係だとか、照明係だとか、メイドなどのような、下働きの人間かもしれないし、あなたのお友だち、いわゆるお友だち、の一人かもしれません。しかし、あなたには多少の見当ぐらいはつかなきゃならないはずですよ。一人は無理でも、幾人かの名前をあげてみるぐらいのことは」

ドアが開いて、ジェースン・ラッドが入ってきた。マリーナはそちらを向いた。彼女は訴えるように手をのばした。

「ジェースン、クラドックさんはね、わたしがあの恐ろしい手紙を書いた犯人を知っているにちがいないとおっしゃるのよ。ところが、わたしは知らないのよ。それはあなただって知っているでしょう？　わたしたちのどちらも知らないわねえ。全然見当もつかないわねえ」

〝いやに強要するような言い方だ〟とクラドックは思った。〝マリーナは亭主が何か喋りはしないかおそれているのではなかろうか？〟

ジェースン・ラッドは、眼も疲労に黒ずみ、いつもよりも顔をしかめてもいたが、二人のそばへやってきた。彼はマリーナの手を握りしめた。

「そりゃ、警部さんには信じられないことのように思えるでしょうが、正直に言って、今度の事件については、マリーナにもぼくにも、全然推測がつかないのですよ」と彼は言った。

「つまり、お二人は一人の敵もない幸福な境遇だとおっしゃるのですか？」ダーモットの声には皮肉がこもっていた。

ジェースン・ラッドはちょっと顔を紅潮させた。「敵ですって？　いやに古風な言い方ですね、警部さん。その意味でなら、われわれに敵があるとは思えないと、断言できますよ。そりゃ、われわれをきらっていて、やりこめたがったり、できればひどいめにあわせてやろうと思っている程度の、悪意なり無慈悲さなりを持っている人間なら、いますよ。だが、その程度の気持ちと飲み物に毒を入れるのとでは、大きな開きがありますからね」

「さっき奥さんと話していたときに、ああいう手紙を書くなり、そういう行動をとるように使嗾するなり、しそうな人間はいないかとお訊ねしたわけです。奥さんはそういう人間は知らないというご返事でした。しかし、今のお話の現実の行動になってくると、範囲がせばまってきます。何者かが現実にあのグラスに薬を入れたのですからね。その点では相当範囲が限定されているわけです」

「ぼくは全然気がつきませんでしたよ」とジェースンは言った。

「わたしもそうでしたわ」とマリーナも言った。「だって——誰かがわたしのグラスに何かを入れているのを見たのだったら、そんなものを飲もうなどとは思わなかったはずではありませんか」

「どうもわたしには、あなたはもう少し何かをご存じのような気がしてならないのですがねえ」とダーモットは言った。

「とんでもない」とマリーナは言った。「ジェースン、そんなことはないのだと、このひとに言ってよ」

「正直に言って、ぼくにも全然見当がつかないのです」とジェースンは言った。「まったく現実ばなれのした事件ですからね。あれはいたずらだったのだと信じたいくらいですよ――いたずらが何かのぐあいで狂った――危険なことになってしまった――本人は危険だなどとは夢にも思っていなかったのに……」

彼の言葉つきにはどこか訊ねるような調子があったが、やがて彼は首を振った。「やめときましょう。どうやらあなたはそんな推測は問題にもしておられないらしい」

「もう一つお訊ねしたいことがあるのですがね」とダーモットは言った。「もちろんあなたも、バドコック夫婦がやってきたときのことは、おぼえておられるはずです。あの夫婦は牧師さんのすぐあとから来たわけです。あなたは、ほかのお客さんに対してと同じように、あの二人にも愛想よく接しられたそうですねえ。ところが、ある目撃者の話によると、挨拶されてまもなく、あなたはバドコックの奥さんのさきのほうへ眼を向けてしまわれたそうですし、何かを眼にして、おびえたような顔つきをなさったということです。それは事実なのでしょうか？　事実とすれば、何が原因だったのですか？」

マリーナはすぐにこう答えた。「もちろん、そんな事実はありませんわ。わたしがおびえたなんて——おびえたりするわけがないではありませんか」

「われわれが知りたいのはそこのところですよ」とダーモットは辛抱づよくいさがった。「さっき言った目撃者はその点を強調しているのですからね」

「誰ですの、その目撃者というのは？　いったい何を見たというのですか？」

「あなたは階段のほうに眼を向けていらした。いろんな人が階段を上がってくるところでしたからね。新聞記者もいれば、この土地の古くからの住人のグライス夫婦もいたし、アメリカから到着したばかりのアードウィック・フェン氏も、ローラ・ブルースターさんもいました。あなたがドキリとなさったのは、そのうちの誰かを眼にされたからなのですか？」

「わたしはドキリとなんかしませんでしたよ」と彼女はかみつくように言った。

「それにしても、あなたはバドコックの奥さんの話をろくに聞いてもおられなかった。相手の肩ごしに何か別のものを見つめておられて、あの女が何か言ったのに、返事もなさらずじまいでしたよ」

マリーナはようやく自分をとりもどした。彼女は早口の自信をもった口ぶりになってきた。

「そのことなら、ちゃんと説明できますわ。多少でも演技のことをご存じでしたら、あなたにもわけなしにわかっていただけるはずなのですけれど。ああいうことはよくあるのですよ、自分の役をよく心得ている場合にもね――ほんとうは、役割を自分のものにしすぎているときによくあることなのです――つい機械的にやってのけるものですからね。微笑を浮かべ、適当な動作や身ぶりをしながら、いつもの抑揚をつけてせりふを述べている。けれども、心はそこにはないのです。すると、不意に、自分が今どこにいるのかも、劇がどこまで進行していて、次のせりふがなんだったかも、わからなくなってしまう、おそろしい空白の瞬間におそわれるのです！　わたしたちはそれを立ち枯れと呼んでいますけれどね。あのときもやはりそうだったのですわ。主人にきいてくだされればわかりますけど、わたしはあまり丈夫なほうではないのです。多忙に追われてもいましたし、今度の映画のことでもずいぶん神経をつかわされました。あの記念祭も成功させてあげたかったし、誰によらず愛想よく迎えてあげるつもりでもいました。ところが、同じような言葉を機械的に繰り返すわけですし、相手からもまた同じような文句ばかり聞かされるでしょう。前からお目にかかりたいと思っていたといったようなことをねえ。

一度サンフランシスコの劇場の表でお見かけしたことがあるとか――旅客機でいっしょでしたとか。実際くだらない話ばかりなのですけれど、こちらは愛想よくうけ答えしなきゃなりません。ですからさっきも言いましたように、つい機械的になってしまうのです。何度も同じことを喋っているので、なにを言ったらいいか考える必要もありませんしね。そのうちに、不意に、どっと疲労感に襲われたような気がします。頭が空白になってしまいました。そのときだったのですわ、バドコックさんが何か長い話をしておられたのをわたしは聞いてもいなかったらしく、期待するようにわたしを見つめておられるのに気がつき、自分が返事も、ちゃんとしたうけ答えも、していなかったことを悟りました。あれはただ疲れていたせいだったのですわ」

「ただの疲れねえ」とダーモットはのろのろと言った。「あなたはそう主張なさるのですか、グレッグさん」

「もちろんですわ。あなたがどうして信じてくださらないのか不思議ですわ」

ダーモットはジェースンのほうへ向き直って話しかけた。「ラッドさん、あなたには、奥さんよりもわたしの意図がわかっていただけると思うのですがね。わたしの心配しているのは、何よりも心配しているのは、奥さんの安全のことなのですよ。げんに奥さんの生命をねらう企てがなされているし、脅迫の手紙がきてもいる。ということは、何者かがあの記念祭当日この土地にいただけでなく、まだこの地にいそうだということや、その人間はこの家のことにも、内部の事情にもつうじているらしいことを、示しているではありませんか。その人間は、何者にもせよ、多少気が狂っているのかもしれません。単に脅迫しただけではなかったわけですからね。おどかされている男は長生きすると言われています。女性の場合でも同じでしょう。ところが、この相手は脅迫するだけにはとどめなかった。グレッグさんを毒殺しようとする周到な企てをやってのけた。今までのことを考えてみると、この企ては繰り返されるに相違ないとお思いになりませんか？　安全を確保するには唯ひとつの道しかありません。それは、ご存じのかぎりの手がかりをわたしに与えてくださることです。あなたがその犯人をご存じだとは、わたしも言いませんが、推測や、漠然とした想像ぐらいは、抱けるはずの立場におられるはずですよ。わたしに真相を話していただけませんか？　でなければ、あなたご自身は真相をご存じないということもありうるでしょうから、奥さんに何事も隠さずに話してくださるように、すすめていただけませんか。わたしだって奥さんご自身の安全のためにお願いしているのですから」

ジェースンはのろのろとマリーナのほうへ向き直った。「マリーナ、クラドック警部さんの今の言葉を聞いただろう。このひとの言っているように、何かぼくの知らないことをきみが知っている場合も、ありうると思う。もしそうなのだったら、たのむから、ばかげた態度をとらないでくれないか、多少なりと誰かを疑っているのだったら、今のうちにぼくらに話してくれないかね」

「だって、全然心当たりがないのだもの」彼女の声は泣きそうなかん高さに高まった。

「ねえ、わたしの言うことを信じてよ」

「あの日には、誰を怖れていらしたのですか？」とダーモットが訊いた。

「誰も怖れてなんかいませんでしたわ」

「いいですか、グレッグさん、階段には、階段を上がってくる人たちのなかには、あなたが意外に思われた客が二人いたはずですよ。何年も逢っておられず、あの日にも訪ねてくるとは予想してもおられなかったお友だちが。アードウィック・フェン氏とブルースターさんです。あの二人が階段を上がってくるのを突然目にされたときには、なにか特別の感情をお持ちになりませんでしたか？　あなたはあの二人がやってくることはご存じなかったわけでしょう？」

「そうです。英国に来ているということすらぼくらは全然知らなかったのです」とジェースンが答えた。

「嬉しい気がしましたわ。あんな嬉しかったことはなかったくらい！」とマリーナは言った。

「ブルースターさんの姿を目にされたときにもですか？」

「そうねえ――」彼女はさっと疑わしそうな視線を彼に投げた。

クラドックは言葉をついだ。「ローラ・ブルースターといえば、あなたの三度目のご主人のロバート・トラスコットの奥さんだったひとでしょう？」

「ええ、そうですよ」

「あなたのおかげで離婚させられてもいる」

「そんなこと、誰だって知っていますよ」とマリーナは苛だたしそうに言った。「なにもあなたの掘り出された新事実ではないのですから、そりゃ、あの当時は多少騒がれましたけれど、結局はまるくおさまったことなのですよ」

「あのひとはあなたを脅迫したりしたことはありませんか」

「そりゃありましたよ――ある意味ではね。でも、なんと言って説明したらいいのかしら。あんなおどし文句なんかをまじめにうけとる者はいませんよ。あれはパーティでの出来事だったし、あのひとはすごく酔っていたのですもの。あのときピストルでも持っていたら、そりゃわたしは射たれていたかもしれませんわ。ところが、幸いにそんなものは持っていませんでした。あんなことは何年も前のことなのですよ！　あんなことは、ああいった感情は、長つづきするものではありません！　そういうものなのですから。そうではなくって、ジェースン？」

「ぼくもそう思うし、次の点だけは保証できますよ」とジェースンも言った。「あの記念祭の日には、ローラ・ブルースターには家内のグラスに毒薬を入れられるような機会がありませんでしたよ。たいていの場合、ぼくが間近にいたのですからね。長いあいだ親しくしていたローラが、突然家内に毒をもる気を起こして、わざわざイギリスのこの家までやってくるなんて――そんなことはまるっきり理屈に合いませんよ！」

「それはあなたのご意見としてうけたまわっておきましょう」クラドックは言った。

「意見であるだけでなく、事実でもあるのですよ。ローラはマリーナの飲み物の近くにはいなかったのです」

「それでは、もう一人のお客――アードウィック・フェンのほうは？」

ジェースンは、答える前に、ちょっとまをおいたような気がした。

「あの男はずいぶん古くからの友だちなのです」と彼は答えた。「おたがいにときどきたよりはしていましたが、もうずいぶん長らくあっていなかったのです。あの男はアメリカのテレビの世界では大した人物なのですよ」

「そのひとはあなたの昔からのお友だちでもあったのですか？」とダーモットはマリー

ナに訊いた。

彼女はせきこんだように答えた。「もちろんですわ。あのひととはずっと前から親しくしていたのですけれど、最近はあまり顔をあわせることもなかったのです」ついで、彼女は急に早口になって、言葉をついだ。「わたしが、顔をあげたとたんにアードウィックの姿を目にし、おびえたのだと思っておられるのでしたら、そんなことはばかげていますよ。全然ばかげていますわ。わたしがなぜあのひとを怖がったりするのです？怖がる理由なんかないではありませんか。わたしたちは親しいなかだったのですから。突然あのひとの姿を目にしたときには、わたしはただもう嬉しいだけでしたわ。今も言いましたように、あのときの気持ちは愉快な驚きだったのです。そうですわ、愉快な驚き」彼女は頭をあげ、生き生きとした挑戦的な表情を浮かべて、彼を見つめた。

「ありがとうございました、グレッグさん」とクラドックは静かに言った。「もう少しわたしを信頼して話してくださる気持ちになられたら、いつなりとそうしてくださるよう、心からご忠告申しあげておきます」

第十四章

1

バントリー夫人は膝をついていた。除草にはもってこいの日だ。ちょうどいいぐあいに土が乾いている。だが、除草鍬だけでは片がつかない。今度はアザミやタンポポだ。彼女はそういう厄介な連中にも勢いよく襲いかかった。

彼女は、息をきらしてはいたが、それでも勝ち誇った表情で立ち上がり、生垣ごしに道路のほうへ眼をやった。道路の向こう側にあるバスの停留所の近くの公衆電話ボックスから、名前は想い出せなかったが、例の黒っぽい髪の女秘書が出てきたのには、ちょっと意外な気がした。

ええと、あのひとはなんという名前だったかしら？　たしかBで始まっていた——いや、Rだったかしら？　いやちがう、ジーリンスキー、たしかそうだったわ。バントリー夫人がやっと想い出した頃に、エラは道路を横ぎり、彼女の家の横を通って玄関道に入ってきた。

「おはよう、ジーリンスキーさん」と彼女は親しみをこめて呼びかけた。

エラ・ジーリンスキーは飛び上がった。飛び上がったというよりも、あとずさりするような——おびえた馬があとずさりするような——かっこうをした。その態度にもバントリー夫人は意外な気持ちを抱かされた。

「おはようございます」エラも挨拶を返したが、すぐにこうつけ加えた。「ちょっと電話が故障しているものですから」

バントリー夫人はますます意外に思った。なぜ訊かれもしないのに自分の行動の弁明をしたりするのだろうか？　それでも彼女は親切にこう答えた。「それはお困りでしょうね。いつでもわたしのうちの電話を使ってくださってけっこうですよ」

「それはどうも——ありがとうございます……」エラの言葉はくしゃみでとぎれた。

「枯草熱にやられていらっしゃるようですね」バントリー夫人はすぐに診断をくだした。「重炭酸ソーダをうすめてお飲みになるとよろしいですよ」

「いいんですの。吸入用の特許薬を持っていますから」

彼女は、またしてもくしゃみをしながら、さっさと玄関道を遠ざかっていった。

バントリー夫人はそのうしろ姿を見送っていた。ついで自分の庭に視線を戻した。彼女は不満そうに庭を見まわした。どこにも一本の雑草も眼につかなかった。

「オセロの任務もこれで終わったわけだし」と彼女は混乱した気持ちで呟いた。「せんさく好きな婆さんみたいだけど、どうもたしかめてみたい気がする――」

一瞬ちゅうちょしていたが、結局バントリー夫人は誘惑に負けた。かまうものか、せんさく好きな婆さんになってやろう！　彼女は大またに家へはいり、受話器を手にして、ダイアルをまわした。きびきびしたアメリカふうな言葉つきの声が聞こえてきた。

「ゴシントン・ホールです」

「こちらはイースト・ロッジのミセス・バントリーですが」

「ああ、おはようございます、バントリーさん。この前の記念祭の日におめにかかったヘイリー・プレストンです。なにかご用でしょうか？」

「もしかして、お役に立てはしないかと思いましてね。お宅の電話が故障しているのでしたら」

相手の驚いたらしい声が彼女の言葉をさえぎった。

「わたしどもの電話が故障しているのですって？　べつに故障なんかありませんよ。何からそうお思いになったのですか？」

「きっと聞き間違えたのですわ」とバントリー夫人は言った。「前から耳がわるいものですから」と彼女は顔をあからめもしないで弁解した。

彼女は受話器をもどし、ちょっと待ってから、またダイアルをまわした。「ジェーンなの？　こちらはドリーよ」

「ああ、ドリーなの。どうかしたの？」

「それがね、なんだかへんなのよ。例の女秘書がね、道路ぶちの公衆電話で電話をかけていたのよ。しかも、訊ねもしないのに、ゴシントン・ホールの線が故障をおこしているものだからなどと、弁解したりしたわ。ところが、電話をかけてみると、故障なんかおこしていないいないのよ……」

彼女は言葉をきり、明知のご託宣を待ちうけた。

「なるほどねえ」ミス・マープルの深みのある声が聞こえてきた。「興味があるわね」

「どういう理由からだと思って？」

「そうねえ、はっきりしているのは、あの家のひとたちに聞かれたくなかったから、だろうけど――」

「たしかにそうだわ」

「そのほかにもいろんな理由がありそうよ」

「そうね」

「興味があるわ」とミス・マープルはもう一度言った。

2

ドナルド・マックニールほど話しやすい人間はちょっとなさそうな気がした。彼は赤い髪をした愛想のいい青年だった。嬉しさと好奇心のまじりあった態度でダーモットを迎えてくれた。

「どうです、その後の進展は、何か特だねでも持ってきてくださったのですか？」と彼は快活に訊いた。

「まだそこまではね。いずれあとで」

「例によって逃げましたね。あなたは相変わらずだ。愛想のいいカキというところだ。いわゆる〝捜査の参考〟というやつで、誰かを召喚する段階にはまだ至っていないのですか？」

「そのためにきみのところへ来たんだよ」とダーモットはにやにやしながら言った。

「その言葉には二重の意味がありそうですね。ぼくがヘザー・バドコックを殺したとでも疑っているのですか？　マリーナ・グレッグをやるつもりで間違えたか、それとも、最初からヘザー・バドコックをねらっていたのだとでも？」

「わたしはまだなんの意見も述べてはいないよ」とクラドックは言った。

「さよう、あなたは意見なんか述べそうな人ではない。何よりも正確を尊ぶ人なんだからなあ。よろしい。問題に入りましょう。ぼくも現場にいましたよ。したがって、機会は持っていたわけだが、動機のほうは？　ああ、あなたはそれを知りたいというわけですね。ぼくの動機はなんだったのですか？」

「今のところ、まだそれがさぐり出せていないんでねえ」とクラドックは言った。

「それならしめたものだ。こっちも安心できますよ」

「こっちは、あの日きみが何かを目にしてはいないかということに、関心があるだけなのだ」

「それはもう話しましたよ。土地の警察に、何もかもねえ。屈辱的ですよ。ぼくはげんに現場にいたんだから。殺人が行なわれるのをこの眼で見ていながら、少なくとも見たにちがいないのに、誰が犯人なのか見当もつかないときているんですからね。残念ながら、白状すると、最初にぼくが事件だと気がついたのは、あの気の毒な女のひとが椅子に座ってあえいでいたと思うと、息が絶えた時だったのです。おかげですてきな目撃記事が書けましたよ。ぼくにとっては特だねになってくれたわけです。しかしね、あなたにだから白状するが、それ以上のことは知らないなんて恥ずかしいですよ。もっと知っていてもいいはずですからねえ。もっとも、あの毒薬がヘザーを狙ったものだったなど と、ごまかすのはよしてくださいよ。あの女はお喋りなのが欠点なだけの、善良なひとだったし、お喋りだからといって殺したりする者はいませんよ――秘密をもらしでもしないかぎりはね。ところが、ヘザーに秘密をあかしたりした人間がいたとは思えませんよ。当人もひとの秘密に興味を持つような種類の女ではありませんでしたしねえ。ぼくの観察では、いつでも自分のことばかり吹聴したがる女といった感じですよ」

「それが衆目の一致しているところらしい」とクラドックも言った。

「すると、問題は、名女優マリーナ・グレッグのほうに移るわけでね。マリーナの殺害となると、すてきな動機がいくらでもありそうですよ。ねたみ、嫉妬、恋愛関係のもつれ――いずれも芝居の材料になりそうなのがね。だが、何者のしわざか？　たぶん頭のねじのゆるんだやつでしょう。ほらね！　ぼくの貴重な意見を聞かせてあげましたよ。あなたもそれが聞きたかったのでしょう？」

「それだけじゃないのだ。きみはたしか牧師さんや村長さんと同じ頃に階段を上がってきたのだったね」

「まさにそのとおり。だが、あのときが初めてではなかったのです。その前にもあそこへは行っているんですよ」

「それはわたしも知らなかった」

「そうなんですよ。ぼくはあちらこちらをうろつくのが任務だったのですから。カメラマンも連れていました。ぼくは下へ降りて、村長の到着だとか、万歳をとなえているところだとか、宝探しのめじるしをつけているところなどの、地方版用の写真を数枚とらせました。それからまた邸内へ引き返したわけです。仕事のためというよりも、一、二杯飲ませてもらうためにねえ。いい酒がおいてありましたよ」

「なるほど。それでは、階段を上がっていったときに、ほかにはどういう人たちがいたか、おぼえているかね？」

「ロンドンのマーゴット・ベンスがカメラをかまえていましたよ」

「あのひととはなじみなのかね？」

「何度もぶっつかっていますからね。りこうな女で、写真家として成功していますよ。社交界の写真を一手に引き受けています——劇場の初日、記念祭の催しもの——芸術写真というやつですよ！　そのマーゴットが、上がってくる者たちや、上で挨拶をしているところなどが写せるように、階段の踊り場のすみに陣どっていました。ぼくのすぐ前には、ローラ・ブルースターがいました。最初はあの女だとは気がつきませんでしたがね。今流行の赤錆色に髪を染めたりしているものだから。最近の流行フィジー島モードというやつですよ。この前会ったときには、パーマをかけていない髪を顔のまわりに波うたせ、すてきな栗色のかげを作り出していましたがね。大きな身体をした浅黒い男と一緒でした。アメリカ人でしたよ。何者かはわからなかったがえらそうな人物でした」

「上がっていくときに、マリーナのほうは見なかったかね？」

「そりゃ、見ましたよ」

「なにかにショックをうけたか、おびえてでもいるような、顔つきをしていなかったろうか？」

「奇妙ですね、あなたもそうおっしゃるとは。ぼくはげんにあのひとは気を失うのではないかと思ったほどですよ」

「なるほど」とクラドックは考え顔で言った。「ありがとう。ほかにはわたしに聞かせたいようなことはないかね？」

マックニールは無邪気そうに眼をまるくしてみせた。

「いったい何があるというのですか？」

「きみは信用ができないからなあ」とクラドックは言った。

「ところが、ぼくがシロだということはあなたも確信しておられるらしい。失望ですよ。ぼくがマリーナの最初の亭主だったとわかったとしたら、どうします？　名前さえも忘れられてしまうほどぐだらない人間だったということ以外は、誰もその男のことは知らないんだから」

ダーモットはにやにや顔になった。

「小学生の頃にでも結婚したのかね？　でなきゃ、幼稚園の頃にでも！　さて、わたしは急がなきゃならないんだ。汽車に乗らなきゃならないのでね」

3

スコットランド・ヤードのクラドックのデスクの上には、きちんと整理した書類が積み上げてあった。彼はそれにざっと目を通し、ついで肩ごしに質問を投げかけた。

「ローラ・ブルースターはどこに滞在している？」

「サボイ・ホテルです。一八〇〇号室。面会の約束がとってあります」

「アードウィック・フェンは？」

「ドーチェスター・ホテルです。二階の一九〇号室」

「よし」

彼は二、三通海底電信紙を取り出し、ポケットにつっこむ前にもう一度読み返してみた。最後の一通を読んだときには、ちょっとにやりとした。「ジェーンおばさん、こっちも努力はしているわけですよ」と彼はひくい声で呟いた。

彼は出て行き、サボイ・ホテルへむかった。

ローラ・ブルースターはあふれるばかりの愛嬌をたたえてわざわざ出迎えてくれた。ついさっき読んだ報告のことが頭にあっただけに、彼はこまかに警察の眼を働かせた。まだ大した美人だと彼は思った。豊満な感じで、少々うばざくらというところだが、こういうタイプの美人の好きな人間は今でもやはり多い。もちろんマリーナ・グレッグとは全然タイプが違っている。挨拶が終わると、ローラは、フィジー島民ふうに髪をかきあげ、たっぷり口紅をつけた唇をいどむようにとがらせ、大きな茶色の眼のアイシャドーをほどこしたまぶたをひらひらさせながら、こう言った。「またいやな質問を浴びせにいらしたのですか？　あそこの警察の警部さんと同じように」

「いや、そう不愉快なことはお訊きしないつもりですが」

「でも、そうなるにきまっていますわよ。それにね、わたしはあの事件は何かとんでもない間違いだったに違いないと思ってるんですよ」

「ほんとうにそうお思いですか？」

「そうですとも。あまりにばかげていますもの。マリーナを毒殺しようと試みた人間がいるなどと、本気で考えていらっしゃるの？　マリーナを毒殺したがる者なんかこの世にいますかしら？　あんないいひとなのに。誰だってあのひとを愛していますわ！」

「あなたも含めてですか？」

「わたしは前からマリーナが大好きでしたわ」

「正直に言ってくださいよ、ブルースターさん。十一、二年前には、ちょっとしたトラブルがあったではありませんか？」

「ああ、あんなこと」ローラは手ではらいのけるようなしぐさをした。「あの頃のわたしは逆上していましたし、ロブと猛烈な夫婦喧嘩ばかりしていたのですもの。あのときにはどちらも普通じゃありませんでしたわ。マリーナは狂ったようにロブにほれこみ、あのひとをひっさらっていったんですよ」

「それであなたはずいぶん憤慨されたわけですね？」

「そうね、あのときは憤慨したと思いますわ。もちろん、今ではああなるのが一番よかったのだという気がしていますけれど。ほんとうは、わたしが苦にしていたのは子供たちのことだったのですよ。家庭を破壊することになりますものね。わたしたち夫婦がうまくいかなさそうだということは、その前からわたしはわかっていたようですわ。離婚するとすぐにわたしがエディ・グローブスと結婚したことは、あなたもご存じでしょう？　ほんとうはわたしはずっと前からエディを愛していたらしいのだけれど、結婚生活を破壊してまでも、という気にはなれなかったのです。子供のことがありますものね。子供には家庭を持たせてやることがだいじでしょう？」

「それにしても、実際にはあなたはずいぶんと取り乱しておられたという噂ですよ」

「世間の人はいつだっていろんなことを言うものですよ」とローラはにげた。

「ずいぶんいろんなことを口走っておられたらしいじゃありませんか、ブルースターさん？　マリーナ・グレッグを射ち殺してやるとおどしたりなさった、というはなしですが」

「今も言ったように、ひとはいろんなことを言いふらすものですよ。そんなふうにおどしたろうと思いこむものですわ。もちろん、わたしは、誰にせよ、ひとを射とうなどと思ったことはありませんよ」

「それから数年後に、エディ・グローブスにピストルをぶっぱなしたりなさってもですか？」

「ああ、あのときは喧嘩して、自分を失っていたからですわ」とローラは言った。

「非常にたしかな筋から聞いたのですがね、ブルースターさん、あなたはこうおっしゃっていますよ――これはそのときのあなたの言葉どおりだという話なのです」――（彼は手帳に書きとめてある文句を読みあげた）――「〝あのあまにこんなことをされて、ただではおかないから。いま射ち殺さなくても、そのうちには何かの方法でやっつけてやる。必要なら何年かかろうとかまわない、必ず最後にはしかえしをしてやるから〟」

「まあ、わたしがそんなことを。絶対に言ったおぼえはありませんよ」ローラは笑い声をたてた。

「ところが、あなたは言っているんですよ、ブルースターさん」

「世間の人はずいぶん大げさに言うものですわね」魅力のある微笑が彼女の顔をほころばせた。「そりゃあのときにはわたしも逆上していましたよ」と彼女は打明けるように呟いた。「猛烈に腹をたてているときには、いろんなことを口走るものですわ。それにしても、十四年もたってから、わたしがわざわざイギリスまできてマリーナをさがし、再会して三分もたたないうちに、あのひとのカクテルに毒薬をたらしこんだりしたとは、まさかあなたでもお思いにならないでしょう？」

　ダーモットも実際にはそうは思っていなかった。どう考えても、そんなことはありそうにない気がした。だが、彼はこう答えただけだった。

「ブルースターさん、わたしはただこういうことを指摘しているだけなのですよ。過去にも脅迫したひとがあったし、あの日階段を上がってくる誰かの姿を目にしたとき、マリーナがおびえた顔つきをしたことはたしかなのです。ですから、当然その誰かがあなただったろうという気がしてくるわけですよ」

「だって、マリーナはわたしを見てずいぶん嬉しがってくれたのですよ！　キスをしたり、こんなすばらしいことはないと叫んだりしましたわ。警部さん、あなたはよほどどうかしているんじゃありませんの」

「実際にはみんな一家族のように仲がよかったというわけですか？」

「そう考えるほうが、あなたの考えていらっしゃったことよりはずっと真実に近いわ」

「なんらかのかたちで捜査の助けになるようなことをご存じじゃありませんか？　マリーナを殺害しそうな人間の見当でも？」

「マリーナを殺したがりそうな人間なんか、いないと言っていいですよ。そりゃね、あのひとはばかな女にはちがいありませんよ。いつもからだを気にして大騒ぎするし、気が変わりやすくて、あれこれとほしがり、手にいれたと思うと、もう不満だと言いだす！　あんな女をなぜみんなが好きになるのか不思議なくらいですよ。ジェームスンなんか前からマリーナに夢中でしたよ。おかげであの男はどんなにいろんなことを我慢してきたことか！　そう言えば、誰だってマリーナには我慢してきているし、自分を殺してつくしてやってもいますわ。そうすると、あの女はにっこりと甘ずっぱい微笑を浮かべて、ありがとうと言う！　それだけでみんなはしがいがあったと思うらしいですわ。どんな秘術を使うのかわたしなんかには分りませんがね。マリーナを殺そうとした者があるなどという考えはすっぱり頭から追い出したほうがいいですよ」

「できればそうしたいが、残念ながら頭からはなれませんよ。げんに事実が起きているのですからね」とクラドックは言った。

「事実が起きている、ですって？　マリーナは殺されてなんかいないではありませんか？」

「それはそうだが、未遂事件が起きているのですからね」

「わたしにはそんなことは全然信じられませんね！　犯人は、何者であろうと、もう一人のほうを狙っていたのだと思いますわ――げんに殺されたほうのひとを。あのひとが亡くなれば、財産がころがりこむひとでもあるのでしょう」

「あの女には、財産なんかなかったのですよ、ブルースターさん」

「それなら、何かほかの理由があったのでしょうよ。いずれにせよ、わたしがあなたなら、マリーナのことを心配したりしませんがね。マリーナはいつだってうまくやっているんだから！」

「そうでしょうか？　わたしにはあまり幸福そうな女性のようには見えませんがね」

「そりゃ、何かにつけて泣きごとを言うからですよ。恋愛がみじめな結果に終わっただの、子供ができないだの、と」

「あのひとは何人か養子をもらったのでしたねえ？」ダーモットは、ミス・マープルが気にしていたことを急に想い出して、訊いてみた。

「たしかそんなことがありましたね。あれはあまりうまくいかなかったはずですよ。あのひとはいつでもそういうことを衝動的にやってのけて、あとで後悔するんですから」

「その養子にした子供たちはどうなったのでしょうか？」

「全然知りませんね。しばらくすると、姿を消してしまいましたよ。ほかのことと同じで、きっと子供に飽きたのでしょうよ」

「なるほどねえ」とダーモットは言った。

4

次は——ドーチェスター・ホテル、一九〇号室。

「ええと、主任警部——」アードウィック・フェンは手にしていた名刺を見おろした。「クラドックです」

「どういうご用件ですか？」

「よろしければ、二、三お訊ねしたいことがあるのですが」

「どうぞ。例のマッチ・ベナムの事件ですね。いや——なんと言いましたかね、あそこは、セント・メアリ・ミードでしたか？」

「そうです。ゴシントン・ホールです」

「ジェースン・ラッドはなぜあんな屋敷を買いたがったのか、理解にくるしみますね。英国にはジョージ王朝時代の立派な邸宅がいくらでもあるのに——アン王朝時代のものだってね。ゴシントン・ホールは純然たるヴィクトリア朝時代の建物ですよ。どこに魅力を感じたのですかね？」

「そりゃ、ヴィクトリア朝時代の建物の安定感にも魅力はありますよ——好みにもよりますがね」

「安定感ねえ？　なるほど、そう言われればそうですね。マリーナは安定感にあこがれていましたからね。気の毒に一度も安定感を味わったことがなかっただけに、しじゅうあこがれを感じているわけなのでしょう。今度の家にはしばらくはあのひとも満足しているでしょうよ」

「フェンさん。あなたはマリーナさんとはお親しいのですか？」

アードウィック・フェンは肩をすくめた。

「親しい？　親しいと言っていいかどうかはわかりませんね。長年にわたってつきあってきてはいますよ。とぎれとぎれにですがね」

クラドックは相手の人物をはかろうとして見まもった。浅黒い皮膚、がっしりした身体つき、分厚い眼鏡の奥のかしこそうな眼、たくましい顎。アードウィック・フェンは言葉をついだ。

「新聞によると、あのなんとかいう女は間違って毒を飲まされたのであり、狙われていたのはマリーナだったのだ、ということですが、そうなのですか？」

「ええ、そのとおりなのです。毒薬はマリーナ・グレッグのカクテルに入れてあったのです。バドコックという女のひとのカクテルがこぼれたので、マリーナは自分のをさし出したというわけなのです」

「それだと、かなり決定的になりますね。それにしても、マリーナを毒殺したがる人間がいるなんて、想像もつきませんね。ことにリネット・ブラウンは現場にいなかったわけだし」

「リネット・ブラウンといいますと？」クラドックは少々狐につままれたような顔つきになった。

アードウィック・フェンはにやりとした。

「マリーナが今度の契約を破って、役をおっぽりだしたりしたら——リネット・ブラウンがその代わりを務めただろうし、リネットにとっては願ってもない幸運だったでしょうよ。こんなことを言ったからって、リネットが使いの者に毒薬を持たせてやったなどと想像しているわけではありませんがね。それではあまりにもメロドラマチックにすぎますからね」

「少々空想的にすぎますね」とダーモットは無愛想に言った。

「しかしね、女が野心的になった場合には、何をやってのけるかわかったものではありませんよ」とアードウィック・フェンは言った。「それに、殺すつもりはなかった、ということも考えられますね。ただおびえさせてやるつもりだったのかもしれない——気絶ぐらいはさせても、生命にはべつじょうがない程度に」

クラドックは首を振った。「致死量になるかならない程度の毒薬ではなかったのです」

「睡眠薬ではよく間違いが起きていますよ、とんでもない間違いが」

「あなたは実際にそう解釈しておられるわけですか？」

「いや、いや、そうじゃないのです。ちょっと言ってみただけですよ。ぼくはなんの解釈も持ってはいません。ただの罪のない傍観者だったのですから」

「グレッグさんは、あなたがこられたのを見て、ずいぶんびっくりされたでしょうね？」

「ええ、あのひとにはまったくの不意うちだったようです」彼は愉快そうに笑った。

「階段を上がってくるぼくの姿をみかけたときには、自分の眼が信じられないといったふうでしたねえ。ずいぶん歓迎してくれましたよ」

「長いあいだ会っておられなかったのですか？」

「四、五年は会っていなかったでしょうね」

「その数年前には、お二人がずいぶん親しい仲だった時代があったはずですが？」

「あなたは今の言葉で何かをほのめかそうとでもしているのですか、クラドック警部さん？」

声にはほとんど変化がなかったが、今までにはなかった何かがまじりこんでいた。鋼鉄か、威嚇を、感じさせるようなものが。突然ダーモットは、この男は敵にまわせば容易ならない相手だと、悟った。

「言いたいことをはっきり口にされたほうがいいと思いますがね」とアードウィック・フェンは言った。

「こちらもそのつもりで来ているんですよ、フェンさん。わたしは、役目上、あの日現場に居合わせた人たちとマリーナ・グレッグとの過去の関係を、一つ残らず調べなければならないのです。さっきわたしの言った時期には、あなたはマリーナ・グレッグに熱烈な恋をしておられたという噂が、しきりにたっていたらしいですね」

アードウィック・フェンは肩をすくめた。

「人間は恋に迷うことがあるものですよ、警部さん。幸いなことにやがては過ぎ去りますがね」

「最初はマリーナのほうから誘いかけておきながら、あとではすげなくしたので、あなたは憤慨されたという噂ですよ」

「噂だ――噂だと！　《映画界うちあけ話》からでも仕入れてこられたとみえますね」

「分別もある事情通の人から聞いたことですよ」

アードウィック・フェンは頭をそらせ、牡牛のような首の線をのぞかせた。

「たしかにぼくも一時はあの女に野心をもやしましたよ」と彼は白状した。「あのひとは魅力のある美人だったし、今だってそうですからね。ぼくがあのひとを脅迫したというのは少々大げさですよ。主任警部さん、ぼくはひとに邪魔されるのはきらいでしてね、ぼくの邪魔をした人間はたいていあとで後悔しているようです。しかし、この原則は主として仕事の面に関することです」

「あなたは、自分の勢力を利用して、マリーナの作りかけていた映画からあのひとをはずされたそうですね」

フェンは肩をすくめた。

「マリーナはあの役には不向きだったからですよ。監督とのあいだにもまさつがありました。ぼくはあの映画には資金を投じていたのですからね、そいつを危険にさらすようなまねはしませんよ。ただし、あの問題は純然たる商業上の取り引だったのです」

「しかし、マリーナ・グレッグはそうは思わなかったでしょう？」

「そりゃ、マリーナなら当然でしょう。そういった問題も何によらず個人的な問題にしてしまうくせがありますから」

「あのひとは、幾人かの友だちに、あなたを怖れていると話したそうですがね？」

「ほほう。なんという子供っぽいことを。ひと騒がせなことを言っておもしろがっていたのでしょうよ」

「あなたを怖れねばならない理由は全然ないというわけですか？」

「もちろんですよ。どんな失望を味わわされたにしても、ぼくはすぐに忘れてしまうことにしているんです。ぼくはね、女性に関するかぎりは、いくらでもかわいい獲物がいるという主義でやってきましたよ」

「すこぶる便利な生き方ですね、フェンさん」

「さよう、ぼくもそう思ってますよ」

「映画界については、あなたは広い知識をお持ちなのでしょう？」

「ぼくは財政上の利害関係を持っているのです」

「したがって、いやでも映画界のことにはくわしくなるというわけですか？」

「おそらくはね」

「あなたは傾聴に値いする判断力をお持ちのかただと思うのですが、マリーナ・グレッグに、殺してしまいたいほどの深い恨みを抱いていそうな人間には、お心当たりがありませんか？」

「そんな人間なら一ダースぐらいはいますよ」とアードウィック・フェンは言った。

「もっとも、自分で手をくださなくてもすむのなら、のはなしですがね。壁のボタンを押すぐらいなことでやれるのなら、いくらでも押したがる指がありそうですよ」

「あなたもあの日現場におられた。あのひとに会って話をなさってもいる。そのとき――つまり、あなたが到着されてからヘザー・バドコックが死ぬまでの短いあいだにですね――あなたのまわりにいた者のうちで、マリーナ・グレッグに毒をもりそうな人間が誰かいましたでしょうか？――ほんの推測だけでいいんです――それ以上のことを求めているわけではないのですから」

「そんなことは口にする気になれませんね」とアードウィック・フェンは答えた。

「すると、あなたには何か見当がついているというわけですか？」

「その問題については、言うことが何もないという意味ですよ。ぼくから聞き出せるのはそれだけですよ、クラドック主任警部さん」

第十五章

　ダーモット・クラドックは手帳に書きこんであった最後の名前と住所に目をやった。そこの電話番号には二度電話をかけさせたのだが、返事がなかったのだった。彼はもう一度電話をかけてみた。彼は肩をすくめ、立ち上がって、自分でさがしに行ってみることにした。

　マーゴット・ベンスのスタジオはトットナム・コート・ロードから横に入った袋小路にあった。玄関の横の表札の名前のほかには、これという表示もなかったし、看板らしいものもかけてなかった。クラドックは手さぐりで最初の戸口まで行った。そこには、白い板に黒のペンキで、大きな字の次のような文句が書いてあった。〈マーゴット・ベンス、人物写真家。遠慮なくお入りください〉

　クラドックは入ってみた。小さな待合室があったが、受付係らしい者は誰もいなかった。彼はためらって突っ立っていたが、やがて芝居がかった大きな咳ばらいをしてみた。

それでもなんの効果もないので、大声をはりあげた。

「どなたかいませんか？」

ビロードのカーテンの向こうでスリッパのパタパタという音がしたと思うと、カーテンが開いて、ゆたかな髪の青年がうす桃色の顔を覗かせた。

「どうもすみませんでした。聞こえなかったものですから。新しいアイディアが浮かんだので、そいつをためしてみていたわけですよ」

青年はビロードのカーテンを広く開け、クラドックは中へついて入った。そこは想いがけないほど広い部屋だった。スタジオになっているらしく、カメラや、幕や、車輪つきのライトや、スクリーンが置いてあった。

「散らかしていまして」と、ヘイリー・プレストンに負けないほどひょろ高い身体の、その青年は言った。「ところが、散らかさないと、仕事がやりにくいときているんですよ。さて、どういうご用件でしょうか？」

「マーゴット・ベンスさんにお目にかかりたいのですが」

「ああ、マーゴットにねえ。それは残念でした。もう三十分早くおいでになれば、ここにいたのですがね。《ファッション・ドリーム》に載せるモデルの写真をとりに出かけているのです。電話をかけて約束をしておかれるとよかったのですがね。マーゴットも近頃は猛烈に忙しいものですから」

「電話はかけたのですよ。全然返事がなかったのです」

「ああ、受話器をはずしていましたからね」と青年は言った。「いま思い出しましたよ。うるさくて仕事ができないものですから」青年は着ていたライラック色の仕事着みたいなものを撫でおろした。「ぼくに何かできることでもありましたら？　お目にかかる日をきめましょうか？　ぼくはマーゴットのマネジャーのような仕事もしているんです。どこかへ写真をとりにでかけるわけですか？　私用のものですか、商用のものですか？」

「そういう意味では、そのどちらでもないのですよ」ダーモットは青年に名刺をさし出した。

「犯罪捜査課！　これはすばらしい」と青年は言った。「そう言えば、あなたの写真を見かけたことがありますよ。あなたは四大刑事か、五大刑事のうちの一人なのでしょう？　それとも、いまではもう六大刑事になっているのですか？　最近のようにやたらに犯罪が多いんでは、人数を増すしかないでしょうからね。これはどうも敬意を失した言い方になりましたかしら？　どうもそのようですね。そのつもりではなかったのですけれど。それで、マーゴットにはどういうご用件でしょうか――まさか逮捕にこられたわけではないでしょうねえ?」

「二、三お訊きしたいことがあっただけですよ」

「マーゴットはいかがわしい写真なんかとっていませんよ」と彼は心配そうに言った。「そういう種類の噂がお耳に入ったのでなければよろしいが。そんなことはないのですから。マーゴットはすこぶる芸術的な写真をとるのです。舞台での仕事もやりますし、スタジオでの仕事もやります。ですが、あのひとの写し方はこの上もなく純粋なのです——潔癖すぎるくらいですよ」

「わたしのベンスさんへの用件というのは単純なことなのですよ」とダーモットは言った。「あのひとは、マッチ・ベナムの近くの、セント・メアリ・ミードという村で起きた犯罪の目撃者だったわけです」

「ああ、なるほど! そのことなら知っていますよ。マーゴットが帰ってきて、話してくれました。カクテルの中に毒人参《ヘムロック》が入っていたのでしょう? とにかく、そういった種類のものがね。いやに荒涼とした感じですね。ところが、荒涼としてなんかいないはずの、セント・ジョン野戦病院とからんだ事件ときている。それにしても、あの事件についてはすでにマーゴットへの訊問はすんだはずではありませんか——あのときは別の人だったのですか?」

「捜査がすすむにつれて、新たに訊ねたいことが生じてくるものですよ」とダーモットは言った。

「捜査が進展してきたというわけですね。なるほど、ぼくにもわかりますよ、殺人事件の進展。写真を現像するのと同じですね」

「たしかに写真の場合と似ていますよ」とダーモットも言った。「なかなかうまい比較ですね」

「あなたにそう言ってもらうと嬉しいですよ。ところで、マーゴットのことですけど。すぐにあのひとをつかまえたいでしょうねえ？」

「そうさせてもらえれば、ありがたいですね」

「ええと、今だと」彼は時計を出してみた。「今だとハムステッド・ヒースのキーツ（十九世紀イギリスの詩人）の家の前にいるはずです。おもてにぼくのくるまがありますから、お乗せして行きましょうか？」

「そうしていただければありがたいですね、ミスター――？」

「ジョスローですよ」と青年は言った。「ジョニイ・ジョスロー」

階段を降りていく途中、ダーモットは訊いた。

「どういうわけでキーツの家に？」

「それはですね、近頃ではファッションモデルの写真をとるにも、スタジオは使わないのですよ。あたりには風が吹いていたりして、ごく自然に見えるようにしたいわけです。それも、できればおよそ似つかわしくない背景を使ってね。ワンズワース刑務所を背景にしたアスコットのフロックだとか、詩人の家の前に軽薄な流行服姿で立たせるとかいったふうにね」

ジョスローは、たくみな運転ぶりで、トットナム・コート・ロードを飛ばして行き、キャムデン・タウンを通り、ついにハムステッド・ヒースの近くまで来た。キーツの家のそばの舗道では、かわいい情景が演じられているところだった。透きとおるようなオーガンディーの服を着たすらりとした若い女が、大きな黒い帽子をおさえて立っていた。そのすこしうしろでは、もう一人の若い女がしゃがみこみ、最初の女のスカートがひらひらしないように膝や脚のまわりをおさえこもうとしていた。しわがれたふとい声の女がカメラをかまえて演出にあたっていた。

「それではだめよ、ジェーン、おしりを下げるのよ。あんたの右の膝のうしろ側が見えているじゃないの。もっとピタリとしゃがまなきゃ。そうそう、もうちょっと左によって。いいわ。それであんたの姿が木だちの陰になるわ。さあこれでよし。そのままにしていてね。もう一枚とるから。今度は両手を帽子のうしろ側にあてて。頭を上げる。いいわ――さあ、起き直るのよ、エルジィ。かがみこんで。もうちょっと。かがみこむのよ！　かがむのよ。そのシガレット・ケースをひろい上げることになるんだから。それでいいわ。それならすてき！　さあできあがったわ。今度はもうちょっと左側へよってちょうだい。ポーズはそのままで、ちょっと肩ごしにふりむく。そうそう」

「どうしてわたしのおしりばかりを写したがるのか、わけがわからないわ」とエルジィという女が不服そうに言った。

「かわいいおしりだからなのよ。すてきなかっこうをしているわよ。それからね、あんたが頭を横に向けると、顎が山のはしにお月さんがのぼったように見えるのよ、さあ、もうこれでいいと思うわ」

「おおい――マーゴット」とジョスローが声をかけた。

彼女はふりむいた。「ああ、あんたなの。こんな所で何をしているのよ？」

「きみに会いたいという人を連れてきたんだ。犯罪捜査課のクラドック主任警部さんなのだぞ」

彼女はさっとダーモットに視線をむけた。警戒心をおびたさぐるような眼つきのように思えたが、といってそれが異例なわけではないことは、彼もよく承知していた。捜査課の人間と名乗れば、たいていこういった反響を起こさせるものだった。マーゴットは肘と角度だけでできているみたいな痩せた女だったが、それでいてどこか魅力のある姿態をしていた。ゆたかな黒い髪をカーテンのように顔の両側にたらしていた。顔は浅黒くもあれば薄よごれてもいて、彼の眼にはとくに魅力があるようには思えなかった。だが、この女性には個性があることは彼も認めないではおれなかった。彼女は、すでに幾分つりあがりぎみに描いている眉をいっそうつり上げて、こう言った。

「どういうご用件なのでしょうか、クラドック主任警部さん？」

「初めまして、ベンスさん。マッチ・ベナムの近くのゴシントン・ホールでの、例の不幸な事件について、よろしければ、二、三お訊ねしたいと思ってうかがったわけなのです。あなたもあそこへは写真をとりに行っていらしたはずですから」

彼女はうなずいた。「ええ、あのときのことはよくおぼえています」彼女はまたさっとさぐるような視線を投げた。「あそこではあなたにはお目にかかりませんでしたね。きっと別のかただったのでしょう。なんでも、警部さんで――」

「コーニッシュ警部ですか？」とダーモットは言った。

「ああ、そうでしたわ」

「われわれのほうはあとで呼ばれたのです」

「あなたはスコットランド・ヤードのかたですの？」

「そうです」

「警視庁がでしゃばり、地方警察から事件を取り上げた、というわけですか？」

「いや、でしゃばるといったような関係ではないのです。地方の警察にまかせるか、警視庁にあつかわせるかを決定するのは、郡の警察本部長の権限になっているのです」

「何にもとづいて決定をくだすのですか？」

「事件が地方的な背景を持っているものか、もっと――広汎な背景のものかどうかで、きまる場合が多いのです。ときには国際的な事件の場合もありますから」

「すると、今度の事件は国際的な事件だと判断されたわけですね？」

「大西洋の両側に関係した事件と言ったほうがふさわしいでしょう」

「新聞でもそういったことをほのめかしていたようですわね。犯人はマリーナ・グレッグを狙っていたのであって、あの気の毒な土地の女のひとは間違って殺されたのだ、といったようなことを。それは事実なのですか。それとも、いまとっている映画の宣伝の意味もあるのですか？」

「残念ながら、その点には疑いの余地がなさそうなのですよ」

「何をわたしにお訊きになりたいのでしょうか？　警視庁まで行かなきゃいけないのですか？」

彼は首を振った。「それにはおよびません。よろしかったら、お宅のスタジオへ引き返しましょう」

「それなら、そうしましょう。わたしのくるまがこの通りのさきに停めてあるのです」

彼女は足ばやに歩道を歩いていった。ダーモットもついていった。ジョスローがうしろから声をかけた。

「さよなら、ぼくは首をつっこまないことにする。警部さんと極秘の話があるんだろうからなあ」彼は舗道の二人のモデルと一緒になり、彼女たちと何かしきりに話し始めた。

マーゴットは自動車に乗りこんで、反対側のドアの鍵をはずし、ダーモットも彼女の横に乗りこんだ。彼女はトットナム・コート・ロードに帰り着くまでのあいだひとことも口をきかなかった。彼女は袋小路に曲がりこみ、そのまま開いている玄関口にくるまを乗りいれた。

「この中にわたしの駐車場があるんですよ」と彼女は言った。「本当は家具置場なのですけれど、その一部分を貸してもらっているのです。あなたは知りすぎるくらい知っておられるでしょうが、ロンドンではくるまを停めておく場所が頭痛のたねですからね。もっとも、あなたは交通のほうには関係がないのでしょう?」

「ええ、そちらのほうは無関係です」

「そりゃ殺人事件のほうがずっとやりがいがありますよ」とマーゴットは言った。

彼女はスタジオに案内し、クラドックに椅子をすすめ、煙草をさし出しておいて、自分は向かいあった大きな長椅子に座りこんだ。ついで、黒っぽい髪のカーテンのかげから、陰気な訊ねるような眼つきで彼を見やった。

「さあ、はじめなさいよ」

「あなたはあの殺人事件の際に写真をとっておられたわけですね」

「そうです」

「専門家として依頼されてのことだったのですか？」

「そうです。先方では誰か専門家による特殊な写真を望んでいました。わたしはそういう種類の仕事を数多くやってきています。ときに映画のほうを手伝うこともありますが、今度は記念祭の写真をとり、あとでおもだった人間がマリーナ・グレッグやジェースン・ラッドと挨拶しているところを二、三枚うつすだけの仕事だったのです。地方名士だとか、その他の連中のねえ。そういった仕事だったのです」

「なるほどね。あなたは階段にカメラを据えておられたのでしたねえ？」

「しばらくはねえ。階段からだとちょうどいい角度になるからです。下から上がってくる人間もうつせるし、くるりとまわして、マリーナが握手しているところもうつせる。

大して動かなくてもいろんな角度からとれるわけです」

「そのときに何か異常と思えるようなことを、捜査に役立ちそうなことを、目にされたかどうかという質問に対するあなたのお答えは、もちろんわたしも聞いています。あれは一般的な質問だったわけですが」

「あなたは特殊な質問をなさるというわけですか？」

「多少は特殊なとも言えるでしょう？　あなたの立っておられた所からは、マリーナ・グレッグの姿がよく見えたわけでしょう？」

彼女はうなずいた。「申しぶんなしに」

「ジェースン・ラッドのほうも？」

「ときおりは。ですが、あの人のほうは動きまわっていましたよ。飲み物を出したり、お客さんの紹介をしたりで。土地の人間に、有名人たちをねえ。そういったことをしていたようですわ。わたしは例の女のひとには気がつきませんでした、バッドレイとかいう——」

「バドコックです」

「これは失礼。バドコック。あのひとが毒薬か何かを飲んだところは見ていません。実際はどのひとがそうだったのかも知らないのです」

「村長が着いたときのことはおぼえておいでですか？」

「ええ。村長のことはよくおぼえています。公式の首飾りや礼服を着かざっていましたよ。わたしはあのひとが階段を上がってくるところを一枚と——間近からねえ——ちょっと残酷なほどの横顔になりましたが——マリーナと握手しているところを一枚、とりました」

「それなら、その時間ごろのことが頭に浮かぶはずですね。バドコック夫婦は村長のすぐ前に階段を上がってきているんですよ」

彼女は首を振った。「残念ですが、やはりそのひとのことは想い出せません」

「その点は大して重要ではないのです。あなたはマリーナ・グレッグがよく見える位置におられ、目をつけてもおられたし、何度もカメラをお向けにもなったでしょう？」

「そのとおり。たいていいつもね。ちょうどいい瞬間がくるまで待ちうけていたわけです」

「アードウィック・フェンという人の顔はご存じですか？」

「よく知っています。テレビで——映画でも」

「あの人の写真はおとりでしたか？」

「ええ、ローラと一緒に上がってくるところを」

「それは村長のすぐあとだったはずですが？」

彼女はちょっと考えてみてから、うなずいた。「ええ、その頃でした」

「その頃に、マリーナ・グレッグが急に気分がわるそうになったのに気がつきませんでしたか？　あのひとの顔に普通ではない表情が浮かんだのには？」

マーゴット・ベンスはかがみこみ、シガレット・ケースから巻き煙草を一本つまみ出した。彼女は煙草に火をつけた。返事をしなかったが、ダーモットもうながそうとはしなかった。この女は何を考えているのだろうかと思いながら、彼は待ちうけた。やっと彼女は唐突にこう言った。

「なぜわたしにそんなことを訊くのですか？」

「これはわたしがなんとかして答えを――信頼できる答えを――得たい、疑問だからですよ」

「わたしの答えが信頼できそうだとお思いになるのですか？」

「ええ、じつのところはね。あなたには人の顔を綿密に見まもっている習慣があるに相違ないのだから、ある表情、これだと思う表情が浮かぶのを待ちうけて」

彼女はうなずいた。

「いまいったような表情に気がつきませんでしたか？」

「誰かほかの者も気がついたわけですね？」

「そうです。一人以上のものが。ところが、表現のしかたが幾分ちがっていました」

「ほかの人たちはどういうふうに表現したのですか？」

「一人は気が遠くなったみたいだったと言っています」

マーゴット・ベンスはゆっくり首を振った。

「なにかにおびえたみたいだったと言っている者もいれば」彼はちょっとそこで言葉をきった。「凍りついたような表情だったと述べている者もいます」

「凍りついた、ねえ」とマーゴットは考え顔で言った。

「この最後の表現が当たっていそうですか？」

「なんとも言えないけれど、たぶんねえ」

「もっと文学的な表現もありましたよ」とダーモットは言った。「亡くなった詩人テニスンの言葉を借りてね。〝鏡は横にひび割れぬ。ああ、わが命運もつきたりと、シャロット姫は叫べり〟」

「あそこには鏡はなかったけど、あれば、ひび割れたかもしれないわ」とマーゴットは、言った。彼女は不意に立ち上がった。「ちょっと待ってね。言葉で説明する以上のことをしてあげますから。現物を見せてあげましょう」

彼女は向こう側のカーテンをひき開け、数分間すがたを消していた。苛だたしそうにぶつぶつ呟いている声が聞こえてきた。

「さがそうと思うと見つからないんだから、いやになってしまうわ」と言いながら、彼女はもどってきた。「でも、やっと見つけましたよ」

彼女はそばへ寄ってきて、ぬれぬれしたような写真を彼の手にのせた。彼はその写真を見おろした。マリーナ・グレッグの姿が非常によくとれていた。片手を、すぐ前に立っている、カメラには背を向けた女に、握られたままにしていた。だが、マリーナはその女のほうを見てはいなかった。彼女の眼は、カメラのほうではなくて、いくらかななめ左よりのほうを、見つめていた。ダーモットが関心をそそられたのは、その顔がなんらの表情も浮かべていない点だった。恐怖感も、苦痛感も、浮かんではいなかった。この写真にうつっている女は、何かを、自分の眼にうつった何かを、見つめていて、その何かにひき起こされた感情があまりにも強烈なために、顔の表情などでは表現できなかったものと思われた。ダーモットは前に一度こういう表情を浮かべた男の顔を見たことがあるが、その男はその一瞬後には射ち殺されたのだった……

「なっとくがゆきまして？」とマーゴットが言った。

ダーモットは深い溜め息をついた。「ええ、ありがとう。目撃者たちが誇張しているか、自分の想像を述べているだけなのか、容易に判断がつかないものですよ。ですが、今度の場合はそうではないようです。げんに何か目につくものがあったわけだし、マリーナはそれを眼にしているわけですね。この写真はいただいてもよろしいでしょうか？」

「ええ、いいですよ。こちらにはネガがありますから」

「これは新聞社へはお送りにならなかったのですか？」

マーゴットは首を振った。

「なぜそうなさらなかったのか、不思議な気がしますがね。なんといっても劇的な写真ですから。相当金を出す新聞社もあるでしょうが」

「そんなことはしたくない気がします」とマーゴットは答えた。「偶然ひとの魂を覗きこんだような場合、それをお金にかえるのはなんだか気がとがめますもの」

「マリーナ・グレッグとはお知りあいだったのですか？」

「いいえ」

「あなたはアメリカの出身でしょう？」

「わたしはイギリスで生まれたのです。勉強したのはアメリカでだったけど。二年ばかり前にこちらへ帰ってきたのです」

ダーモットはうなずいた。彼には最初から答えがわかっていたのだ。彼のデスクの上に積み上げてあった報告書の中にそうしたことも含まれていたのだった。この娘は率直に答えてくれているようだった。彼は訊いてみた。

「どこで勉強なさったのですか？」

「レーンガーデン・スタジオ。しばらくはアンドルー・キルプ先生のもとにいたのです。あのかたにはいろんなことを教わりましたわ」

「レーンガーデン・スタジオに、アンドルー・キルプ」ダーモットは急にはっとなった。その二つの名前には彼の記憶の琴線にふれるものがあった。

「あなたはセブン・スプリングスに住んでおられたのでしょう？」

彼女はおもしろがっているような顔をした。

「わたしのことをずいぶんご存じらしいわね。調査なさったの？」

「あなたは非常に有名な写真家だからですよ、ベンスさん。あなたについての記事も幾種類かあるし。なぜイギリスへいらしたのですか？」

彼女は肩をすくめた。

「わたしは変化が好きだからなの。それに、さっきも言ったように、子供の頃にアメリカへ渡りはしたものの、元来はイギリス生まれなのですから」

「アメリカへ行かれたのは、まだ幼い頃なのでしょう」

「五歳でしたわ。そんなことに興味がおありなのなら」

「興味がありますよ。ベンスさん、あなたはもっとわたしに何かと話してくださることができたはずだと思いますがね」

彼女の顔がこわばった。彼女は彼をにらみつけた。

「いったいそれはどういう意味ですの？」

ダーモットは、彼女の顔を見まもりながら、思いきって言ってみる決心をした。大して根拠があるわけではなかった。レーンガーデン・スタジオ、アンドルー・キルプ、ある町の名前。彼はミス・マープルにうしろからせっつかれているような気がした。

「あなたは、口で言っておられる以上に、マリーナ・グレッグのことをご存じのはずですよ」

彼女は笑いだした。「証拠がありますか？　ご自分の想像だけじゃありませんか？」

「そうでしょうかねえ？　わたしはそうは思いませんがね。それに、多少の時間と手間をかければ、証拠だてることもできるはずですよ。ベンスさん、事実をお認めになったほうがよくはありませんか？　マリーナの養子になられたことや、四年間あのひとのもとで暮らされたことを」

彼女はシュッという声がしたほど鋭く息をすいこんだ。

「このでしゃばりめが！」と彼女は吐き出すように言った。

これには彼もちょっと驚いた。今までの態度とはあまりにも対照的だったから。彼女は黒い髪をゆすぶりながら立ち上がった。

「それなら言うわよ。まさにそのとおり！　わたしはマリーナ・グレッグにアメリカへ連れて行かれたわ。わたしの母親には八人の子供があったの。どこかの貧民窟に住んでいたらしいわ。きっと、映画で見たか噂に聞いた女優に、誰かれなしに手紙を書いて、泣きごとをならべ、親の手ではどうしてやることもできないから、子供をあなたの養子にして、養育してやってくれないかと頼んだりする、何百人もの人間の一人だったに違いないわ。考えても胸のわるくなるようなはなしよ」

「三人だったですね」とダーモットは言った。「もらわれた時期も場所も違ってはいるけれど」

「そうよ。わたしに、ロッドに、アンガス。アンガスはわたしより年上だったけど、ロッドはまだ赤ん坊といってよかったわ。すばらしい生活をさせてもらいましたよ。すばらしい生活をねえ！　あらゆる便宜も与えてもらうし！」彼女の声はばかにしたように高調子になった。「着るものに、自動車、すばらしい邸宅、身のまわりの世話をしてくれる者たち、りっぱな教育、おいしいたべ物。何不足なしでしたわ！　おまけに、あのひとがわたしたちの〈ママ〉なんだから。括弧つきの〈ママ〉よ。芝居をしているだけ。子守歌を歌ってきかせたり、一緒に写真をとったりして！　ずいぶんセンチメンタルな情景じゃないの」

「しかし、あのひとはほんとうに子供をほしがっていた」とダーモットは言った。「それはほんとうの気持ちだったのじゃありませんか？　宣伝のための演技だけではなくて」

「おそらくはね。そう、それはほんとうの気持ちだったと思うわ。あのひとは子供をほしがっていたわ。でも、わたしたちをほしかったのではなかったわ！　ほんとうのところはね。ちょっとばかりすばらしいお芝居をやってみたかっただけよ。〝わたしの家族〟だの、〝自分にも家族があると思うと、すてきな気持ちよ〟などと言ってみたかっただけよ。おまけに、イッジイもあのひとのしたいようにさせていたわ。イッジイには分別があってもよかったはずなのだけれど」

「イッジイというのはイジドール・ライトのことですか？」

「そうなの。あのひとの三度目か四度目のご亭主。わたしはどっちだったか忘れてしまったけど。ほんとうはすばらしいひとだったのですよ。マリーナを理解していたと思うし、ときにはわたしたちのことも気にかけてくれたわ。親切にはしてくれたけれど、父親ぶったりはしなかったわ。父親のような気持ちにはなれなかったのでしょうよ。自分の創作のことだけで頭がいっぱいのひとでしたから。その後わたしもあのひとの書いたものをいくらか読んでみました。いやらしくて、冷酷なところもあるけれど、力強い作品ですわ。いつかはあのひとは大作家と呼ばれるようになると思いますわ」

「そういう状態がいつまで続いたのですか？」

マーゴット・ベンスの微笑を浮かべた顔が急にゆがんだ。「あのひとが母親役を演じるのがいやになるまで。いや、そう言ったのでは違うわね……自分にも子供ができそうだとわかったときまでだわ」

「それからは？」

彼女は不意ににがにがしそうな笑い声をたてた。「わたしたちはおはらいばこになったというわけよ、もうわたしたちの必要がなくなったのだから。わたしたちはりっぱに穴うめ役をつとめたのだけれど、あのひとはわたしたちなんかぜんぜん、ほんのこれっぽっちだって、愛してくれてはいなかったのだから。そりゃね、扶助料は充分にくれましたよ。住む家も、母親代わりの女のひとも、教育費も、世に出るための資金も。誰だって非難のしようがないほどちゃんとした処置をとってくれたわけですわ。ですけれど、あのひとは一度だってわたしたちを望んではいなかったのです――あのひとの望んでいたのは自分の子供だけだったのです」

「その点ではあのひとを非難するのは無理ですよ」

「わたしだって、あのひとが自分の子供をほしがるのを非難してなんかいませんわよ！　ですけれどね、わたしたちはどうなるんです？　あのひとはわたしたちを両親から、わたしたちの本来属している場所から、連れ去ったのですよ。わたしの母親は、言わば一杯のポタージュのために、わたしを売ったわけだけど、自分の利益のためにわたしを売ったわけではありませんわ。おろかにも、子供が、〝いろんな有利さ〟だの、〝教育〟だの、〝すばらしい生活〟だのを持たせてもらえると思ったから、わたしを売ったのですわ。わたしのために最善のことをしてやっていると思って。あれが最善だったでしょうか？　母親がこんなことになると知ってくれてさえいたら」

「あなたはいまだに恨みに思っておられるらしいですね」とダーモットは言った。

「もう恨んでなんかいませんよ。そんな気持ちは通りこしましたわ。いまはあの当時のことをふりかえらせられたからですよ。あの当時はわたしたちは恨んでいましたわ」

「三人ともですか？」

「そうね、ロッドはそうでもなかったでしょう。あの子はのんきなたちでしたから。それに、まだ子供でもあったし。でも、アンガスはわたしと同じように、というよりもわたし以上に、復讐心を抱いていたような気がしますね。自分がおとなになったら、あのひとの生んだ赤ん坊を殺してやるなどと言っていましたから」

「あなたも赤ん坊のことはご存じでしょう?」

「もちろん知っていますわ。あの事件を知らない者はありませんよ。あんなに有頂天になっていたのに、生まれてみたら白痴だったなんて! いい気味だわ。その子が白痴だろうとなんだろうと、あのひとは二度とわたしたちを呼びもどそうとはしませんでしたわ」

「あなたはずいぶんあのひとを憎んでおられるのですねえ」

「当然じゃないの。あのひとは人間として最悪のことをしたのだから。子供に、愛されているように信じさせておいて、それがみせかけにすぎなかったと悟らせるなんて」

「あとのご兄弟は――便宜上そう呼ばせてもらいますが――どうなったのですか?」

「その後みんなちりぢりになりましたよ。ロッドは中西部のどこかで農業をしていますわ。あの子は生まれつきのんきなたちでしたからね。アンガスのほうは、わたしも知らないのです。消息がわからなくなってしまっているものですから」

「依然として復讐心を抱いているのでしょうか?」

「そうかもしれませんねえ」とマーゴットは答えた。「そういった気持ちはいつまでも持ち続けられるものではありませんから。最後に会ったときには、俳優になるつもりだと言っていましたよ。実際になったのかどうかは知りませんけど」

「しかし、あなたは思い出させられたわけですねえ」とダーモットは言った。

「ええ、思い出させられましたよ」とマーゴットは答えた。

「あの日、マリーナ・グレッグはあなたに会ってびっくりしたようでしたか？　それとも、あなたを喜ばせるために、写真をとらせる手配をしたわけなのですか？」

「あの女がそんなことを？」マーゴットは軽蔑したような笑いを浮かべた。「写真の手配のことなんかあのひとはなにも知ってはいなかったのですよ。あのひとに会ってみたい好奇心があったので、わたしのほうから多少運動をしてたのです。さっきも言ったように、わたしは撮影所の連中には多少顔がききますからね。わたしは近頃のあのひとの様子が見たかったのです」彼女はテーブルを撫でた。「あのひとはわたしに気がつきもしなかったわ。あなたはどうお思いになって？　わたしは四年間一緒に暮らした人間ですよ。五歳の年から九歳の年までねえ。それだのに、あのひとはわたしの顔をおぼえてもいなかったわ」

「子供は変わるものなのだから」とダーモットは言った。「がらりと変わるものなのだから、ちょっと見分けがつきかねますよ。わたしなんかも、先日姪に出会ったのだけれど、気がつかずに通り過ぎるところでしたよ」

「わたしを慰めるつもりでそんなことをおっしゃるの？　わたしはほんとうは気にしてなんかいませんよ。いや、そう言ったのではうそねえ。気にしているわ。気にしたわ。なんといっても魔術の持ち主なんだから。マリーナという女は！　つかまえて放さない、おそろしいすてきな魔術をねえ。こちらは憎んでいても心にかけずにおれないんだから」

「あなたのほうからは名乗らなかったのですか？」

彼女は首を振った。「とんでもない。わたしがそんなことをするものですか」

「あなたはあのひとを毒殺しようとはしませんでしたか、ベンスさん？」

彼女の気分が変わった。彼女は立ち上がり、笑いだした。

「なんてばかげた質問をなさるの！　もっとも、あなたとしてはそうするしかないのねえ。あなたの職務の一部分なんだから。わたしが殺したのではないことはたしかよ」

「わたしはそういうことを訊いたのではありませんよ、ベンスさん」

彼女は眉をひそめ、とまどったように彼の顔を見つめた。

「マリーナ・グレッグはまだこの世のひとなのだから」と彼は言った。

「いつまで？」

「それはどういう意味ですか？」

「警部さん、また誰かがやりそうだとは、そして今度は――おそらく今度は――成功しそうだとは、お思いになりません？」

「それに備える警戒処置がとられますよ」

「そりゃそうでしょうとも。あんなにほれこんでいる旦那なんだもの、愛妻に危害がおよばないように保護するわねえ？」

彼は彼女の声にまじっている嘲弄の響きに耳をすましていた。

「さっきそういうことを訊いたのではないと言ったわね、あれはどういう意味なのよ？」と彼女は突然前の話にもどった。

「わたしはあなたが殺そうとしたのかと訊いた。あなたはわたしが殺したのではないと答えた。それはたしかに事実ですよ。だが、げんに死んだ者がいるのだ。げんに殺された者がねえ」

「つまり、わたしがマリーナを殺そうとして、あのなんとかいう女を殺してしまったというわけね。それなら、もっとはっきりした言い方で答えたげるわ。マリーナを毒殺しようとしたのはわたしではないし、バドコックというひとを殺したのもわたしではないわ」

「しかし、その犯人が何者か、あなたはご存じのはずだが？」

「わたしはなにも知りませんよ、警部さん」

「しかし、多少の見当がつきそうなものですが？」

「そりゃ誰だっていろんな推測はしますよ」彼女は彼に笑いかけたが、からかうような笑い方だった。「あんなにたくさんの人間がいたんだから、犯人はあの黒い髪のロボットのような秘書か、あの優雅なものごしのヘイリー・プレストンか、使用人か、メイドか、マッサージ師か、美容師か、撮影所の人間だったかもしれないわね。あんなにたくさんの人間がいたんだから、そのうちの一人は別人になりすましていたのかもしれないわね」

彼がおもわず彼女のほうへ一歩あゆみよろうとしたとたんに、彼女ははげしく首を振った。

「そう真剣にならないでよ、警部さん」と彼女は言った。「ちょっとあなたをからかってみただけなのだから。何者かがマリーナの生命をねらっていることはたしかだけど、それが何者なのかは、わたしにも全然見当がつかないのよ。ほんとうよ。全然見当もつかないわ」

第十六章

1

オーブレイ・クローズ、十六号の家では、チェリーが夫とお喋りをしていた。ジム・ベーカーは顔だちのいい金髪の大男で、模型の組立てに熱中していた。

「隣人なんて！」とチェリーは言った。彼女はパーマをかけた黒い髪の頭をつんとさせた。「隣人なんて！」と彼女はまた吐き出すように言った。

彼女は注意深くフライパンをレンジから持ち上げ、中身を二枚の皿にきれいにほうりこんだ。一方のほうがいくらか分厚かった。彼女は分厚いほうを夫の前においた。

「ミックスド・グリルよ」と彼女は言った。

ジムは顔を上げて、嬉しそうに鼻をぴくぴくさせた。

「大したご馳走だなあ。今日は何の日だい？　ぼくの誕生日かい？」

「あんたには栄養をつけさせなきゃいけないってよ」とチェリーは言った。

彼女は小さなひだ飾りのある淡紅色と白の縞のエプロンをつけていて、かわいらしかった。ジム・ベーカーは成層圏飛行機の模型の材料を横によせ、料理をならべる場所をつくった。彼はにやにやと細君に笑いかけながら、訊いた。

「誰がそう言うんだい？」

「マープルさんもその一人よ」とチェリーは答えた。

「そう言えばね」彼女はジムとさし向かいに座り、お皿を自分のほうへひき寄せた。「あのかただってもう少し実質のあるものをとらなきゃいけないと思うわ。あそこのうちのナイトばあさんときたら、炭水化物食品ばかりしかたべさせないのよ。そういうものしか考えつけないいんだから！　〝おいしいカスタード〟だの、〝おいしいバターつきパンのプディング〟だの、〝おいしいマカロニ・チーズ〟だのと言って。桃色のソースをかけたぐちゃぐちゃのプディングなんかたべさせるのよ。おまけに一日じゅう無駄ばなしばかり。頭がふっ飛ぶほど喋ってばかりいるんだから」

「病人食ってそういうものだろうよ」とジムは自信のなさそうな言い方をした。

「病人食なんか！」とチェリーは憤然として言った。「マープルさんは病人なんかじゃないわ——お年よりだというだけよ。おまけに干渉はするし」

「誰が、マープルさんがかい？」

「ううん、そのナイトがなの。ああしろ、こうしろと、わたしに命令するんだから！　料理の仕方まで教えようとするのよ。料理のことなら、わたしのほうがずっとうえなのに」

「たしかにきみの料理のうでは優秀だよ」とジムはほめた。

「料理ってばかにしたものじゃないのよ」とチェリーは言った。「骨おりがいのあることなんだから」

ジムは笑った。「だからおれもこいつを一所懸命に食ってるじゃないか。マープルさんはなぜおれには栄養が必要だと言ったのだい？　このまえおれが浴室に棚をつけに行ったときに、やせこけているように見えたのかなあ？」

チェリーは笑った。「マープルさんがどう言ったか話してあげるわ。こう言ったのよ。『あなたの旦那さんは美男子だわね。たいへんな美男子よ』って。まるでテレビの時代小説の朗読でも聞いているみたいだったわ」

「きみもそのとおりだと言ってくれたかい？」とジムはにやにや顔で訊いた。

「わるい亭主ではないと答えておいたわ」

「わるい亭主ではないか！　なまぬるい言い方だな」

「それからね、こうも言ったわ、『旦那さんをだいじにしてあげなきゃいけない。ちゃ、ちゃ、んとしたものをたべさせてあげなさいよ。男の人はおいしく料理した肉料理をうんととる必要があるんだから』って」

「賛成、賛成！」

「あなたには新鮮な材料で料理を作ってあげるようにし、既製品のパイやなんかを買ってきて、天火で暖めて出したりしてはいけないって。わたしがしじゅうそういうことをしているってわけではないけど」とチェリーは真顔でつけ加えた。

「そういうことはなるべくしてくれないほうがいいなあ」とジムは言った。「味が違うからなあ」

「何をたべさせたって気がつきもしないくせに」とチェリーはやり返した。「あなたったら成層圏飛行機や何かを作るのに夢中なんだから。その模型の材料は甥のマイケルにやるクリスマス・プレゼントに買ったなどとは言わせないわよ。自分のおもちゃに買ったんじゃないの」

「もうすこし大きくなってからでないと、マイケルには無理だからだよ」とジムは弁解した。

「きっと今夜もひと晩じゅうそれにかかりきりなのね。音楽でもかけたらどうなの？

前から話していたあのレコードは手に入れたの？」

「手に入れたよ。チャイコフスキー、一八一二年」

「戦闘のはいっている騒々しいんじゃないの？」とチェリーは言った。彼女は顔をしかめた。「ハートウェルさんから文句が出るわよ！　隣人なんて！　わたしはもう近所の人たちにはこりたわ。しじゅう文句ばかり。どっちがたちがわるいかわからないわね。ハートウェルか、バーナビイか。ハートウェルの者たちときたら、まだ一一時二十分前だというのに壁をコツコツ叩きだすんだから。こっちだっていいかげんいやになるじゃないの。テレビも、ＢＢＣ放送だって、もっとおそくまでやっているのに。好きな音楽ぐらい聞かせてくれたっていいじゃないの。それに、いつも低くしてくれと言ってくる」

「ああいうものは低くしてはだめなんだ」とジムは権威者らしく言った。「ボリュームを高くしないかぎりは音調が出ないんだから。そんなことぐらい誰だって知っているはずだ。音楽愛好家のあいだでは認められていることなんだから。あそこのうちの猫のやつもしまつがわるいよ。いつもうちの庭へやってきて、せっかくきれいにしたばかりの花壇に穴を掘りやがる」

「ねえ、ジム、わたしはね、ここに住むのがいやになったわ」

「ハダースフィールドでは、近所の連中のことなんか苦にしていなかったじゃないか」とジムは言った。

「あそことここでは違うんだもの。あそこでは独立感がもてたわ。そりゃ、こちらが困っているときには助けてもらえたし、こちらも助けてあげもしたわよ。だけど、ひとの生活に干渉したりなんかしなかったわ。ところが、こういう団地では隣りの人間を横目で見ているようなところがあるのね。みんな新しく来た者たちばかりだからだろうと思うけど。陰口をされたり、ありもしないことを言いふらされたり、自治会に投書されたりで、わたしはもうつくづくいやになったわ！　都会生活だとみんな忙しがっていて、そんなことをする暇なんかないものなんだけど」

「そりゃ、きみの言うことにも一理はある」

「あなたはここが好きなの？」

「勤めさきのほうは申しぶんない。それに、なんといっても、この家は真新しいからなあ。ただ、もう少しゆったり暮らせるだけの広さがあってくれたらとは思う。おれの仕事部屋があってくれるといいんだがなあ」

「わたしは最初のうちはいいところだと思ったけど、今はそう思えなくなったわ」とチェリーは言った。「家には文句はないし、青い色に塗ってあるのも好きだし、浴室もあれでいいと思うけど、人間やまわりの雰囲気がいやだわ。そりゃ、いい人もいるにはいるわよ。あなたに話したかしら、リリー・プライスとハリーは別れたのよ。二人であの家を見にいったときにおかしなことがあったの。リリーがね、もうちょっとで二階の窓からおっこちそうになったんだって。だのに、ハリーはばかみたいに突っ立って見ていただけだったそうなのよ」

「そりゃよかったと思うな、あの男と手をきったのは。あんなろくでなしはいないんだから」とジムは言った。

「妊娠したからという理由だけで結婚するのはよくないわね」とチェリーも言った。「男のほうには結婚する意志なんかなかったんだから。おしいような男でもないしねえ。マープルさんもよくない男だとおっしゃってたわ」と彼女は考え顔でつけ加えた。「マープルさんは直接リリーにそうおっしゃったんだって。リリーはね、このひと頭がへんなのじゃないかと思ったそうよ」

「マープルさんがかい？　あのひとがハリーに会ったことがあるとは知らなかったがなあ？」

「会ってるのよ。この前このあたりを散歩してらしたときに。ほら、ころんで、バドコックさんに助け起こされ、あのひとの家に連れこまれたことがあったじゃないの。そういえば、アーサーとベインさんは結婚しそうだと思って？」

ジムは成層圏飛行機の模型材料を手にして、顔をしかめながら、組立図をのぞきこんでいた。

「ひとが話をしているときくらい、聞いていてくれたらどうなの」

「なんだって？」

「アーサー・バドコックとメアリ・ベインのことよ」

「なんてことを、あのひとは奥さんに死なれたばかりなんだぞ！　女たちときたら！　あの男はまだずいぶん神経がまいっているといううわさだ——話しかけられたりすると、ドキッとして飛び上がるそうだぜ」

「不思議だわね——あのひとはそんなに心をいためそうな男には思えなかったけど」

「テーブルのこちらの端をすこし片づけてくれないか？」ジムは隣りの人間のことなんかすぐに頭からおしのけてしまった。「この材料をいくらか拡げられる程度でいいんだから」

チェリーは憤慨の溜め息をもらした。

「このうちでは、話を聞かせようと思うと、ジェット機かターボプロップのような大きな声を出さなきゃならないんだから。あなたの模型きちがいときたら！」

彼女はたべよごした食器類をお盆に積みあげ、流しへ持っていった。皿洗いのような日常の仕事はなるべくさきへのばすことにしていたので、今夜も彼女はすぐには洗わないことにした。何もかもでたらめに流しにつっこんでおき、コーデュロイの上衣をひっかけ、ジムに肩ごしにこう言っておいて、外に出た。

「ちょっとグラディス・ディクスンのところへ行ってくるわよ。《ボーグ》の型紙を借りたいから」

「オーライ」ジムは模型の上にかがみこんだ。

通りすがりに隣家の表玄関をにらみつけておいて、チェリーはかどを曲がり、ブレンハイム・クローズの十六号の家の前で足を止めた。玄関のドアは開いていたが、ちょっとノックしてから玄関にはいり、大きな声で訊いた。

「グラディスは家にいて？」

「チェリーなの？」ディクスンの妻が台所から顔を覗かせた。「二階の自分の部屋にいるわ。縫い物をしているのよ」

「それじゃ上がってみるわね」

チェリーは階段を上がり、狭い寝室に入ってみると、じみな顔、ぽってりした身体つきのグラディスは、頬を紅潮させ、何本もピンをくわえて、床にひざをつき、型紙をピンでつなぎ合わせていた。

「あら、チェリー。これどう？　マッチ・ベナムのハーパーズの安売りに出ていたものなんだけど、いい布地を手にいれたのよ。それでね、もう一度胸の前で交差させる型の、ひだ飾りつきのショールを作ってみようと思っているの。この前テリレンで作ったのと同じのを」

「そう、いいわね」とチェリーは言った。

グラディスはちょっと喘ぐようにしながら立ち上がった。

「どうも消化不良らしいわ」と彼女は言った。

「夕食のすぐあとで縫い物を始めたりするからよ」とチェリーは言った。「しかも、そんなふうにかがみこんだりして」

「わたしはもうすこし痩せないといけないらしいわ」グラディスはベッドのはしに腰をかけた。

「撮影所では何か変わったことがあって？」チェリーは映画界のことだとなんでも知りたがるのだった。

「これといったこともないわ。相変わらずいろんな噂がとんでいるだけ。マリーナ・グレッグが昨日セットに出てきたのよ――おまけに大騒ぎをひき起こしたりしたわ」

「なんのことで?」

「コーヒーの味がへんだと言いだしたのよ。撮影所では朝の半ば頃にコーヒーを出すことになってるのよ。あのひと、ひと口飲んだと思うと、何かへんなものがまじっているなんて言いだすじゃないの。なんの根拠もないことなのよ。そんなはずがないんだもの。ポットにいれて食堂からまっすぐに持っていったんだから。そりゃね、あのひとだけには、いつもちょっとしたしゃれた特別のコーヒーカップに注ぐことになってはいるの――コーヒーカップはほかの人たちとはちがうけれど、コーヒーは同じよ。だから、あのひとのだけ味がちがっていたりするはずがないじゃないの」

「神経のせいよ」とチェリーは言った。「それから、どうなったの?」

「べつにどうも。ラッドさんがみんなを静まらせただけ。あのひとはそういうところはすばらしいものよ。マリーナのコーヒーをとりあげて、流しにすててしまったわ」

「そんなことをしたんでは、まずいんじゃないかしら」とチェリーはのろのろと言った。

「なぜ――どういう意味なの?」

「かりによ、ほんとうに何かがいれてあったとしても、もう調べようがないじゃないの」

「ほんとうにそんなことがあったかもしれないと思うの?」

グラディスはおびえた顔つきになった。

「だって」――チェリーは肩をすくめた――「記念祭の日にもあのひとのカクテルには何かいれてあったんだから、コーヒーだってそうだったかもしれないじゃないの。最初失敗すれば、何度でもやってみるということもあるわ」

グラディスは身ぶるいした。

「わたしこわいわ、チェリー」と彼女は言った。「きっと誰かがあのひとに飲ませるつもりでいれたんだわ。あれからも手紙がきているのよ、脅迫の手紙が――それに、この前の胸像のこともあるんだし」

「胸像のことってなんなのよ?」

「大理石の胸像なの。セットにあるのよ。オーストリアの宮殿か何かということになっている部屋の片隅に。ショットブラウンというおかしな名前の宮殿なの。絵画や陶器や大理石の胸像がいっぱいあって。その胸像は張り出しの棚の上に載せてあったの――充分おくへ押しこんでなかったのかもしれないけど。とにかく、大型トラックが道路を通っていったときに、それが揺れておっこちたのよ――マリーナが、何とか伯爵とのだいじなシーンで、座るはずになっている椅子の上に。みじんに砕けてしまったわ! 運よく、撮影にかかっていなかったからよかったけど。ラッドさんはね、マリーナにはそのことを絶対に言うなと口どめしておいて、別の椅子をそこへ置いたのよ。昨日マリーナが出てきて、なぜ椅子を変えたのかと訊いたときにも、ラッドさんは、この前の椅子は時代が違っていたし、今度の椅子のほうがうつりがいいからなどと説明してたわ。だけどね、あのひとも気味わるがってたのよ――それはわたしにもわかったわ」

二人は顔を見あわせた。

「ちょっと興奮させられる事件だわね」とチェリーは言った。「それにしても……」

「わたしね、撮影所の食堂につとめるのはやめようと思っているのよ」とグラディスは言った。

「なぜなの？　あんたに毒を飲ませたり、頭の上に胸像を落としかけたりする者なんかいないわよ！」

「そりゃそうだけど、実際にやられるのは、狙われている人間だとはかぎっていないんだから。別の人間かもしれないじゃないの。あの日のヘザー・バドコックみたいに」

「それもそうね」とチェリーは言った。

「じつはね、わたしはずっと考えさせられていたのよ」とグラディスが言った。「わたしもあの日にはホールに行ってたんだから、手伝いに。あのときには二人の間近にいたのよ」

「ヘザーが息をひきとったときになの？」

「違うの、ヘザーがカクテルをこぼしたときによ。ドレスの上に。あれはきれいなドレスだったのよ、ふじ色のナイロン・タフタの。あの日のために新調したようなものだったんだから。ところがね、へんなのよ」

「何がへんなのよ？」

「わたしもあのときにはなんとも思わなかったんだけど。あとで考えてみると、なんとなくへんだという気がするわ」

チェリーは期待するように相手の顔をみた。彼女は〝へんだ〟という言葉を文字通りの意味でつかっていた。おもしろいという意味ではなかったのだ。

「いったい何がへんなのよ？」と彼女はつめよった。

「たしかにあれはわざとしたことだったんだわ」

「わざとカクテルをこぼしたというの？」

「そうよ。だから、わたしはへんだという気がするのよ」

「真新しいドレスに？　そんなこと信じられないわ」

「それはそうとね」とグラディスは言った。「アーサーはヘザーの衣類をどうするつもりかしら。あのドレスは洗えばきれいになりそうなのよ。半分に切ってもいいスカートにはなるわ。あれを売ってほしいなどと言ったら、アーサーはぶしつけなやつだと思うかしら？　あれならほとんど縫い直す必要もなさそうだし——きれいな布地なんだもの」

「あんたって——」チェリーはちょっと言いよどんだ——「気にならないの？」

「何がなの？」

「だって——ひとが死んだときに着ていたものなんかを——それも、あんな死にかたをしたというのに」

グラディスは眼をまるくした。

「そうねえ、わたし気がつかなかったわ」

彼女はちょっとのあいだ考えてみているようだった。やがて、またほがらかそうになった。

「そんなことは問題ではないような気がするわ。古着屋で買ってごらんよ、たいていみんな死んだひとの着ていたものなんだもの」

「そりゃそうだけど、それとこれとは問題がちがうわよ」

「あんたは神経質だわね」とグラディスは言った。「あれはきれいなあかるい色合でね、おかねがかかっているはずの生地なのよ。あのへんなことのほうはね——」と彼女は考え顔で言葉をついだ。「明日の朝、つとめに行く途中にでも、ジュゼッペさんにその話をしてみようかと思うわ」

「ジュゼッペって、あのイタリア人の執事なの？」

「そうよ。すてきな美男子なのよ。眼がきらきらしていて。気性の烈しい人なの。手伝いに行ったときなんか、すごくこき使われたわ」彼女はくっくっと笑いだした。「それでいて、ほんとうは誰も気にしてなんかいなかったわ。ときにはひどく優しくしてくれることもあるんだもの……とにかく、あのひとにその話をして、どうしたらいいか訊いてみようかと思ってるの」

「わざわざ話すほどのことでもないじゃないの」とチェリーは言った。

「だって——へんなんだもの」グラディスは挑戦するように好きな形容詞にかじりついた。

「わかった、わかったわ。あんたはジュゼッペさんに会いに行く口実がほしいだけなんだわ」とチェリーは言った。「気をつけたほうがいいわよ。イタリアの男ときたら、しまつがわるいんだから。いたるところで父なし子をつくるし、激しやすくて、情熱的だときているんだから、イタリア人というやつは」

グラディスはうっとりとなって溜め息をついた。

チェリーはこの友人のいくらかそばかすのあるぶよぶよした顔を見やり、自分が警告してやったりする必要はなさそうだと思った。ジュゼッペなら、ほかでもっといい獲物を釣り上げたいにきまっているから。

2

「ほほう！」とヘイドック医師は言った。「ときほぐしをやっていますね」

彼はミス・マープルからそばのふわふわした白い毛糸の山のほうへ目を移した。

「編物ができなくなったのなら、ときものをしてみろというご忠告でしたよ」とミス・マープルは言った。

「ずいぶん徹底的におやりになったらしいですね」

「最初のところでもう間違いをやっていたのですよ。ですから全体の釣合がとれなくなってしまって、すっかりときほぐすしかなかったというわけですの。ずいぶん複雑な型なのでねえ」

「あなたにとっては、複雑な型くらいなんですか。問題ではないではありませんか」

「こんなに眼が悪くなったのでは、ありふれた編物でがまんするしかなさそうですわ」

「それだと退屈しますよ。とにかく、わたしの忠告をいれてもらって光栄ですよ」

「いつだって先生のご忠告に従っているではありませんか」

「自分に都合のいいときにはねえ」とヘイドック医師は言った。

「先生、あの忠告をしてくださったときには、ほんとうに編物のことを頭においていらしたのですか？」

彼女の眼がキラリといたずらっぽく光り、彼もキラリと眼を光らせた。

「殺人事件のときほぐしのほうはどうなのですか？」と彼は訊いてみた。

「わたしの頭も昔ほどではなくなっているらしいんですよ」ミス・マープルは溜め息とともに頭を振った。

「ばかなことを」とヘイドック医師は言った。「あなたのことだから、何か結論に到達されているにちがいないんだから」

「そりゃ、結論には達していますよ。決定的な結論にねえ」

「たとえば」とヘイドックは詰問するように訊いた。

「あのカクテルに薬を入れたのがあの日だったとすると――どうしてそんなことがやれたのか、わたしにはよくわからないんですけれど――」

「毒薬を目薬の点滴器にでも用意していたのかもしれませんね」とヘイドックは言ってみた。

「さすがに先生は専門家ですわね」とミス・マープルは感心したように言った。「その場合でも、見ていた者が一人もなかったなんて、どうも奇妙に思えるんですよ」

「殺人は実行するだけでなく、ひとに見られるべきである！　そういうわけですか？」

「わたしの言う意味はおわかりのくせに」とミス・マープルは言った。

「犯人もその程度の危険はおかすしかなかったのでしょうよ」とヘイドックは言った。

「それはそうですわ。わたしもその点をとやかく言っているのではないんですよ。でもね、わたしはひとに訊いたり、人数を計算してみたりして、知ったのですがね、現場には少なくとも十八人から二十人の人間はいたのですよ。その二十人のうちの誰かは犯行現場を目にしているに違いないという気がしますわ」

ヘイドックはうなずいた。「たしかにそう思えますね。ところが、どうやら誰も目にしていなかったらしい」

「それはどうでしょうか？」とミス・マープルは考え顔で言った。

「いったいあなたは何を考えていらっしゃるのですか？」

「三つの可能性が考えられますわ。何かを目にした人間が少なくとも一人はいる、という推定にたってのはなしですけど。二十人のうちに一人はねえ。当然そう推定していいと思うんです」

「それは仮定論だし、白い帽子をかぶった人間が六人、黒い帽子をかぶった人間が六人いるとして、それらの帽子の組合わせが幾通りできるか、計算してみろといったような、厄介な頭脳運動をやらされることになりますよ。そんなことを考えだしたのでは、ぐるぐるまわりしなきゃならない。それではだめですよ！」

「わたしはそんなことを考えているんじゃありませんわ」とミス・マープルは答えた。

「わたしが考えているのは、おそらく――」

「なるほど」ヘイドックも考え顔になった。「そういう推理にかけては、あなたのほうがうまい。前からそうだった」

「おそらく、二十人のうち少なくとも一人は観察眼を備えていたはずですよ」とミス・マープルは言った。

「降参しますよ。その三つの可能性とやらを聞かせてもらいましょう」

「大まかな言い方しかできないでしょうけれどね」とミス・マープルは言った。「まだ充分には考えぬいていないのですから。クラドック警部は、たぶんその前のコーニッシュ警部にしても、現場にいあわせた者ひとり残らずに訊いてみたでしょうから、当然その種のことを目にした者がいたら、すぐにそのことを話したはずですわ」

「それが可能性の一つなのですか？」

「もちろん違いますよ」とミス・マープルは答えた。「誰からもそんな話が出ていないのですから。かりにげんに何かを目にしていながら、その人間がそのことを口にしなかったとすると、どういう理由からだとお思いになります？」

「こちらは聞いているんですよ」

「可能性の第一はね」とミス・マープルは興奮に頬をほてらせて言った。「それを目にした人間は自分の見たことの意味を悟っていなかった、ということですわ。もちろん、その人間は多少頭のわるい者に相違ない、ということになりますわ。目は使えても、頭は使えない人間といっていいでしょう。そういう人間に、『誰かがマリーナ・グレッグのグラスに何かを入れるのを見たか？』と訊いたとすると、『いいえ』と答えるでしょうが、『誰かがマリーナ・グレッグのグラスの上に手をかざしているのを見なかったか？』と訊けば、『そりゃ見ましたよ！』と答えるにきまっていますわ」

ヘイドックは笑いだした。「まさか仲間のうちにうすのろがいようとは誰しも思いませんからね。よろしい、あなたの第一の可能性なるものを認めましょう。うすのろがそれを目にしたが、そのうすのろにはその意味がつかめなかった。それでは、第一の可能性は？」

「このほうはずいぶん空想的なのですけれど、多少の可能性はあると思いますわ。犯人はグラスにものを入れる行動が自然に思えるような人間だったかもしれませんわ」

「ちょっと待った。もう少しはっきりと説明してくださいよ」

「近頃の人は自分の食べ物や飲み物にしじゅう何かを入れているようですわね」とミス・マープルは言った。「わたしの若い頃には、食事中に薬を飲んだりするのはとんでもない無作法なことのように言われていましたよ。食卓で鼻をかむのと同じくらいにねえ。ですから、そんなことはしませんでしたよ。錠剤なり、カプセルなり、散薬なりを飲まなきゃいけない場合は、外へ出て飲んだものですわ。今はそうではありませんね。甥のレイモンドの所に滞在していたときに見ていますと、いろんな薬の小瓶を携帯してやってくるお客さんがあるようでした。そういう人は食事中や食前食後にその薬を飲むわけですの。アスピリンや何かをハンドバッグに入れて持ちまわり、しじゅう飲んでいますよ――お茶のときだろうと、食後のコーヒーのときだろうとねえ。これでもう、わたしの言おうとしていることはおわかりでしょう？」

「ええ、やっとわかってきましたし、興味も感じています。つまり、何者かが――」とヘイドックは言いかかったが、止めた。「やはりあなたの言葉で言ってもらいましょう」

「つまりですね」とミス・マープルは言った。「何者かが問題のグラスを手にとり、その人間が手にしているかぎりは、それはその人間のグラスだとひとも思うでしょうから、公然とそれに何かを入れることが可能なはずです。冒険ではあるが、可能なはずです。その場合、ひともべつに気にとめませんからね」

「しかし、その男なり女なりも確信は持てないはずですよ」とヘイドックは指摘した。

「それはそうですわ。一種の賭博であり、冒険でしょう。けれども、そういうことが起きる可能性はあるはずですよ。それからね」と彼女は言葉をついだ。「第三の可能性もありますわ」

「第一の可能性、うすのろ、第二の可能性、賭博者——第三の可能性は何ですか？」

「何者かが犯行現場を見てはいたが、故意に口を閉ざしていた」

ヘイドックは眉をしかめた。「どういう理由から？　ああ、恐喝しようと考えているやつがいる、というわけですか？」

「もしそうだと、非常に危険な行動ですよ」とミス・マープルは言った。

「たしかにねえ——」彼は、ひざに白いふわふわした膝掛けをのせ、落ち着きはらった顔をしているこの老婦人を、鋭く見やった。「その第三の可能性が一番有力だというお考えなのですか?」

「いいえ、わたしにもそこまでの確信はありませんわ」とミス・マープルは答えた。「今のところ、充分な根拠もつかんでいませんしね」ついで彼女は用心深くこうつけ加えた。「誰かがまた殺されでもしないかぎりは」

「また被害者が出そうに思えるのですか?」

「そんなことにならなければいいがと思っていますわ」とミス・マープルは言った。「ほんとうにそう祈りたい気持ちですわ。ですけれど、しばしばそういうことが起きているのですよ、ヘイドック先生。それがおそろしい点ですの。あまりにもしばしば起きていることなのですから」

第十七章

エラは受話器をおき、にやりと笑って、公衆電話のボックスを出た。彼女は自分に満足していた。

「クラドックのやつ、主任警部だなどと威張ったって！」と彼女はひとりごとを言った。「あんな男よりもわたしのほうが二倍もうでがあるわ。〝逃げろ、何もかも露見したぞ！〟のテーマの変奏曲というところだわ」

彼女は、すこぶる愉快な気持ちで、電話の向こう側の人間のなめさせられた動揺を想像に描いた。かすかな威嚇をまじえたささやき声が受話器を伝わってくる。「わたしはい、い、い、この眼で見ましたよ。あなたが……」

彼女は声には出さないようにして笑い、唇のはしが陰険な冷酷な線をえがいてうねった。心理学の研究家だったら、多少の興味をもって彼女を見まもったかもしれなかった。この数日ほど彼女は力の充実感を味わったことがなかった。彼女は自分がどれほどまでにその充実感に酔いしれているかをほとんど悟ってもいなかったが……

イースト・ロッジの前に通りがかると、相変わらず庭仕事をしていたバントリー夫人が手をふった。

〝いやなばあさんだわ〟とエラは思った。バントリー夫人の眼が玄関道を歩いていく自分のうしろ姿を追っているのが感じとれた。

なぜという理由もなくある文句が頭に浮かんだ。

いいや、やりすぎはけがの……

ばかな。あの脅迫電話をかけたのがわたしだとは、誰だって気がつくはずがないじゃないの。

彼女はくしゃみをした。

「しゃくな枯草熱め」とエラ・ジーリンスキーは呟いた。

自分の事務室へ帰ってみると、ジェースン・ラッドが窓のそばに立っていた。

彼はくるりとふり向いた。

「いったいどこへ行っていたのだい？」

「庭師に言っておくことがあったのです。庭の——」彼女は彼の表情に気がつき、言葉をとぎらせた。

彼女はせきこんで訊いた。「何か起きたのですか?」

彼の眼はいつも以上に落ちくぼんでいるように思えた。道化師の持っている陽気さのいっさいが消え去っていた。苦悩をたたえた男の顔だった。前にも彼の苦しんでいる姿を見たことがあったが、こんな表情をしていたことは一度もなかった。

彼女はまた繰り返した。「何か起きたのですか?」

彼は一枚の紙を彼女にさし出した。「例のコーヒーの分析結果だ。マリーナが文句を言って飲もうとしなかったコーヒーの」

「あれを分析にお出しになったのですか?」彼女は啞然となった。「だって、あれは流しにおすてになったではありませんか。わたしは見ていたのですから」

彼の大きな口が微笑にゆがんだ。「ぼくはこれでも手品の名手なんだぞ、エラ。きみもあれには気がつかなかったとみえるな。大部分はたしかにすてたが、いくらか残しておいて、分析を頼みに持って行ったのだ」

彼女は手渡された紙に眼をやった。

「砒素」彼女の声には信じられないといった響きがあった。

「そう、砒素なのだ」

「それでは、マリーナがにがい味がするといったのはあたっていたわけですね?」

「いや、あたってはいなかった。砒素には味がないのだ。だが、マリーナの直感はあたっていたわけだ」

「それなのに、わたしたちはあのひとのノイローゼのせいだと、簡単にかたづけたりして！」

「ノイローゼ気味ではあるさ！　そうなりもしようではないか。事実上、女のひとが自分の足もとにバッタリ倒れて死んだのを、目にしたのも同然なのだから、脅迫状も受けとっているし——次から次へと——今日は何も来ていなかったかね？」

彼女は首を振った。

「誰がこんなことをしやがるのかなあ？　考えてみれば、簡単にやれるわけだなあ。窓は開けっぱなしときているんだから。誰だってしのびこめるわけだ」

「どこもかしこも門をかけ、錠をおろせとおっしゃるのですか？　でも、この陽気ではねえ。それに、庭には番人も置いてあるわけですし」

「それはそうだ。ぼくだってこれ以上マリーナをおびえさせたくはない。脅迫状なんかは問題ではないのだが、砒素となるとねえ。全然問題が違ってくるし……」

「この家では誰も食べ物には手が出せないはずですよ」

「出せないだろうかねえ？　出せないと思うかい、エラ？」

「少なくとも、人に見られないでは、関係のない人間は誰だって――」

彼はさえぎった。

「人間は金になればなんだってするものだよ、エラ」

「まさか、人殺しまでは！」

「人殺しだってやるよ。それに、人を殺すことになるとは知らないでやる場合もあるだろう……使用人たちは……」

「使用人たちのことは安心していいと思います」

「たとえば、ジュゼッペだ。金の問題になると、あの男はどこまで信用していいか、疑問だと思う……そりゃ、かなり長く勤めてはいるが――」

「ジェースンさん、そんなふうに自分を苦しめなくてもいいではありませんか」

彼はどっかりと椅子に座りこんだ。かがみこみ、長い両腕を膝のあいだにたらした。

「どうしたらいいのかなあ？」と彼はひくい声でのろのろと言った。「ああ、どうしたらいいのかなあ？」

エラは黙っていた。自分も座りこみ、彼を見まもっていた。

「この家へ移ってから、マリーナは幸福だった」とジェースンは言った。エラによりも自分に話しかけているような言い方だった。彼は膝のあいだから絨毯を見つめていた。

顔をあげたとしたら、エラの顔に浮かんでいる表情に驚いたかもしれなかった。

「マリーナは幸福だった」と彼はまた繰り返した。「幸福になりたいと望んでいたし、げ、ん、に幸福でもあった。あの日にもそう言っていた、あの、なんとかいう夫人が――」

「バントリー夫人ですか？」

「そうだ。バントリー夫人がお茶に来られた日に、マリーナは『いかにも平和にみちた感じ』だと言った。やっと、落ち着いた幸福な生活ができ、安定感のえられる場所を見つけた、とも言った。安定感がえられる、とだよ！」

「将来も幸福に暮らせる、とも？」エラの声にはどこか皮肉な調子がこもっていた。

「そんなふうに言うと、まるでおとぎばなしみたいですわね」

「それにしても、マリーナはそう信じていた」

「でも、あなたはちがうでしょう」とエラは言った。「あなたはそ、ん、なこ、と、は全然信じておられなかったはずですが？」

ジェースン・ラッドはにっこりした。「そりゃねえ。ぼくは全面的に信じていたわけではなかった。だが、しばらくは、一年か、二年くらいは――静かな満ち足りた生活がおくれるかもしれないとは思っていたよ。マリーナを生まれ変わったような女にしてくれるかもしれないと。自信を持たせてやれるかもしれないと。マリーナは、幸福なときのあのひとは、まるで子供みたいだ。子供そっくりだよ。それなのに、今は――こんな事件が起きるなんて」

エラは落ち着きなく身体を動かした。「人間にはいろんなことが起きるものですわ」と彼女はそっけない声で言った。「それが人生というものですわ。人間はそれをうけいれるしかありませんよ。人によっては、うけいれられる者も、うけいれることのできない者もあります。マリーナさんは後者なのですわ」

彼女はくしゃみをした。

「また枯草熱が悪化したのかい？」

「ええ。それはそうと、ジュゼッペはロンドンへ行きましたよ」

ジェースンは多少意外そうな表情を浮かべた。

「ロンドンへ？　なぜ？」

「親戚が病気だとかで。あの男はソーホーに親戚があるのですが、その一人が危篤なのだそうです。自分でマリーナさんにそのことを話し、ひまをもらったわけなのです。何時頃かはわかりませんが、今夜帰ってくるはずです。かまいませんでしょうねえ？」

「べつに」とジェースンは答えた。「ぼくはいいが……」

彼は立ち上がり、歩きまわりだした。

「マリーナをここから連れ出すことができたら……いま……すぐに」

「映画をだいなしにしてもですか？　だって、考えても――」

彼の声は高まった。

「ぼくにはマリーナのことしか考えられないよ。きみにもわかりそうなものではないか。マリーナは危険におちいっている。ぼくの頭にはそのことだけしかないのだ」

彼女は衝動的に口を開いたが、やがてまた閉じた。

彼女はまた口をおさえてくしゃみをし、立ち上がった。

「吸入でもしてきますわ」

彼女は部屋を出て寝室のほうへ行ったが、頭の中には一つの言葉が反響していた。
マ、マ、マリーナ……マ、マ、マリーナ……マ、マ、マリーナ……いつもマリーナだ。
憤りがこみ上げてきた。彼女はそれを押し静めた。浴室に入り、いつも使っている吸入器を手にとった。

彼女はその先端を鼻にさしこみ、手で持っている部分をギュッとおさえた。

警告に気がつくのが一秒おそすぎた……なじみのない、鼻を刺すような、アーモンドの匂いを感じた……だが、おさえかけている指を止めるには間に合わなかった。

第十八章

1

フランク・コーニッシュは受話器を置いた。

「ミス・ブルースターは昼間ロンドンを離れていたそうです」と彼は言った。

「今もかね？」とクラドックは言った。

「あなたはあの女が――」

「わからないよ。そんなことはないとも思うが、わかったものではない。アードウィック・フェンは？」

「外出です。あなたに電話するように言っておきました。人物写真家のマーゴット・ベンスはどこか地方へ仕事に出かけています。どこへ行ったのかは、あの、女みたいな相棒も知らないそうです――少なくとも本人はそう言っています。執事はロンドンへずらかりましたよ」

「永久にずらかるつもりじゃないかな」とクラドックは言った。「親戚が危篤だなんてのは怪しいからなあ。なぜ今日になって急にロンドンへ行きたくなったのだろうか?」

「あの男なら、行く前に吸入器にシアン化物を入れておくこともわけなしにできたはずですよ」

「そんなことは誰にだってできたろうよ」

「しかし、状況はあの男を指している気がしますね。外部からの人間だとはどうにも考えられませんよ」

「いや、そうとも言えないよ。時間の判断さえ間違えなきゃいいんだから。横道のどこかにくるまを置いておき、例えばみんなが食堂に集まるまで待つなりなんなりして、窓からしのびこみ、二階へ上がる。灌木のしげみが家のすぐそばまできているしね」

「しかし、そいつはたいへんな冒険ですよ」

「この犯人は危険をおかすことなんか問題にしていないじゃないか。その点は最初からはっきりしていた」

「あの屋敷には署の者を配置してあったのですがね」

「知っているよ。一人ではたりなかったのだ。匿名の手紙だけの問題にとどまっているあいだは、わたしも大して危険が迫っているとは思っていなかった。マリーナ・グレッグの身辺は充分に警備されているしね。ほかの人間が危険にさらされているとは夢にも思っていなかったよ。わたしは――」

電話が鳴った。コーニッシュが電話に出た。

「ドーチェスター・ホテルからです。アードウィック・フェンが電話に出ています」

彼はクラドックに受話器をさし出した。

「フェンさんですか？　こちらはクラドックです」

「ああ、電話をくださったそうですね。一日じゅう外出していたものですから」

「残念ですが、ミス・ジーリンスキーが今朝亡くなったのですよ――シアン化物中毒で」

「ほんとうですか？　それはショックです。何か事故でも？　それとも、事故ではないのですか？」

「事故ではありません。あのひとがいつも使っていた吸入器に青酸がいれてあったのです」

「なるほど。なるほどねえ……」ちょっと言葉がとぎれた。「失礼だが、そういういたましい事件のことでわたしに電話されたのは、どういう理由からでしょうか？」

「フェンさん、あなたはジーリンスキーさんをご存じでしたねえ？」

「たしかに知ってはいます。数年前から。しかし、べつに親しい友人というわけではなかったのです」

「警察では何かあなたから助言が得られはしないかと思ったわけですが？」

「どういう点で？」

「何か原因と思われることを話していただけはしないかと思いまして。あのひとはこの国の人間ではありませんしね。どういう境遇で、どういう友人があったのか、ほとんどわれわれは知らないものですから」

「そういうことなら、ジェースン・ラッドにお訊きになればいいでしょう」

「もちろん、あのひとにも訊きました。ですが、もしかすると、あのひとのご存じないことをあなたが知っておられるかもしれないと思いまして」

「そういうことはなさそうですね。ぼくはあのひとのことは知らないのも同然ですよ。非常に有能な女性で、仕事にかけては、第一級だったということ以外はね。私生活のことなんかは全然知りません」

「それでは、なんのお心当たりもないわけですか？」

クラドックは決定的な否定の返事を投げつけられるものと覚悟していたが、驚いたことにはそれが聞こえてこなかった。黙りこんでいるだけだ。彼の耳にもアードウィック・フェンの重苦しい息づかいが聞きとれた。

「主任警部さん、まだそこにおいでですか？」

「ええ、いますよ、フェンさん」

「ぼくは手がかりになるかもしれないことをお話しする決心をしました。それがどういうことかお聞きになれば、ぼくが秘密にしたがった理由も悟っていただけると思います。だが、隠しだてしたのではかえってまずいと判断したわけです。じつはこういう事実があるのです。二日前に、ぼくのところへ電話がかかってきました。囁くような声でした。こんなことを言うんです――これはその言葉どおりなのですがね――わたしはこの眼で見ましたよ、あなたがグラスに錠剤を入れるのを。……見ていた者があったとは、あなたも気がつかなかったでしょうね？　今はそれだけにしておきます――いずれこちらの要求をあとで伝えますからね」

　クラドックは驚きの声をあげた。

「驚かれたでしょう、クラドックさん？　この告発が事実無根であることは神かけて誓います。ぼくは誰のグラスにも錠剤などを入れたおぼえはありません。できるものなら、誰だろうと立証してみるがよろしい。まったくばかげたはなしですよ。それにしても、どうやらミス・ジーリンスキーは恐喝をやろうとしていたらしいですね」

「声であの女だとわかりましたか？」

「ささやき声では判断がつきませんよ。それにしても、あれは間違いなくエラ・ジーリンスキーでした」

「どうしてそれがわかるのですか？」

「そのささやき声のぬしが電話をきる前に大きなくしゃみをしたからですよ。ジーリンスキーが枯草熱にかかっていることは、ぼくも知っていましたからね」

「それで、あなたのご推測では――なぜそんなことを？」

「ジーリンスキーは最初の企てでは間違った相手をつかまえたのだと思いますね。その後に、ほんものをつかまえたということも、ありうることのような気がしますがね。恐喝というやつは危険な仕事になりかねませんから」

クラドックは落ち着きをとりもどした。

「フェンさん、よく話してくださいました。いずれ、形式上、あなたの今日一日の行動を調べさせていただくことになると思いますが」

「当然でしょう。運転手に訊いてくだされば、正確なことがわかるはずです」

クラドックは電話をきり、フェンから聞いた話を繰り返した。コーニッシュは思わず口笛を吹いた。

「あの男は完全にシロか、でなければ――」

「でなければ、たいしたうそつきだということになる。ありえないことではないよ。それだけのきもったまは持っている人間だからね。もしかしてジーリンスキーが自分の抱いた疑惑を書き残してでもいれば、こういう大胆な手をうってきたことそのものが、大したはったりだという証拠になる」

「あの男のアリバイにしたって？」

「巧妙なにせのアリバイにはこっちも経験をなめさせられてきているよ」とクフドックは言った。「あの男には金で証言を買えるだけの財力もあるしね」

2

ジュゼッペがゴシントンに帰ってきたのは夜なか過ぎだった。セント・メアリ・ミード行きの支線の終列車が出たあとだったので、マッチ・ベナムからタクシーに乗ったのだった。

彼はすこぶる上機嫌だった。門のところでタクシーをかえし、灌木のあいだの近道を行った。裏口のドアを自分の鍵で開けた。家の中は真っ暗で静まりかえっていた。ジュゼッペはドアを閉め、掛け金をかけた。寝室と浴室が続いている自分の居心地のいい部屋へ上がる階段のほうへ曲がりこんだときに、どこからかすきま風が入ってくるのに気がついた。どこかの窓でも開いているのだろう。彼はそんなことには気をつかわないことにした。二階に上がり、自分の部屋のドアに鍵をさしこんだ。彼はいつでも自分の部屋に鍵をかけておくようにしていた。鍵をまわし、ドアを押し開けたとたんに、背中に堅いまるいものが押しあてられるのを感じた。何者かの声がした。「両手をあげろ。声をたてるな」

ジュゼッペはすぐに両手をあげた。彼は危険はおかさないつもりだった。また事実何をする余地もなかった。

引き金がひかれた――一度――二度。

ジュゼッペは前のめりに倒れた……

ビアンカは枕から頭をもたげた。

今のは銃声ではなかったろうか……たしかに銃声を耳にしたような気がした……彼女

は数分間待っていた。やがて、聞き間違いだったのだろうと思い、また横になった。

第十九章

1

「恐ろしいことじゃありませんか」とナイトは言った。彼女は買物の包みをおろし、ハアハアと苦しそうな息づかいをした。

「何か起きたのね？」とミス・マープルは言った。

「おばあちゃんの耳には入れたかありませんわ、こんなことは。ショックをおうけになるかもしれませんもの」

「あなたが話さなくても、どうせ誰かから聞くことになるわよ」とミス・マープルは言った。

「ほんとうにそうですわね」とナイトは言った。「たしかにそのとおりですわ。口は災いのもとと言うでしょう。あの言葉はあたっていますわね。わたしはうわさ話なんか言いふらさないようにしていますのですよ。これでも用心深いほうなのですから」

「何か恐ろしいことが起きたと、言いかかっていたのじゃないの？」とミス・マープルは水を向けた。

「聞いたときには、ひっくりかえりそうになりましてね」とナイトは言った。「あの窓からの風が気持ちがわるくありませんか？」

「すこしは新鮮な風が入ってくれたほうがいいのよ」とミス・マープルは答えた。

「そうですか。でも、わたしたち風邪をひいてはいけませんわね」とナイトは婉曲に言った。「そうそう、こうしましょうね。わたしちょっと行って卵酒をつくってきますわ。わたしたちあれが好きですわね？」

「あなたが好きかどうかは知らないけどね」とミス・マープルは言った。「わたしは、あなたが好きなのなら、勝手に飲んでくれるといいと思うわ」

「まあ、まあ、冗談ばかりおっしゃって」ナイトは手を振った。

「それよりも、何か話そうとしていたのじゃなかったの？」とミス・マープルは言った。

「あんなことは気になさる必要もありませんし、神経にやんだりなさらないようにお願いしますよ」とナイトは言った。「わたしたちにはなんの関係もないことなのですから。でも、アメリカのギャングのことや何かを聞かされていると、あんなことは驚くにあたらないような気もしますわ」

「誰かが殺されたのね？」とミス・マープルは言った。「そうなの？」

「まあ、鋭い勘をお持ちですわね。どうして、そんなことがすぐに頭に浮かぶのか、不思議なくらいですわ」

「じつを言うとね」とミス・マープルはしんみりと言った。「わたしはそういう事件を予期していたのよ」

「おや、まあ！」とナイトはかん高い声を出した。

「たいていは何かを眼にしている者がいるものなのよ」とミス・マープルは言った。「ときには、自分の眼にしたことの意味を悟るのに時間がかかることもあるけど。亡くなったというのは誰なの？」

「イタリア人の執事なのですよ。ゆうべピストルで射たれたのですって」

「なるほどねえ」マープルは考え顔になった。「たしかにありそうなことだわ。それにしても、あの男なら、もっと早くに自分の眼にしたことの意味を悟っていそうなものなのに――」

「まあ、まあ！」とナイトはまたかん高い声を出した。「まるで何もかも知りぬいていらっしゃるみたいですわね。あの男はなぜ殺されたりしたのでしょうか？」

言った。

「きっと、誰かを恐喝しようとしたのだと思うわ」とミス・マープルはやはり考え顔で

「あの男は昨日ロンドンへ行っていたとかいう噂ですけど」

「そうだったの」とミス・マープルは言った。「それは興味のある事実だわ。暗示的でもあるし」

ナイトは栄養のある飲み物を作るつもりで台所へひきあげた。ミス・マープルはそのまま考えに沈みこんでいたが、やがて、掃除機の耳ざわりなブンブンという音にさまたげられた。おまけに、最近の流行歌、〈わたしはあなたに、あなたはわたしに、言ったわね〉を歌っている、チェリーの歌声までが聞こえてきた。

ナイトが台所の戸口から頭をのぞかせた。

「チェリー、頼むからあまり騒々しくしないでちょうだい。あんただってマープルさまの邪魔をしたくはないでしょう？　少しは思いやりを持ってあげなきゃいけないわ」

ナイトは台所のドアを閉め、チェリーは誰に言うともなくどなった。「わたしを、チェリーなどと、親しそうに。あのくそばばあ！」掃除機はうなり続けたが、チェリーの歌声は幾分ひくくなった。ミス・マープルがよくとおる澄んだ声で呼んだ。

「チェリー、ちょっときておくれ」

チェリーは掃除機のスイッチを切り、応接間のドアを開けた。

「歌を歌ったりしてすみません」

「あなたの歌声のほうが掃除機のいやな音よりもずっと感じがいいのよ」とミス・マープルは言った。「でもね、わたしだって時代に従わなきゃならないことは知っているわ。あなたがたのような若い人たちに、昔流儀にちり取りやブラシを使えと言ったって無理だものね」

「まあ、しゃがみこんで、ちり取りやブラシで？」とチェリーはこれはたいへんだという顔つきをした。

「聞いたこともないというわけなのね」とミス・マープルは言った。「入って、ドアを閉めてちょうだい。あなたに話したいことがあって呼んだのよ」

チェリーはその言葉に従い、訊ねるような顔つきをしてそばへ寄ってきた。

「あまり時間がないのよ」とミス・マープルは言った。「あのばあさんが――ミス・ナイトのことだけど――いつ何かの卵酒をもって入ってこないともかぎらないんだから」

「おからだにはいいと思いますよ。元気がつきますわ」とチェリーははげますように言った。

「あなたも聞いた、ゴシントン・ホールの執事がゆうべピストルで射たれたということだけど？」とミス・マープルは訊いた。

「まあ、あのイタリア人が？」とチェリーはせきこんで訊きかえした。

「そうなのよ。ジュゼッペという名前だったと思うけど」

「その話はまだ聞いていませんでしたわ」とチェリーは答えた。「ラッドさんの女秘書が昨日心臓麻痺を起こしたという話は聞いていますけど。もう死んだという人もありますわ——でも、それはただの噂だけではないかと思うんですけど。その執事のことは誰からお聞きになったのですか？」

「ナイトさんが帰ってきて話してくれたのよ」

「今朝はわたしは一人も話相手に逢わなかったからですわ、ここへ来るまでは」とチェリーは言った。「きっとそのニュースはひろがりかかったばかりなのでしょう。その男は殺《や》られたのですか？」

「どうもそうらしいのよ」とミス・マープルは答えた。「間違った噂かどうか、わたしは全然知らないのだけれど」

「ここはすぐに噂のつたわる所ですわね」とチェリーは言った。ついで考え顔になり、ひとりごとのように、つけくわえた。「グラディスはあの男に会いに行ったのかしら？」

「グラディスというと？」

「わたしの友だちみたいなひとなんですよ。二、三軒さきに住んでいましてね。撮影所の食堂に勤めているんです」

「そのひとがジュゼッペのことをあなたに話したの？」

「ええ、なんだかへんだと思えることがあったので、そのことであの男に意見をきいてみるつもりだと言っていました。ところがね、わたしに言わせると、それはただの口実なのですよ——グラディスは少々あの男にまいっているからですわ。そりゃ、美男子だし、イタリア人って独特なところがあるでしょう——ですから、あの男には気をつけたほうがいいと言ってやったのですけれどね。イタリア人ときたら、しまつがわるいんですもの」

「あの男はね、昨日ロンドンへ行って、夜になってから帰ってきたらしいのよ」ミス・マープルは言った。

「すると、あの男がでかける前にグラディスは会えたのかしら？」

「そのひとはなぜ会いに行きたがったりしたの、チェリー？」

「ただね、そのへんだと思えたことを話すためだけですわ」とチェリーは答えた。ミス・マープルもその〝へんだ〟という言葉を、近所のグラディスぐらいの年頃の女たちが使っている意味で、理解することができた。

「グラディスもあのパーティの時に手伝いに行ってたんですよ」とチェリーは説明した。

「あの記念祭の日に。ほら、バドコックさんがやられた日ですわ」

「それで？」とミス・マープルはいつになく活気づいた顔つきになっていて、ネズミの出入りする穴を見つめているフォックス・テリヤみたいだった。

「そのときに、なんだかへんだと思えるようなことを見たのですって」

「なぜ警察にそのことをしらせてやらなかったのかしら？」

「そりゃ、ほんとうはなんの意味もないことだと思ってたからですわ」とチェリーは説明した。「それにしても、ジュゼッペさんに相談してみようという気になったのでしょうよ」

「そのひとがあの日に見たというのは、どういうことだったの？」

「正直に言いますとね」とチェリーは言った。「わたしは、その話を聞いたときに、そんなばかげたことと思いましたよ。グラディスがわたしをごまかそうとしているんじゃないかと——ほんとうは何か別のことでジュゼッペさんに逢いに行こうとしているくせにねえ」

「そのひとなんと言ったの」ミス・マープルは辛抱強く追及した。

チェリーは眉をしかめた。「バドコックさんのことや、カクテルのことを話していたときでしたわ。グラディスはね、あのときすぐそばにいたんですって。あのひとは自分であういうことをしたなんて、言うんですよ」

「何を自分でしたのよ？」

「カクテルをすっかり自分のドレスにぶちまけて、ドレスをだいなしにした、なんて」

「不器用だから、という意味なの？」

「いいえ、不器用なせいじゃないんですよ。グラディスの話だと、わざとした――知ってて、てした、という話ですわ。だからですの、そんなこと、どう考えてみても、つじつまが合わないとわたしが言ったのは」

ミス・マープルもわけがわからなそうに頭を振った。

「そうねえ――たしかにつじつまが合わないわねえ」

「おまけに、バドコックさんは新調のドレスを着ていたのですよ」とチェリーは言った。「その話が出たのも、そのことからですの。グラディスがね、あのドレスを売ってくれはしないだろうかなどと言いだしたのですよ。クリーニングに出せば、もとどおりになるはずだからと言ってましたけれど、バドコックさんのだんなさんに売ってくれとは言い出しかねているようでしたわ。グラディスは縫いものにかけてはいい腕を持っていますし、あのドレスはきれいな生地だったのですって。藤色の人造タフタですの。カクテルでよごれた部分はだめになっているとしても、ときほごせば、半分だけでもスカートになると言っていましたわ」

ミス・マープルもちょっとそのドレスの縫い直しの問題を考えてみていたが、やがて、そんな問題は頭から追い出した。

「それはそうと、そのグラディスというひとは何か隠しているのかもしれないと、さっき言ったわねえ?」

「それは、ちょっとそんな気がしただけですわ、グラディスが見たのはそのことだけとは思えないんですもの——バドコックさんがわざと自分のドレスにカクテルをかけたなんて——それだけのことなら、なにもジュゼッペさんに意見をきくことはないではありませんか」

「それはそうね」とミス・マープルも言って、溜め息をついた。「でもね、わけのわからないことというものは興味があるわね。わけがわからないとすると、間違った方角から眺めていることになるわけなのだから。もちろん、問題の全容がつかめていない場合はべつだけれど。たぶん今度の場合もそうだと思うわ」彼女はまた溜め息をついた。

「そのひとがすぐに警察へ行かなかったために、とんだことになったのねえ」

ドアが開いて、ナイトが、おいしそうな薄黄色い泡のたっている背の高いコップを持って、バタバタとはいってきた。「さあできましたよ、おいしいご馳走が、わたしたちはこれをいただきましょうねえ」

彼女は小さなテーブルを前へ押し出し、主人のそばへ据えつけた。ついで、チェリーのほうをちらりと見やり、冷やかな口調でこう言った。

「掃除機がホールのぐあいの悪いところに置きっぱなしですよ。わたしはもうすこしでけつまずくところだったわ。あれでは誰かが怪我をしないともかぎりませんよ」

「ああ、そうだわ」とチェリーは言った。「わたしも仕事を片づけなきゃ」

彼女は部屋を出ていった。

「困ったひとですから、あのひとは！」とナイトは言った。「いちいち注意しなきゃいけないんですから。どこにでも掃除機をほったらかすし、おばあちゃんが静かにしてもらいたがっていらっしゃるときに、お喋りにはいってきたりするし」

「わたしが呼んだのよ」とミス・マープルは言った。「ちょっと話したいことがあったものだから」

「それだったら、ベッドのととのえ方を注意してやってくださるとよろしかったのに」とナイトは言った。「ゆうべなんかも、わたしはおふとんの用意をしに降りていって、呆れかえりましたわ。すっかりやり直さなきゃならなかったのですから」

「そう、それはどうもありがとう」とミス・マープルは言った。

「わたしはお役にたつことならなんでも致しますわ。そのためにおいていただいているんですもの。わたしたちの知っている、あるお方を、できるだけ暮らしよく、愉しくしておあげするためにねえ」ついでナイトは話を変えた。「おや、まあ、ずいぶん編物をおときになりましたのねえ」

ミス・マープルは椅子によりかかり、眼を閉じた。「わたしはこれからひと休みしようと思うのよ。そのコップはここへおいといてね――ありがとう。それからね、一時間ばかり邪魔をしないでおくれね」

「ハイ、ハイ、承知しました。チェリーにも静かにするようにいっておきますわ」

ナイトはいきごんでバタバタと部屋を出ていった。

2

顔だちのいいアメリカ青年が当惑した様子でちらりとあたりを見まわした。

新住宅地の錯綜した道にとまどわされたのだった。

あたりに見える人間といえば、白髪の、桃色の頬をした老婦人一人だけだったので、彼はその老婦人に話しかけた。

「失礼ですが、ブレンハイム・クローズへはどう行ったらいいか、教えていただけませんでしょうか?」

老婦人はちょっとのあいだ彼を見守っていた。青年は、このひとは耳が聞こえないのかもしれないという気がしてきたので、もう一度声を高めて訊き直そうとしたときに、やっと彼女は口を開いた。

「この通りを右へ行き、ついで左へ曲がり、二つ目の角をもう一度曲がって、真っ直ぐに行けばいいのですわ。おさがしになっているのは何号ですの?」

「十六号です」彼は小さな紙きれを見直した。「グラディス・ディクスンという人なのですが」

「それなら、そこですわ」老婦人は言った。「でも、その子なら、ヘリングフォース撮影所に勤めているはずですよ。食堂にねえ。そちらへいらしたほうがお逢いになれましょう」

「今朝は出勤していないんですよ」と青年は言った。「ゴシントン・ホールまで来てもらいたいと思って、さがしにきたわけなのです。今日は人手がたりなくて困っているものですからね」

「そうでしょうね」と老婦人は言った。「昨日、執事がピストルで射たれたそうですわねえ?」

青年はこの返事にちょっとたじろがされた。

「このあたりではずいぶんはやく噂が伝わるらしいですね」と彼は言った。

「そうなのですよ」と老婦人は答えた。「ラッドさんの秘書をしているひとも昨日何かの発作をおこしたというはなしですねえ」彼女は頭を振った。「恐ろしいことですわ。なんという恐ろしいことでしょう。この世の中もどうなることやら?」

第二十章

1

同じ日のすこしあとで、もう一人の訪問者がブレンハイム・クローズ十六号の家へやってきた。部長刑事ウィリアム（トム）・ティドラーだった。

彼が黄色く塗ってあるしゃれたドアを軽くノックすると、十五歳くらいの少女がドアを開けた。長い金髪をろくにときつけもしないでたらし、ぴったりした黒のスラックスにオレンジ色のセーターという姿だった。

「グラディス・ディクスンさんはこちらにお住いですか？」

「グラディスにご用でしたの？　お気の毒さま。いませんわ」

「どこへいらしったのですか？　夕方の散歩にでも？」

「いいえ。遠くへ行ったのよ。ちょっとした休暇旅行なの」

「どこへね？」

「それはなぞよ」と少女は答えた。

トム・ティドラーはとっときの愛嬌のよさを発揮してほほえみかけた。「中へはいらせてもらってもいいかな？　お母さんはおるすなの？」

「勤めに行ってるわ。七時半にならないと帰らないのよ。でも、お母さんがいたってわたし以上のことは知らないわよ。グラディスは休暇で出かけたんだもの」

「そうなの。いつ？」

「今朝よ。急に飛び立つみたいに。ただで旅行ができることになったのだと言ってたわ」

「もしよかったら、行先きを教えてもらえないかな？」

金髪の少女は首を振った。「わたしも行先きは知らないのよ。滞在する場所がきまったらしらせると言って出かけたんだもの。でも、グラディスの言うことは、あてにならないのよ」と彼女はつけ加えた。「去年の夏はニューキーへ行ったけど、葉書一枚よこさなかったんだもの。その点では、グラディスはいつもだらしがないのよ。それに、母親たちはなぜしじゅう心配ばかりするのかわからないと、文句を言っているくらいだから」

「誰かに休暇旅行をおごられたというわけなの？」

「そうにちがいないのよ」と少女は答えた。「いまのところお金にこまってたはずなんだもの。先週買物もしたし」

「今度の旅行をおごってくれた――つまり、その、旅費をはらってくれた人間のことは、あんたにも見当がつかないかな？」

金髪の少女は急にけしきばんだ。

「へんな推測しないでよ。うちのグラディスはそんな女じゃないんだから。そりゃ、夏の休暇にはボーイフレンドと同じ所へ遊びに行くことはあるわよ。だけど、そんなこと、いけないことでもないじゃないの。ちゃんと自分でお金をはらうんだから。へんな推測なんかしないでちょうだい」

ティドラーは、べつにへんな推測なんかしているわけではないと答え、グラディス・ディクスンから葉書でもきたら教えてもらえないだろうかとたのんだ。

彼はいろんな聞きこみの結果を携えて署へ帰ってきた。撮影所では、その日グラディス・ディクスンが一週間休ませてもらうと、電話でとどけてきていることが判った。彼はそのほかの情報もさぐり出してきていた。

「撮影所では近頃騒ぎがたえないらしいですよ」と彼は報告した。「マリーナ・グレッグはたいていいつもヒステリー状態だそうです。自分のコーヒーに毒が入っていた、にがい味がした、などと言いだすしまつでね。ひどいノイローゼにおちいっているらしいんです。亭主がそのコーヒーを流しに棄て、そんなに騒ぎたてるなと言って聞かせたそうですがね」

「それで？」とクラドックは訊いた。まだその話の続きがありそうな気がしたからだった。

「ところがね、ラッド氏はそのコーヒーを全部棄ててしまったわけではないという噂もあるんです。いくらか残していて、分析したみたところ、実際に毒が入っていたというう」

「それは、ありそうにもないことのように思えるがなあ」とクラドックは言った。「とにかく、あの男に訊いてみる必要はありそうだ」

2

ジェースン・ラッドは神経質になり、苛だっていた。

「あなたはそうおっしゃるけどね、クラドック警部さん、ぼくはただ自分のしていい権利のあることをやっていただけじゃありませんか」と彼は言った。「しかし、そのコーヒーがへんだという疑惑を持たれたのなら、われわれのほうへまわしてくださると、都合がよかったのですがね」

「正直なところ、ぼくはへんだなどとは一瞬も思いませんでしたよ」

「げんに奥さんが奇妙な味がしたとおっしゃってもですか？」

「そんなことなんか！」ラッドの顔にはどこか悲しそうな微笑が浮かんだ。「あの記念祭の日以来、家内は、何を食べても、何を飲んでも、奇妙な味がすると言いだすしまつですからね。おまけに、脅迫状はくるし――」

「その後も来ているのですか？」

「あれから二通。一通はそこの窓から投げこまれていました。もう一通は郵便受けにいれてあったのです。ごらんになりたければ、ここにありますよ」

クラドックは見せてもらった。どちらも最初の脅迫状と同じようにタイプでうってあった。

もう長くはないぞ。覚悟はいいか。

もう一通には、頭蓋骨と十字に組合わせた骸骨がざっと描いてあって、その下に次のような文句が書いてあった。

マリーナ、これはお前だぞ。


クラドックの眉がつり上がった。

「いやに子供っぽい」と彼は言った。

「危険性を割り引して考えていいという意味ですか？」

「とんでもない」とクラドックは答えた。「殺人犯人はたいてい子供っぽい頭の持ち主ですよ。ラッドさん、こういうものを送ってくる人間については、ほんとうに心当たりがないのですか？」

「ありませんね」とジェースンは答えた。「ぼくには、これは薄気味のわるい冗談ぐらいな意味しかないような気がしてならないのですよ。どうもこれは――」彼は言いよどんだ。

「ラッドさん、言ってみてください」

「どうもこの地方の人間のしわざのような気がするんです——記念祭の日の毒殺事件に刺戟されてやったことのような。たぶん犯人は俳優という職業に恨みをもっている人間でしょう。ひどく辺鄙な田舎では、演技が悪魔の武器の一つのようにみなされていますからね」

「つまり、グレッグさんの身には実際上の脅威はないと、考えておられるわけですか？　そうだとすると、今度のコーヒー事件はどうなのです？」

「警察はなぜそんなことまで聞き出さなきゃならないのか、ぼくにはがてんがいきませんよ」とジェースンは多少迷惑そうに言った。

クラドックは首を振った。

「どんなことでも噂にのぼるものです。おそかれ早かれわれわれの耳にもはいりますよ。それにしても、われわれに知らせてくださるべきでしたよ。分析の結果が判明したときにすら、われわれには知らせようとなさらなかったではありませんか」

「そう、しませんでした」とジェースンは言った。「ぼくにはほかにも考えなきゃならないことがあったからですよ。エラの死もその一つでした。ついでまたジュゼッペの事件が起きた。クラドック警部さん、いつになったら、家内をここから連れ出させてもらえるのですか？　家内は半狂乱なのですよ」

「それはわたしにもわかっているのです。ですが、検死審問にも出廷してもらわねばなりませんから」

「家内の生命が依然として危険にさらされていることをわかっておられるのですか？」

「そういうことはないと思います。あらゆる警戒処置をとることになるでしょう――」

「あらゆる警戒処置ですって！　その言葉は前にも聞かされたような気がしますがね……クラドックさん、ぼくはぜひとも家内をここから連れ出さなきゃなりません。そうするしかないいのです」

3

マリーナは自分の寝室の長椅子に横になり、眼を閉じていた。緊張と疲労のために顔色も蒼ざめていた。ジェースンは一瞬そのそばに立って、彼女を見まもった。

「いま来ていたのはクラドックという男だったの？」

「そうだ」

「なんの用事で来たの？　エラのことで？」

「エラのことだ――それからジュゼッペのことで」

マリーナは眉をしかめた。

「ジュゼッペのこと？　警察ではあの男を射った犯人を見つけだしたの？」

「いや、まだだ」

「すべてが悪夢みたいだわ……あのひとは、このうちを立ち去ってもいいと言って？」

「あの男のはなしでは――まだいけないそうだ」

「なぜいけないの？　こんな所にはいられないじゃないの。あの男にわからせてやらなかったの？　来る日も来る日も、何者かがわたしを殺しにくるのを待ち続けるなんて、たまったものではないわ」

「あらゆる警戒処置をとってくれるそうだよ」

「警察は前にもそんなことを言ってたじゃないの。そのくせ、エラが殺されるのを防げて？　ジュゼッペの場合だって？　あなたにはわからないの？　結局はわたしも殺されるのだわ……撮影所でのあの日にだって、わたしのコーヒーには何かが入っていたわ。それはたしかよ……あなたがあれを棄てたりさえしていなかったら！　残していたら、分析とかなんとかいうことがしてもらえたのに。わたしたちにも確実なことがわかったはずだし……」

「確実なことがわかったら、きみは幸福な気持ちになれたろうか？」

彼女は瞳孔の拡大した眼で彼を見つめた。

「それ、どういう意味なの？　何者かがわたしを毒殺しようとしていると知ったら、警察だってわたしたちをこの家に残しておいたりはしないわよ。どこかへ行かせてくれるにきまってるじゃないの」

「そうとはかぎらないよ」

「だって、わたしはもうこんな所には耐えられないわ！　ぜったいに……ぜったいによ……ジェースン、わたしを助けてよ。なんとかしてよ。わたしはおびえてるのよ……死にそうなほどおびえてるのよ。しかも、わたしには相手が誰なのかもわからないときているのだから……誰もが犯人かもしれないのだわ——誰もが。撮影所の人間も……この家の人間も。誰かがわたしを憎んでいるんだわ——だけど、なぜなのよ？……なぜなのよ？……誰かがわたしの死ぬのを望んでいる……でも、誰なのよ？……誰なのよ？　わたしはね、きっとそうだと思ったの——エラのしわざだと。ところが今度は——」

「エラのしわざだと思ったって！」ジェースンは呆れたような声を出した。「いったいどういうわけで？」

「わたしを憎んでいたからよ——そうよ、憎んでいたわ。男のひとって、そういうことには気がつかないの？　エラは気が狂うほどあなたを愛していたわ。あなただって多少は感づいていたはずよ。でも、エラであるはずはないわね、あの子も死んだのだから。ねえ、ジンクス、ジンクス——わたしを助けてよ——ここから連れだして——どこか安全なところへ……安全なところへ……連れていってよ」

　彼女は跳ね起き、手をよじりながら、足ばやに部屋の中を行ったり来たりしだした。その狂わしいほどの苦悩に満ちた動作に、監督としてのジェースンは感嘆のおもいにかられた。これはおぼえておく必要がある、と彼は思った。そうだ、ヘッダ・ガブラー（イプセンの戯曲の女主人公）に向いていそうだ。とたんに、一種のショックとともに、彼は自分の見まもっているのが自分の妻なのだと気がついた。

　彼はそばへよっていって、彼女を抱いた。

「大丈夫だよ、マリーナ——心配しないでね。ぼくがまもっていてあげるから」

「このいやな家から逃げ出さなきゃいけないわ——すぐに。わたしはこの家が大きらいよ——大きらいだわ」

「まあ、よくお聞き。すぐには逃げ出せないのだよ」

「なぜなの？　なぜなのよ？」

「それはね、死にはいろんな複雑な問題がからんでくるし……ほかにも考慮しなきゃならないことがあるからなのだ。逃げ出してみたって、なんの役にもたたないだろうしねえ」とジェースンは言った。

「そんなことはないわよ。わたしを憎んでいる人間から遠ざかれるわけだから」

「かりにそれほどきみを憎んでいる人間がいるとすると、そういう人間なら、わけなくきみを追っかけてくるよ」

「それだと――それだと、わたしは絶対にのがれられないというわけなの？　二度と安全なくらしは望めないの？」

「かわいそうに――そう心配することはないのだよ。ぼくがまもっていてあげるからね。ぼくが安全なようにしてあげるからね」

彼女は彼にしがみついた。

「ほんとう、ジンクス？　わたしに何事も起きないようにまもってくれる？」

彼女は彼にもたれかかり、彼は抱きあげてそっと長椅子に横たわらせてやった。

「わたしってなんて臆病者なのでしょう」と彼女はつぶやいた。「臆病者だわ……相手が何者なのか――なぜなのか、わかってさえいたら……わたしの薬をとってくれない――その黄色いのを――茶色のではなくて。何か気持ちを鎮めてくれるものでも飲まなきゃ」

「マリーナ、たのむから飲み過ぎないようにしておくれね」

「わかってるわ――わかってるのよ……ときにはもう全然きかないこともあるのよ……」彼女は彼の顔を見上げた。

やさしい、とろけるような微笑を浮かべた。

「ジンクス、わたしをまもっていてくれるわね？」

「いつまでも」とジェースンは言った。「地獄へ落ちても」

彼女の眼が大きく見開かれた。

「なんだか――奇妙だったわ、あなたのそう言ったときの顔つき」

「そうだったかね？　どんな顔つきをしていたね？」

「なんとも説明できないわ。まるで――道化師が、ほかの者の眼には映らない、何かたまらなく悲しいことを、あざ笑っているような……」

第二十一章

1

つぎの日、ミス・マープルに会いに来たときのクラドック警部は疲れきり、元気がなかった。

「まあ腰でもおろして、らくになさいよ」と彼女は言った。「ずいぶん苦労したらしいことが見てとれるわ」

「なんといっても敗北させられるのはいやですからね」とクラドック警部は言った。「二十四時間のうちに二つも殺人事件が起きたのだから。要するに、自分で思っていたほどには才能がないということなのでしょうが。ジェーンおばさん、おいしいお茶とバタつきパンでもご馳走して、セント・メアリ・ミードのむかし話でもして、わたしを慰めてくださいよ」

ミス・マープルは同情のおもいをこめて舌を鳴らした。

「そんなよわねを吐くのはおよしなさい。それからね、紅茶にトーストなんて、あなたのほしがっているものではないはずよ。失望を味わわされたときには、殿方《とのがた》はもっと強い飲み物をほしがるものだわ」

いつものようにミス・マープルは、まるで異人種のことでも言うように、殿方《とのがた》という言葉を使った。

「わたしなら、強いウイスキーにソーダ水をすすめるわ」と彼女は言った。

「ほんとうですか、おばさん？　わたしだっていやだとは言いませんよ」

「それでは、わたしが持ってきてあげるわ」と彼女は言って立ち上がりかかった。

「そんなことまでしてくださらなくても。わたしがとってきますよ。でなきゃ、あのなんとかいうばあさんに頼みましょうか？」

「ナイトに何かとくちばしをいれられるのがいやだからなのよ」とミス・マープルは言った。「あと二十分はお茶を持って入ってくるようなこともないから、多少は落ち着いて話せるわ。あなたが玄関を通らないで、窓からはいってきたのは利口だったわね。おかげで、しばらくは二人だけで静かにすごせるというものよ」

彼女は隅の食器戸棚のほうへ行って、戸棚を開け、ウイスキー瓶や、ソーダ水や、グラスを取り出した。

「おばさんのところはまるでびっくり箱ですね」とダーモット・クラドックは言った。「そんな物が隅の戸棚にしまってあろうとは、夢にも思いませんでしたよ。まさかおばさんは人に隠れてちびちびやっているんじゃありますまいねえ？」

「何を言うのよ」とミス・マープルはたしなめた。「わたしは禁酒論者だったことなんかありませんよ。つねに強いお酒を手近に備えておくと、ショックをうけたり事故が起きた場合に便利なのよ。そういうときには、何より役に立ってくれるから。それからね、殿方《とのがた》の突然の訪問をうけたときにだって。さあ、どうぞ」ミス・マープルはどことなく得意そうな様子で彼女の特効薬なるものをわたした。「これでもうあなたも冗談をとばしたりする必要はないのよ。そこに落ち着いて、くつろぎなさいね」

「おばさんの若い頃には、すばらしい奥さんたちがいたに違いありませんね」とダーモットは言った。

「あなたの言っているような若い女性が今いても、配偶者としては欠点だらけだという気がするにきまっているわ。あのころの若い女性は知性をみがくことを奨励されていなかったし、大学を出た者や学問の上ですぐれた者は、非常に少なかったのだから」

「学問なんかよりも望ましいものもありますよ」とダーモットは言った。「男性がソーダ・ウイスキーを飲みたがっているときには、それとわかって出してくれるのも、その一つですよ」

ミス・マープルは愛情をこめてほほえみかけた。

「さあ、何もかも話してごらんなさい、でなきゃ、わたしに話していいことだけでも」

「おそらくおばさんはわたしの知っている程度のことはご存じだろうと思いますがね。おまけに、何かとっときの考えを用意していらっしゃりそうですよ。おばさんの大好きなひと、親愛なるミス・ナイトはいかがでしょう？　あのひとが犯人だったという考え方は？」

「なんだってナイトがそんなことをしたりするの？」とミス・マープルは驚いて訊き返した。

「もっとも犯人らしくない人物だからですよ」とダーモットは言った。「おばさんが解答を提出されるときには、たいていそういう結果になるようですからね」

「それは全然違うわ」とミス・マープルは力をこめて言った。「今までにも何度も言っているじゃないの――あなたにだけではないけれど――たいていの場合、犯人らしい人間が実際にも犯人だと。たいてい妻なり夫なりを頭に浮かべるものだけれど、げんに妻なり夫なりが犯人の場合が多いんだから」

「つまり、ジェースン・ラッドだというわけですか?」彼は首を振った。「あの男はマリーナ・グレッグを心から愛していますよ」

「わたしは一般論を述べていたのよ」とミス・マープルは威厳をもって答えた。「最初に明らかだったのは、ミセス・バドコックが殺害されたということだったわね、そこで、わたしたちはそういう犯行をおかしそうな者は誰かと自問し、最初の解答は当然夫に相違ないということになったのよ。だからその可能性を検討しなければならなかった。ついで、わたしたちは犯行の真の目標はマリーナ・グレッグだったと判断し、その夫からはじめて、マリーナとちかしい関係の人間を調べてみることになったわけだわ。なぜかというと、夫が妻を片づけたがっている場合が非常に多いことは疑問の余地がないからよ。そりゃ、ときには、妻を片づけたがっているだけで、実行に移さない場合もあるけれどね、それにしても、ジェースン・ラッドが心からマリーナ・グレッグを愛していることは、わたしも認めるわ。あれはたくみな演技かもしれないけれど、わたしにはそうは信じられないのよ。それに、あのひとの場合には全然動機が見あたらないわ。かりにあのひとが誰かほかの女性と結婚したがっていたとしても、そんなことは簡単にできたはずだものねえ。映画スターには離婚が第二の天性だといってもさしつかえないくらいなのだから。現実上の利益の問題も起きていないように思えるわ。あのひとは貧乏人ではないのだから。自分の仕事も持っているし、しかもその道で成功しているらしいじゃないの。そこで、さらに範囲をひろげなきゃならないことになるわね。ところが、たしかにそれがむずかしいわ。そうよ、すこぶるむずかしいわ」

「そりゃおばさんにはとくに困難でしょうね」とクラドックは言った。「映画界なんてものには全然なじみがないでしょうし、あの世界特有のスキャンダルや対抗意識などもご存じないでしょうから」

「あなたの想像しているほど知らないわけでもないのよ」とミス・マープルは言った。「《映画界うちあけ話》、《映画生活》、《映画界情報》、《映画の友》などのいろんな号をすみずみまで研究してみたのだもの」

ダーモットはふき出した。笑い出さずにはおれなかったのだ。「おばさんがしかつめらしい顔をして、自分はこれこれの文学研究をしてきたなどと話されるものだから、ついふき出してしまいますよ」

「とてもおもしろかったわ」とミス・マープルは言った。「そりゃね、わたしに言わせてもらえば、うまく書けているとは言えないわ。けれども、失望させられたのは、こういう雑誌はわたしの若い頃のものとそっくり同じだという点だったのよ。《現代生活》だとか、《こぼれ話》といった雑誌とねえ。もりだくさんな噂話やスキャンダル。誰が誰と恋愛しているといったようなことばかりに熱中した編集ぶり。まったくセント・メアリ・ミードの人たちのやっていることとそっくり同じだと言っていいわ。新住宅地の人たちだって同様だし、人間の性質というものは、どこでだって同じなのね。そこで、一度失敗しても、もとへもどすとして、マリーナ・グレッグを殺害したいと望んでいそうな人間、一度失敗しても、脅迫状をよこしたり、何度も殺害を企てたりするほど、マリーナを憎んでいそうな人間は誰か、という問題だけど、その犯人は恐らく少々ここが——」彼女はちょっと自分の額を叩いた。

「たしかにそう思えますね」とクラドックも言った。「もちろん、そう言った欠陥は表面に現われるとはかぎっていませんが」

「それはそうよ」とミス・マープルは熱心にあいづちをうった。「パイク夫人の二番目の息子のアルフレッドもね、外見は健全な頭の普通の人間みたいだったのよ。こういう言いかたわかるかどうか知らないけど、苦痛なほど散文的な男だったのに、実際はすこぶる変態的な心理の持ち主だったらしいのよ。実際に危険性をおびているほどのねえ。パイクさんの話だと、フェアウェイズ精神病院にいれられてからは、満足して幸福そうに暮らしているそうよ。病院の人たちはそういう人間を理解しているし、医師たちも非常に興味のある症例だと言っているそうだわ。もちろんアルフレッドにはそれが嬉しいのね。すべてが好都合にいったわけだわ。それでも、母親は、一、二度危ないめにあったらしいんだけど」

クラドックは、マリーナ・グレッグの取り巻きのうちに、ミセス・パイクの次男と似通った人間がいるかどうか考えてみた。

「あのイタリア人の執事、例の殺害されたという男のことだけど」とミス・マープルは言葉をついだ。「あの男はあの日にロンドンへ行っていたそうねえ。あの男のロンドンでの行動はわかっているの――わたしに話してもよければ、のことだけれど」と彼女は遠慮してつけ加えた。

「あの男は午前十一時半にロンドンに着いています」とクラドックは答えた。「それからロンドンで何をしたかは、知っている者がいないのですが、二時十五分前には、いつもの銀行へ姿を現わし、現金で五百ポンド預金しています。病気しているか何かのことで困っている親戚の者を訪ねるために、ロンドンへ行くと言っていたわけですが、その口実の裏づけになる事実は全然ないと言ってよろしい。親戚の者も一人としてあの男には会っていません」

ミス・マープルは感謝の意をこめてうなずいた。

「五百ポンドもねえ。たしかにそれは興味のある金額だわ。それは、非常に多額なお金の、最初の払いこみ分だと想像していいんじゃないかしら？」

「そのようですね」とクラドックも言った。

「たぶんあの男に恐喝された人間は、即座には、それだけしかお金がかき集められなかったのだと思うわ。あの男は、それで満足したようにみせかけたか、それとも、手付け金としてそのお金を受け取り、相手も近い将来に残額を支払うと約束したのかもしれないわね。これで、マリーナ・グレッグ殺害未遂犯人は、私的な復讐心にもえた貧しい環境の人間かもしれないという推定は、消滅したことになりそうね。それから、撮影所の手伝いや下働きやメイドや庭師などの仕事に従事している人間だという推定も、消滅したことになると思うわ。ただし――」とミス・マープルは指摘した。「実際に手をくだしたのは、そういう階級の者で、その人間を雇った当人は、その近くにはいなかったのかもしれないわね。だからこそ、あの男はロンドンへ行ったのかもしれないわ」

「そのとおり。ロンドンにはアードウィック・フェンもローラ・ブルースターも、マーゴット・ベンスもいます。三人ともあのパーティに出席してもいました。三人とも、十一時から二時十五分前までの時間に、ロンドンのどこか約束した場所で、ジュゼッペとおちあうこともできたはずです。アードウィック・フェンは、その時間頃事務所を留守にしていましたし、ローラ・ブルースターも買物に行っており、マーゴット・ベンスも自分のスタジオにはいませんでした。ところで――」

「なんなの？」とミス・マープルは言った。「何かわたしに伝えることでもありそうね？」

「おばさんは子供のことをお訊きになりましたね」とダーモットは言った。「マリーナ・グレッグが、自分には実子が持てそうにないと思っていた頃に、養子にもらった子供のことですよ」

「たしかに訊いたわ」

クラドックは自分のさぐり出した事実を話して聞かせた。

「マーゴット・ベンスがねえ」とミス・マープルは声をおとして言った。「わたしはこの事件にはどこかで子供が関係していそうな気がしていたのよ……」

「わたしには信じられないほどですよ。あれだけ年月がたっても――」

「そりゃ、信じかねるようなことにはちがいないわね。でもね、あなたは子供というものをよく知らないんじゃないの？　自分の子供時代のことをふりかえってみてごらんよ。何かちょっとした出来事に、その実際の重要さとは全然不釣合なほどの、悲しみや強烈な感情をひき起こされたことが思い出せはしない？　その後に味わわされたものとは比べものにならないほどの悲しみや烈しい憤りを。あのすばらしい作家リチャード・ヒューズ氏（特に子供の心理を描くことにたくみな現代イギリス作家）の書いたものに、いい作品があったわ。題名は忘れたけれど、ハリケーンを経験した子供たちのことを書いたものだったの。ああそうそう――ジャマイカでのハリケーンだったわ。子供たちに鮮明な印象を残したのは、家の中を狂ったように駆けぬけていった猫のことだったのよ。それが子供たちのおぼえているただ一つのことだったの。けれども、子供たちの味わった恐怖や興奮や不安のすべてが、その一つの出来事に結びつけられているのよ」

「おばさんがそういうことを言い出されるとは奇妙ですね」とクラドックはしんみりとした声で言った。

「あなたも何か想い出させられたのね？」

「母が亡くなったときのことが頭にうかんできたのですよ。あのとき、わたしは五つだったと思います。五つか六つでした。子供部屋でジャム入りプディングをたべていたときでした。わたしはあれが大好きだったのです。すると、メイドがはいってきて、乳母にこう言いました。『たいへんよ。奥さんが事故で亡くなられたのよ』……母の死を想い出すたびに、わたしの眼の前に浮かぶのは何だと思います？」

「何なの？」

「ジャム入りプディングのお皿と、それを見つめている自分のすがたですよ。見つめていたせいか、その片側からジャムがにじみでていたのが、今でもありありと眼の前に浮かぶんですよ。わたしは泣きもしなかったし、ひとことも口をききもしませんでした。ただ凍りついたように座りこんで、そのプディングを見つめていたことをおぼえています。今でもね、店や、レストランや、誰かの家で、ジャム入りのプディングを目にすると、恐怖とみじめさと絶望感が波のようにおおいかぶさってくるんですよ。ときには、一瞬は、その理由が思い出せないこともあります。どうかしているとお思いになるでしょうけど」

「そんなことはないわ」とミス・マープルは言った。「きわめて自然なことのように思えるわ。非常に興味のあることでもあるし。それで、ふと頭に浮かんだのだけれど……」

2

ドアが開いて、ナイトがおやつのお盆を持って姿をあらわした。

「まあ、知りませんでしたわ」と、彼女はとんきょうな声をあげた。「お客さまがみえていたのですね。よかったですわね。お元気ですか、クラドック警部さん？　もう一つ紅茶のカップを持ってまいりますわね」

「どうかかまわないでください」とダーモットはうしろから呼びとめた。「わたしはこっちのほうを一杯やらせてもらっていますから」

ナイトはドアのかげから頭をのぞかせた。「クラドックさん、もしよろしかったら、ちょっと顔をかしていただけませんかしら」

ダーモットはホールへ出て行った。彼女は食堂にはいり、ドアを閉めた。

「気をつけてくださいね」と彼女は言った。

「気をつける？　何をですか、ナイトさん？」

「おばあちゃんのことですわ。あのかたは何にでも興味をお持ちでしょう？　ですけれどね、殺人事件だの何だの、いやなことに興奮なさったりしてはおからだに毒ですわ。考えこんで、いやな夢をみたりなさらないようにしてあげなきゃ。もうあんなお年だし、おからだも衰弱していますから、世間の風の当たらないような生活をなさらなきゃいけませんのよ。今までもそうだったのですから。殺人事件だのギャングだのの話はおからだにこたえるに違いないんですもの」

ダーモットは笑いだしそうな顔をして彼女を見つめていた。

「それはどうかなあ」と彼はおだやかに言った。「マープルさんは、あなたやわたしが殺人事件の話をしたくらいで、興奮したりショックをうけたりするようなひとではなさそうですよ。殺人事件だろうと、急死だろうと、どんな犯罪だろうと、あのひとは冷静に考えられるひとなのだから、ナイトさんも安心していていいですよ」

彼は応接間に引き返し、ナイトは憤慨してぶつぶつ言いながらついてきた。お茶のあいだじゅう、彼女は新聞の政治ニュースや想いつけるかぎりの明るい話題を主にして喋りたてた。やっと彼女がお盆をさげ、ドアを閉めると、ミス・マープルはホッと深い吐息をもらした。

「これでやっといくらか落ち着けるわね。わたしはいつか自分があの女を殺すようなことになりはしないか、心配だわ。それはそうとね、わたしは知りたいことがいくつかあるんだけれど」

「どういうことなのですか？」

「あの記念祭の日の出来事をこまかに検討してみたいのよ。バントリーさんが上がってゆき、その少しあとで牧師さんがきた。ついで、バドコック夫婦がやってき、そのときには、階段には村長夫妻、アードウィック・フェン、ローラ・ブルースター、マッチ・ベナムの《ヘラルド・アンド・アーガス》紙の記者、それから例の写真家のマーゴット

・ベンスがいた。あなたの話だと、マーゴット・ベンスは階段上にカメラを据えて、パーティの模様を写していたわけだわね。あなたはその写真のどれかを見たことがあるの?」
「じつは、おばさんにお見せしようと思って、一枚もってきているんですよ」

彼はまだ台紙をはらないままの写真をポケットから取り出した。ミス・マープルはじっと写真を見つめた。写真には、マリーナ・グレッグと、そのいくらかななめうしろよりのジェースン・ラッド、顔に手をやり、多少当惑気味な表情を浮かべたアーサー・バドコック、マリーナ・グレッグの手を握り、その顔を見上げながら喋っているバドコックの妻の姿が写っていた。マリーナは彼女のほうを見てはいなかった。その頭の上のほうへ眼をやっていて、まともにカメラを見つめているか、その少し左のほうを見つめているように思えた。

「すこぶる興味があるわ」とミス・マープルは言った。「あなたも知っているとおり、この顔の表情については、わたしも説明を聞いていたわけなのよ。凍りついたような表情だったと。たしかに、その言いかたがあてはまっているわね。自分の運命も尽きたといった表情。その点はどうかと思うけど。自分の運命への懸念よりもむしろ一種の感情の麻痺を表わしていそうだわ。あなたはそうは思わない? 恐怖もこういう表情をうかばせはするけれど、これは恐怖感ではなさそうな気がするわ。恐怖感もからだを麻痺させるかもしれないけれど、どうもこれは恐怖感ではないという気がするわ。むしろショックだと思うわ。ねえ、ダーモット、あのときヘザー・バドコックがマリーナに何を話していたのか、手帳に書きとめてあったら、それを聞かせてくれない？　もちろんわたしもだいたいのことは知っているけれど、できるだけ、実際に使われた言葉どおりに言ってみてほしいのよ。あなたはいろんな人から話を聞いているはずだから」

　ダーモットはうなずいた。

「ええ、聞いてはいます。最初は、おばさんの友だちのバントリー夫人、つぎはジェースン・ラッド、そのつぎがアーサー・バドコックだったと思います。それぞれ言い方が少しずつ違ってはいましたが、だいたいの内容は同じでしたよ」

「それはそうだろうけど、わたしの知りたいのは、その言い方の違いなのよ。それがわたしたちの役に立ってくれそうな気がするわ」

「なぜ役に立つのか、わたしにはわからないが、おばさんにはわかっているのでしょうからね。おばさんの友だちのバントリー夫人が一番はっきりした言い方をしていたようです。わたしのおぼえているかぎりでは――ちょっと待ってくださいよ――いろんなことを走り書きした手帳を持ってきていますから」

彼はポケットから手帳を取り出し、記憶をあらたにするためにざっと日を通した。

「そっくり相手の言った言葉どおりではありませんが、だいたいのことは書きとめてあります。どうやらバドコックの細君は多少はめをはずすほど陽気で、自己満足を味わっていたらしいですよ。『こんなふうにしておめにかかるなんて、わたしにはどんなにすばらしいことか、言葉にも尽くせないほどですわ。もうお忘れでしょうけれど、バミューダで——わたしはあのとき水ぼうそうにかかっていたのですけれど、ベッドをぬけ出して、おめにかかりに行き、サインをしていただいたりしたのですよ。あのときのことは生涯忘れられないほどのわたしの自慢のたねなのですよ』」

「ああ、そうなの」とミス・マープルは言った。「場所のことは言っているけれど、年月日にはふれていないわね？」

「そうなのです」

「ラッドはどんなふうに言っているの？」

「ジェースン・ラッドがですか？　あの男は、ミセス・バドコックは流感にかかっていたが、起き出てマリーナに会いに行ったことや、そのとき書いてもらったサインをいまだに持っているということを、妻に話したと言っています。おばさんの友だちよりも説明は短いが、要点は同じでした」

「場所や年月日のことも口にしていて？」

「いいえ、口にしなかったように思います。だいたい十一、二年前のことだと言っただけで」

「そうなの。それからバドコックさんは？」

「バドコックの話はこんなふうでした。ヘザーはグレッグさんに会えるというのですっかり興奮していた。マリーナ・グレッグの大ファンだった。一度、娘時代に、病気をしていたが、マリーナ・グレッグに会いに行き、サインをもらったことがあると話していた。その程度のことで、バドコックは詳しい話はしませんでしたが、結婚する前のことだからでしょう。あの男はそのときのことを大して重要視していないという印象をうけました」

「そうなの」とミス・マープルはいった。「それでいくらかわかったような……」

「何がわかったのですか？」とクラドックは訊いた。

「まだあなたに話せるほどのことではないのよ」とミス・マープルは正直に答えた。

「でもね、あのひとがなぜ自分の新調のドレスをだいなしにしたりしたのか、その理由がわかりさえしたら――」

「誰が――バドコックの細君がですか？」

「そうよ。どうもあれは奇妙なことのように――なんとも説明のつけようのないことのように思えるわ。もしかして――そうにきまってるわ――ああ、わたしはなんてばかだったのかしら？」

ナイトがドアを開け、はいってくると同時に電灯のスイッチをいれた。

「このお部屋にもいくらか明りがあったほうがいいと思いまして」彼女はほがらかそうに言った。

「そうね、あなたの言うとおりだわ」とミス・マープルは答えた。「それこそわたしたちのほしがっていたものなのよ。すこしばかりの光明。やっとわたしたちはそれを手にいれたような気がするわ」

二人だけでの話はもう不可能なように思えたので、クラドックは立ち上がった。

「あと一つだけお訊きしたいのですがね」と彼は言った。「いまおばさんの頭には、どういう過去の連想が浮かんでいるのですか？」

「そのことではみんながわたしをからかうけれどね」とミス・マープルは言った。「今ふとわたしの頭に浮かんだのは、ローリストン家の小間使のことなのよ」

「ローリストン家の小間使ですって？」クラドックは狐につままれたような顔つきになった。

「小間使だから、電話の取り次ぎをしなきゃならないわけなの」とミス・マープルは言った。「ところが、それがあまりうまくはなかったのよ。わたしの言おうとしていることがわかってもらえるかどうか知らないけれど、その小間使はだいたいの意味は聞きとりはするものの、書き取りかたがまずくて、ときにはさっぱりわけのわからないことになったものだわ。ほんとうは文法がなっていなかったからだと思うの。その結果、非常に不運な出来事も起きたわ。そのうちの一つの場合なんか、今でもわたしはおぼえているわ。バーローズというひとだったと思うけど、電話をかけてきて、垣が取り壊されかけている件について、エルヴァストン氏に逢いに行ったが、その垣の修理などは自分の関知したことではないと先方では言った。それはその所有地の外にあり、こちらに責任があるかどうかが問題だから、さらに話をすすめる前に、実際にそのとおりかどうか知りたいし、弁護士に頼む前にその土地の正確な位置を知っておくことが重要だ、という伝言だったのよ。どう、ずいぶんわかりにくい伝言じゃない？　これでは相手にわからせるよりも、混乱させるだけだわね」

「小間使とおっしゃったところをみると」ナイトはちょっと笑い声をたてた。「ずいぶん大昔のことに違いありませんわね。そんな言葉はもう何年も耳にしたことがありませんわ」

「そう、何年も前のことなのよ」とミス・マープルは言った。「けれどもね、人間の性質というものは、その当時も今と大して変わりがなかったわ。間違いもたいてい同じような理由から起きていたのよ。そう言えばね」と彼女はつけ加えた。「あの娘がボーンマスに無事でいてくれると思うと、わたしはほんとうに嬉しい気がするわ」

「あの娘というと？　どの娘のことなのですか？」とダーモットは訊いた。

「あの日ジュゼッペに逢いに行った、裁縫をしていた娘。名前はなんといったかしら？

グラディスなんとかだったと思うけど」

「グラディス・ディクスンのことですか？」

「ああ、そうだったわね」

「あの娘がボーンマスにいるんですって？　いったいどうしてそんなことを知っていらっしゃるんですか？」

「それはね、あの子をあそこへ行かせたのは、わたしだからなの」とミス・マープルは答えた。

「なんですって？」ダーモットは啞然として彼女の顔を見つめた。「おばさんが？　どういうわけで？」

「わたしが会いにいって、お金をあげ、休暇に行くように言っておいたのよ。それから、家へはたよりを出さないように、と」

「いったいどうしてそんなことをなさったのですか？」

「もちろん、あの子までが殺されるようなことになってはいけないと思ったからなのよ」とミス・マープルは答え、すました顔でクラドックに眼くばせした。

第二十二章

「コンウェー令夫人からありがたいお手紙をいただきましたのですよ」それから二日後に、ミス・マープルの朝食を運んできて、ナイトはそう言った。「あのかたのことは前にもお話ししましたでしょう。ときおりほんのちょっとここが――」彼女は自分の額を叩いた――「へんになるんですの。記憶力もなくなっておられましてね。いつも親戚のかたの顔の見わけもつかなくて、追い出したりなさるのですよ」

「それは記憶力がなくなったせいではなくて、ほんとうはずる賢いからかもしれないわよ」

「まあ、まあ、そんな意地のわるい想像をなさるなんて」とナイトは言った。「あのかたはランディドノーの、ベルグレーブ・ホテルで冬を過ごしていらっしゃるのですよ。長期滞在用のホテルとしては、それはもう、感じのいいところでしてねえ。広い芝生があって、庭もすばらしいいし、ガラス張りのテラスもあるのですよ。ぜひわたしにも来ないかと言ってくださっているんですの」彼女は溜め息をついた。

ミス・マープルはしゃんとベッドから起き上がった。

「先方で来てもらいたがっているのなら――先方でも来てもらいたがり、あなたも行きたいのだったら、どうか――」と彼女は言いかかった。

「そ、そんなこと、聞きたくもありませんよ」とナイトは慌てて言った。「そんなつもりで言ったのではありませんわ。レイモンド・ウェストさまから言われているんですもの。いつまでもここにいてもらうことになるかもしれないって。わたしは自分の義務をすっぽかすようなことをしようなどとは夢にも思っていませんわ。ただちょっと手紙がきたことを申しあげただけなのですから、心配なさらないでくださいね」

彼女はミス・マープルの肩をなでながら、さらにこうつけ加えた。

「わたしたちは見棄てたりしないようにしましょうねえ！　どんなことがあっても、そんなことだけは！　いつまでもお世話をし、愉しく暮らしましょうねえ」

彼女は部屋を出ていった。ミス・マープルは決然とした様子で座りこみ、お盆を見つめているだけで、何ひとつ手をつけようともしなかった。やがて受話器を手にとり、勢いよくダイアルをまわした。

「ヘイドック先生のお宅でしょうか？」

「こちらはジェーン・マープルですの」

「そうですが？」

「どうかなさったのですか？　診察する必要でも？」

「そうではないんです」とミス・マープルは答えた。「ですけれど、できるだけ早く来ていただきたいのですが」

ヘイドック医師がやってきたときには、ミス・マープルはまだベッドにいた。

「健康そのものの顔つきじゃありませんか？」と彼は文句を言った。

「だからこそ来ていただきたかったのですわ」ミス・マープルは言った。「すっかり元気になったことをおしらせするために」

「医者を呼ぶにしては奇妙な理由ですね」

「わたしは元気だし、健康なのですよ。それに付添いの人間を住みこませるなんて理屈に合いませんわ。掃除や何かは毎日かよいの者が来てくれているかぎりは、いつまでも付添いの者を住みこませておく必要はないと思うんですけれど」

「そりゃ、あなたのほうはそうだろうが、わたしのほうには必要がありますよ」とヘイドック医師は言った。

「あなたもだんだん年寄りのお節介やきにおなりのようですわね」とミス・マープルは

ずけずけと言った。

「悪口を言うのはよしてくださいよ！」とヘイドックは言い返した。「あなたはお年のわりには健康ですよ。気管支炎でいくらかお弱りになったが、あれは年寄りにはこたえますからね。しかし、あなたの年でひとり暮らしは冒険ですよ。夜にでも、階段を踏みはずすか、ベッドからころげ落ちるか、浴室ですべるか、してごらんなさい。誰も知らないから、倒れたままでいるしかないではありませんか」

「そんなことまで考えていたらきりがありませんわ」とミス・マープルは言った。「ナイトが階段からころげ落ち、わたしも、何ごとが起きたのかと飛び出してきて、ナイトの上にころがりかかるかもしれないではありませんか」

「わたしに文句を言ったってなんの役にもたちませんよ」と、ヘイドック医師は言った。「あなたはもうおばあさんなのだから、世話をしてくれる人間が必要です。今いるひとが気にいらないのなら、誰かほかの者を雇えばいいではありませんか」

「それがそう簡単にはゆかなくてね」とミス・マープルは言った。

「以前いたメイドでも誰かさがすんですね。あなたの好きな一緒に暮らしたことのある者を。今のばあさんにあなたがいらいらさせられるのはわたしにもわかる。わたしだってあの女にはいらいらさせられますからね。どこかに以前のメイドがいるはずですよ。

あなたの甥ごさんは今では流行作家の一人なのだから、あなたがもってこいの人間を見つければ、給料は充分に出してくれますよ」

「そりゃ、レイモンドはそういうことなら何でもしてくれますわ。お金にはけちつけない人間ですから」とミス・マープルは言った。「ですがね、もってこいの人を見つけるのが、容易ではありませんよ。若い人たちには自分の生活があるし、以前の忠実だったメイドたちは、残念ながら、たいてい亡くなっていますもの」

「とにかく、あなたはまだ亡くなってはいないのだし、からだをだいじにさえすれば、まだまだ長生きしますよ」

彼は立ち上がった。

「さて、こんな所に長居していてもしようがない。見たところ、あなたはどこにも異常はなさそうだ。あなたの血圧をはかったり、脈を見たり、いろんなことを訊いたりして時間を浪費するのはやめときましょう。あなたはこの土地の騒ぎから栄養をとっておられるんだから。前ほどには動きまわって好きなだけ鼻を突っ込むわけにはいかないにしてもね。さよなら。わたしはこれからほんとうのお医者稼業に出かけなきゃならないんです。いつもの患者のほかに、風疹にかかっているのが八、九人、百日ぜきが六人ばかりに、猩紅熱らしいのが一人いるときているんだから！」

ヘイドック医師はそそくさと出ていった――だが、ミス・マープルは眉をよせていた……あのひとのさっき言ったこと……あれはなんだったかしら……往診しなきゃならない患者のこと……いつもの村の者たちの病気……村の者たちの病気？……ミス・マープルは意欲にみちた身ぶりで朝食のお盆をいっそう遠くへ押しやった。ついで、バントリー夫人に電話をかけた。

「ドリーなの？　こちらはジェーンよ。ちょっと訊きたいことがあるのだけど。注意して聞いていてね。あなたは、クラドック警部に、ヘザー・バドコックがとりとめもない長話をマリーナに聞かせたと話したそうだけど、ほんとうなの？　水ぼうそうにかかったとか、それでも起きてマリーナに会いに行き、サインをもらったとかいったようなことを？」

「だいたいそんなはなしだったわ」

「水ぼうそうだったの？」

「そうね、たしかそういった病気よ。あのとき、オルコックさんがウォッカのことなんかをわたしに言いだすものだから、ほんとうはよく聞いてはいなかったのよ」

「百日ぜきではないことは」ミス・マープルはひと息いれた。「たしかなの？」

「百日ぜき？」バントリー夫人は呆れたような声を出した。「もちろん違うわよ。百日ぜきだったら、顔におしろいをぬったりして隠す必要はなかったはずだもの」

「なるほどねえ——それがあなたの根拠なのね——お化粧をしたということが？」

「とにかく、そのことを強調していたのだもの——ふだんはお化粧なんかするひとではなかったのだし。でも、あなたの言うとおりに、水ぼうそうではなかったような気がするわ——たぶん、ジンマシンよ」

「あなたは、自分がジンマシンにかかって結婚式に行けなかったことがあるものだから、そう言っているだけなのだわ」とミス・マープルは冷やかにつきはなした。「あなたってだめなひとね、ドリー、ほんとうにだめなひとだわ」

彼女は受話器をガタンと置き、バントリー夫人の「まあ、ジェーンたら」という意外そうな抗議の声をたち切った。

ミス・マープルは、猫がこの上もない嫌悪感を示すためにくしゃみをするように、淑女らしい困惑の声を出した。彼女の頭は自分の家庭の問題にかえった。あの忠実なフローレンスはどうだろうか？　かつての小間使のお手本のようなあのフローレンスに、自分の居心地のいい小さな家を棄てて、以前の女主人の世話をしにセント・メアリ・ミードに帰ってきてくれなどと、説得できるだろうか？　フローレンスはいつもわたしには献身的につくしてくれたものだった。だが、その忠実なフローレンスも自分の小さな家っていた。

庭に深い愛着を持っていた。ミス・マープルは当惑して頭を振った。ドアに陽気なトン、トンという音がした。ミス・マープルの、「お入り」という声とともに、チェリーが入ってきた。

「お盆をさげにまいりました」と彼女は言った。「まあ、どうかなさったのですか？心配そうなお顔に見えますが」

「わたしはね、無力感を味わわされているのよ。いかに自分が老いぼれて、無力になっているかを」とミス・マープルは答えた。

「くよくよすることはありませんわ」とチェリーはお盆を手にとりながら言った。「奥さんは無力なひとどころではないではありませんか。この村では奥さんのことをどんなにうわさしていますことか！　今では新住宅地でも奥さんのことを知らない者はないくらいですのよ。いろんなびっくりさせられるようなことをしてこられたのですもの。みんなは奥さんのことを無力な年寄りだなどとは思っていませんわ。そんな気持ちを奥さんに吹きこんだのはあの女ですよ」

「あの女というと？」

チェリーはうしろのドアのほうへ頭をぐいとしゃくった。「あの猫みたいなやつ、ミス・ナイトですよ」と彼女は言った。「あんなひとのおかげで元気を失わされたりしてはだめですよ」

「あのひとは親切なのよ」とミス・マープルは言った。「ほんとうに、親切なのよ」と彼女は自分に言い聞かせるようにもう一度繰り返した。

「だいじにしすぎると猫も死ぬ、というじゃありませんか」とチェリーは言った。「奥さんだって親切の押し売りをされるのはいやでしょう？」

「そりゃね」ミス・マープルは溜め息をついた。「人間はそれぞれ苦労を持っているものだわね」

「そうですわね」とチェリーも言った。「ぐちをお聞かせしたりしてはいけないのですけれど、これ以上ハートウェルさんの隣りに住んでいたら、いまにろくでもないことが起きそうな気がしてなりませんわ。いつもひとの陰口をきいたり、文句ばかり言う、ごうつくばあさんなのですもの。ジムもすっかりいやになっていますわ。ゆうべも大喧嘩をやったのですよ。〈救世主《メサイア》〉をちょっと音量を高くしてかけただけのことで！　〈救世主《メサイア》〉に文句を言うひとなんかありますかしら？　宗教的な音楽なのですもの」

「そのひとから文句が出たの？」

「文句どころではなかったのですよ」とチェリーは答えた。「壁をガンガン叩くし、どなるし、たいへんでしたわ」

「あなたたちもそんなに音量を高くして音楽を聞かなきゃいけないの？」とミス・マープルは訊いた。

「ジムはそうするほうが好きなんです」とチェリーは言った。「充分な音量でなければ、ほんとうの感じが味わえないと言うんですの」

「それでは、音楽のきらいな人には、少々つらいかもしれないわね」とミス・マープルは言った。

「あそこの家は半分長屋みたいな建てかたになっているからですわ」とチェリーは言った。「うすっぺらなんですよ、壁が。わたしはね、よく考えてみると、ああいう新しい家がいいとは思えなくなってきましたわ。そりゃ、きちんとしていてきれいに見えますけど、自分の個性を発揮しようとすると、みんなからさんざんどやしつけられることになるんですもの」

ミス・マープルは彼女にほほえみかけた。

「あなたには発揮する個性がうんとあるものねえ、チェリー」

「奥さんもそう思ってくださいまして？」とチェリーはうれしそうな顔になり、笑い声をたてた。「じつは」と言いかけたと思うと、急に彼女はきまりわるそうな顔になった。彼女はお盆をテーブルにもどし、ベッドのほうへ引き返してきた。

「じつは、あつかましいとお思いになるかもしれませんが、お願いがあるんですけど？ そんなこと〝問題にもならないよ〟とでもおっしゃってさえくだされば、さっぱりとあきらめるつもりでいますから」

「何かわたしにしてほしいことがあるのね？」

「ご無理をお願いするつもりはないんですけど、あの台所の上の部屋のことなのです。近頃はあそこはお使いになっていないんでしょう？」

「そうよ」

「以前はあそこに庭師夫婦が暮らしていたのだそうですわね。ずいぶん昔のことらしいですけど。じつは――ジムもわたしと同じ気持ちなのですけど――あの部屋をお貸し願えたらと。こちらに住み込ませてもらえたらと、思ったものですから」

ミス・マープルは驚いて彼女の顔を見つめた。

「だって、あなたたちは新住宅地にきれいな新しい家を持っているじゃないの」

「わたしたちは二人ともあそこがいやになっているんです。そりゃ新発明品は好きですけれど、そんな物はどこにいても手にいれられますから――部屋にしても、お宅でならずいぶん余地がありますもの、ことに厩《うまや》の上の部屋をジムに貸していただけましたらね、と思いまして。あのひとなら、新築したように改装するでしょうし、あそこでなら、ジムもありったけの模型材料がひろげられるうえに、いつもそのままにしておけもしますわ。わたしたちのステレオもあそこに置けば、奥さんのお耳にはいるようなことはないとおもいます」

「チェリー、それは本気のはなしなの？」

「そうなのですよ。ジムともずいぶん話しあったのですから。ジムはお宅の修理の仕事くらいいつでもしますわ——鉛管やちょっとした大工仕事なんかでしたら。わたしもナイトさんのしているくらいのお世話はさせていただくつもりです。そりゃ、わたしではぞんざいなところがあって気にいらないでしょうけれど——ベッドの用意や洗いものなんかも、これからは気をつけるつもりでいます——それに、わたしは料理はだいぶ上手になってきているんですよ。ゆうべもビーフ・ストロガノフを作ってみましたら、わけなしにできましたわ」

ミス・マープルはあらためてチェリーを見直した。

チェリーは何かに熱中した子猫みたいだった——活気と生の悦びとを全身から放射していた。ミス・マープルはもう一度忠実なフローレンスのことを頭に浮かべた。もちろん、フローレンスのほうが家事のやり方がはるかにうまいにきまっている。チェリーの約束なんかあてにはならないだろうから。けれども、フローレンスはもう六十五か、それ以上になっていそうだ。それに、自分の家庭からはなれたくはないのではなかろうか？　向こうは献身的な気持ちから承諾してくれるかもしれないが、そんな犠牲をはらわせていいことだろうか？　すでに自分はナイトの良心的な義務感には迷惑しているのではないか？

チェリーは、いたらないところだらけではあるにしても、ほんとうに来たがっている。それに、その瞬間のミス・マープルにはこの上もなく重要に思えた要素を、チェリーは備えてもいた。

心の暖かさ、活気、なんによらずまわりに起きていることへの深い関心。

「わたしだって、ナイトさんを追い出すようなことはしたくはないのですけれど」とチェリーは言った。

「ナイトのことは気にしなくてもいいのよ」とミス・マープルは決心をきめて、そう答えた。「あのひとは、ランディドノーのホテルにいる、コンウェー令夫人のところへ行くことになるだろうから――愉しく暮らしもするだろうしね。さっきの話はいろんなこまかな点をきめなきゃいけないわね、チェリー。わたしはあなたのだんなさんにも会って話してみたいし――でも、それは、あなたたちがほんとうにそうしたほうがいいと……」

「わたしたちにはこれ以上なしの好都合ですわ」とチェリーは答えた。「わたしもご信頼にそむかないようにいろんなことをちゃんとやりますわ。なんでしたら、ブラシやちり取りを使ってもいいんですよ」

この最高の申し出には、マープルも思わずふき出した。

チェリーはまたお盆を手にした。

「さあ、ばりばりと仕事にかからなきゃいけませんわ。今朝は来るのがおくれたものですから――アーサー・バドコックの気の毒な話を聞いていたりしたもので」

「アーサー・バドコックだって？　あのひとがどうかしたの？」

「まだお聞きになっていなかったのですか？　あのひとは警察署へしょっぴかれているんですよ」とチェリーは言った。「〝捜査に協力してもらうために〟という口実で呼ばれたんですって。警察のいつも使う手ですわ」

「それはいつのことなの？」とミス・マープルは意気ごんで訊いた。

「今朝ですわ」とチェリーは答えた。ついで彼女は、「きっと以前マリーナ・グレッグと結婚していたことがばれたからでしょうよ」とつけ加えた。

「なんですって！」ミス・マープルはまた座りなおした。「アーサー・バドコックはマリーナ・グレッグと結婚していたことがあるんだって？」

「そういううわさですわ」とチェリーは答えた。「誰も夢にも知らなかったのですよ。それをもらしたのはアプショーさんですの。あのひとは会社の用事で一、二度アメリカへ行ったことがあるので、むこうの噂話をうんと聞きこんでいるんですの。ずっと前のことだったのですって。マリーナが有名になりだす前の。結婚してせいぜい一、二年たったころに、マリーナは映画で賞をもらい、こんな亭主ではものたらないということになったわけですわ。そこで、二人はアメリカ流に簡単に離婚をやってのけ、夫のほうは、近頃の言葉で言えば、消え去ったのです、消え去るような男ですものね、アーサーは。騒ぎたてたりなんかしそうにないし、名前も変えて、英国へ帰ってきたんです。もうずいぶん前のことなんですよ。今頃そんなことが問題になるとは思えないでしょう？　ところが、警察ではそれを証拠にしているらしいんですよ」

「とんでもない」とミス・マープルは言った。「とんでもないこと、だわ。そんなことはやめさせなきゃ。何か方法がないものかしら――さあ、こうしてはいられないわ」彼女はチェリーに手をふった。「チェリー、お盆を下げてね、ナイトをよこしてちょうだい。わたしも起きることにするわ」

チェリーは言われたとおりにした。ミス・マープルは着換えをしようとしたが、指が思うように動いてくれなかった。興奮すると身体に影響が起きるのだと思うと、苛だたしかった。彼女がドレスのホックをかけおえたときに、ナイトがはいってきた。

「何かご用でしょうか？　チェリーさんが――」

ミス・マープルは叩きつけるように言った。

「インチを呼んでちょうだい」

「ええ、何をでしょうか？」とナイトはびっくりして聞き直した。

「インチよ。インチを呼んでちょうだい。電話して、すぐ来るように言うのよ」

「ああ、わかりましたわ。タクシーのひとのことですのね。でも、あのひとはロバーツという名前ではありませんでしたかしら？」

「わたしには、あのひとはインチだし、これからもそうよ」とミス・マープルは言った。

「とにかく、呼んでちょうだい。すぐ来るように言うのよ」

「ドライブでもなさる気ですの？」

「呼べばいいのよ」とミス・マープルは言った。「頼むから、急いで」

ナイトは疑わしそうに彼女の顔を見やったが、それでも、言われたとおりにしかかった。

「今日はわたしたち気分がいいですわね」と彼女は心配そうに言った。

「そうよ。二人とも気分がいいわ」とミス・マープルは言った。「ことに、わたしは気分がいいのよ。無活動はわたしには向かないし、今までもそうだったわ。現実的な行動方式、それがわたしには長いあいだ欠けていたものなのだわ」

「チェリーが何かお気持ちを転倒させるようなことでも言ったのではありませんか?」

「わたしは気持ちを転倒させられたりはしないわ」とミス・マープルは言った。「いつになく健康になった感じよ。ただ自分のおろかさに自分で腹がたっているだけでね。でも、ほんとうは、今朝ヘイドック先生から暗示をえるまでは——ああそうだ、間違いなくおぼえているかしら。医学辞典はどこへ置いたろう?」彼女は手を振ってナイトを横へのかせ、しっかりした足どりで階段を降りていった。彼女はさがしていた書物を応接間の書棚に見つけた。それを手にとり、索引を調べ、「二一〇頁——」と呟きながら、問題の頁を開いてしばらく読んでいたと思うと、満足そうにうなずいた。

「こんな珍しい、こんな奇妙な事件ってあるかしら?」と彼女は呟いた。「誰もこのことには気がついていないだろうと思うわ。わたしだって、二つの事実が合致するまでは、気がつかなかったのだから」

やがて彼女は頭を振り、眼の間にちょっと皺をよせた。

「誰かがいてくれさえしたら……」

彼女は頭の中であのときの情景についてのいろんな人間の話を検討してみた……

考えこむにつれて、彼女の眼は大きく見開かれていった。そうだ、あのひとがいる——だが、あのひとは役にたってくれるかしら？　牧師さんときたら、わからない人なのだから。なんとも予想のつけられない人なのだから。

それにしても、彼女は電話のほうへ行き、ダイアルをまわした。

「おはようございます。こちらはミス・マープルですけど」

「ああ、マープルさん——何かご用でしょうか？」

「くだらないことなのですけれど、教えていただけはしないかと思いまして。あのお気の毒なバドコックさんが亡くなられた、記念祭の日のことなのです。バドコック夫妻が上がってきたときには、牧師さんはグレッグさんのそばに立っておられたのでしたわね」

「そうです——そうです——わたしはあの二人よりもちょっと前だったと思います。あれは悲劇的な日でしたねえ」

「ほんとうにそうでしたわ。バドコックさんは、以前バミューダで会ったときの思い出話を、グレッグさんにしておられたのでしたね。病気で寝ていたのに、とくに起きて行ったのだとか」

「そうです。そうです。わたしもよくおぼえています」

「そのとき、バドコックさんはその病気のことも話していたかどうか、おぼえていらっしゃいませんでしょうか？」

「そうですね――ええと――ああ、そうそう、ハシカでしたよ――ほんもののハシカではなくて――風疹《ドイツハシカ》というやつ――ずっと軽い病気なのです。人によっては病気だとも感じないくらいなのです。いま思い出しましたが、わたしのいとこのキャロラインなどは……」

ミス・マープルは、きっぱりと、「どうもたいへんありがとうございました」と言って、いとこのキャロラインの思い出話をうち切らせ、受話器をもとにもどした。

彼女の顔には驚嘆の表情が浮かんでいた。セント・メアリ・ミードの人きな謎の一つは、教区牧師がある種のことにかけてはいやに記憶がいいということだった――もっとも、彼の忘れることのうまさのほうがそれ以上の謎ではあったが！

「タクシーがまいりました」とナイトがバタバタとやってきて、告げた。「いやに古ぼけた自動車ですし、あまりきれいだとは言えませんわ。あんなくるまにはお乗りにならないほうがいいと思いますけど。黴菌や何かがくっつきかねませんもの」

「ばかなことを」とミス・マープルは言った。彼女は帽子をしっかりとかぶり、夏のコートのボタンを全部かけて、待っているタクシーのところへ出ていった。

「おはよう、ロバーツ」

「おはようございます、ミス・マープル。今朝はお早いですね。どこへまいりますか？」

「ゴシントン・ホールへやってちょうだい」とミス・マープルは言った。

「わたしも一緒にまいったほうがよろしいんじゃありませんか？」とナイトは言った。

「ちょっと待ってくだされば、靴をはきかえてきますから」

「いいのよ」とミス・マープルはきっぱりとことわった。「わたしはひとりで行くつもりなのだから。インチ、じゃない、ロバーツ、出してちょうだい」

ロバーツはこう言っただけで、くるまを出した。「ああ、ゴシントン・ホールへねえ。あそこもたいへんな変わりかたですが、近頃ではどこでもそうですね。新住宅地もできたし。セント・メアリ・ミードがこんなふうになろうとは夢にも思いませんでしたよ」

ゴシントン・ホールへ着くと、ミス・マープルはベルを押し、ジェースン・ラッド氏におめにかかりたいと言った。

ジュゼッペの後継者の少々ひよわそうな中年の男は、すぐに取り次ごうとはしなかった。

「主人はお約束がなければどなたにもおめにかからないことにしておりますから。それに、とくに今日は……」

「わたしは約束はしていません」とミス・マープルは言ったが、ついで、「ですが、待つつもりでいますから」とつけ加えた。

彼女はさっさと彼の横をぬけて、ホールに入り、ホールの椅子に座りこんだ。

「残念ですが、今朝はとうていお目にかかれないと思いますが」

「それでしたら、午後まで待つことにしますから」とミス・マープルは言った。

自分の手にはおえないと思ったのか、しんまいの執事はひっこんだ。まもなく若い男がミス・マープルのところへやってきた。感じのいい態度、快活な、いくらかアメリカ人ふうな言葉つきの男だった。

「あなたには前にもおめにかかりましたね」とミス・マープルは言った。「新住宅地でしたわ。ブレンハイム・クローズへ行く道をお訊ねになりましたよ」

ヘイリー・プレストンは人のよさそうな微笑を浮かべた。「せっかく教えてはいただきましたが、おかげでとんでもない所へ行ってしまいましたよ」

「まあ、そうでしたの」とミス・マープルは言った。「いろんなクローズがやたらにあるものですから。ラッドさんにおめにかかりたいのですが」

「それはどうも、困りましたね」とヘイリー・プレストンは言った。「なにしろ忙しいひとなものですから、今朝も――その――仕事に追われていて、ほんとうに手がはなせそうにないんですよ」

「きっとお忙しいだろうと思いましたから、わたしも待つ覚悟でまいったのですよ」とミス・マープルは言った。

「それでは、こうしてはいかがでしょうか？」とプレストンは言った。「わたしが代わってご用件をうけたまわることにしては？　わたしはラッド氏の代理をつとめるのが役目なのですから。どなたにもまずわたしに会っていただくことにしているのですが」

「残念ですが、わたしは直接ラッドさんにおめにかかりたいのです」とミス・マープルは頑張った。「それに、お目にかかるまでは待つつもりでいますから」

彼女は大きな樫の椅子にがっしりと腰を落ち着けた。

プレストンはためらい、何か言いそうにしたが、結局その場を離れて、階段を上がっていった。

彼はツイードの服を着た大柄な男をつれて引き返してきた。

「こちらはギルクリスト先生、こちらはミス――ええ――」

「ミス・マープルですよ」

「ああ、あなたがマープルさんなのですか」ギルクリスト医師は関心をこめた眼で彼女を見まもった。

プレストンはいつのまにか姿を消していた。

「あなたのおうわさは聞いています、ヘイドックさんからね」とギルクリスト医師は言った。

「ヘイドック先生は古くからのお友だちなのです」

「そうらしいですね。ところで、ラッドさんにお会いになりたいそうですが、なぜなのですか？」

「お目にかかる必要があるからですの」とミス・マープルは答えた。

ギルクリスト医師は彼女の人柄を見定めようとしているみたいだった。

「会ってくれるまでは、ここに座りこんでいるおつもりなのですか？」と彼は訊いた。

「そのとおりですわ」

「あなたならおやりになりそうですね」とギルクリストは言った。「それなら、お目にかかれない当然の理由があるのですから、申し上げましょう。ラッドさんの奥さんが昨夜睡眠中に亡くなられたのです」

「亡くなられた！」ミス・マープルは思わず驚きの声をあげた。「それはまたどうして？」

「睡眠薬の飲み過ぎです。せめて数時間はそのことが新聞にもれるのを防ぎたいのです。ですから、あなたもしばらくは内密にしておいてくださるようにお願いします」

「もちろんですわ。過失死だったのですか？」

「わたしはそう断定します」とギルクリスト医師は答えた。

「自殺ということも考えられますね」

「考えられはするが——ありそうにもないことですよ」

「でなければ、ひとに飲まされたということも考えられるのではありませんか？」

ギルクリストは肩をすくめた。

「そういうことは最もありそうにもないことですよ。立証することのきわめて困難な事柄でもあります」と彼はきっぱりとつけ加えた。

「なるほどねえ」ミス・マープルは言った。彼女は深い吐息をもらした。「失礼ですが、そういうご事情ですと、いっそうラッドさんにおめにかかることが必要になってきます」

ギルクリストは彼女の顔を見つめた。

「それでは、ここで待っていてください」と彼は言った。

第二十三章

ギルクリストが入ってくると、ジェースン・ラッドは顔を上げた。

「階下に老婦人がきています、百歳にもなりそうなひとがね」と医師は言った。「あなたに会いたいということです。ことわっても、待つと言ってきかない。あの調子なら、午後までででも、いや、夜まででも待ちそうだし、ひと晩くらいは、ここですごしかねないひとのように思える。あなたにぜひ言いたいことがあるらしいんです。ぼくがあなたなら、会ってみますがね」

ジェースンはデスクから顔を上げた。蒼ざめ緊張した顔色だった。

「そのひとは気がへんなのですか？」

「いや、全然そんな様子はありません」

「わけがわからないなあ、なぜぼくに――まあいい――ここへよこしてください。今となってはどうでもいいことだ」

ギルクリストはうなずき、そこを出て、プレストンを呼んだ。

「マープルさん、ラッドさんが二、三分でしたらおめにかかれるそうですよ」ふたたび彼女の横に姿を現わしたプレストンがそう伝えた。

「ありがとう、あのかたもお忙しいでしょうに」と言いながら、ミス・マープルは立ち上がった。「あなたは長くラッドさんのところにお勤めなのですか？」と彼女は訊いた。

「ええと、もう二年半ばかりになりましょうか。わたしの仕事は渉外事務全般なのです」

「そうなのですか」ミス・マープルは考え顔で彼を見やった。「あなたを見ていると、ジェラルド・フレンチというひとのことがしきりに思い出されてなりませんわ」

「ほほう。どういうことをしたひとなのですか？」

「べつにこれということは」とミス・マープルは答えた。「ただね、たいへん流暢《りゅうちょう》な喋り方のひとだったのですよ」彼女は溜め息をついた。「不幸な過去をもったひとでしたけど」

「それはどうも」とプレストンは多少不安そうに言った。「どういう過去を？」

「それは言わないことにしておきますわ。あのひともその話をされるのをいやがっていましたから」と彼女は答えた。

ジェースンはデスクから立ち上がり、自分のほうへ近寄ってくるほっそりした老婦人を多少驚きの眼で見やった。

「ぼくにお逢いになりたいというのはあなたですか？　どういうご用件でしょうか？」

「奥さまがお亡くなりになったそうでして、心からおくやみを申します」とミス・マープルは言った。「あなたには大きな悲しみだったことはわたしにも見てとれますし、ぜひお話しする必要がなければ、わたしにしても、こうして無理におしかけたりしなかったろうことはご了解願います。事実を明らかにして、罪のないひとを苦しませないようにするためには、やむをえなかったのです」

「罪のないひとと言いますと？　ぼくにはわけがわかりませんが」

「アーサー・バドコックのことなのです」とミス・マープルは答えた。「あのひとはいま警察に呼ばれて、訊問をうけているのです」

「家内の死に関連してですか？　しかし、そんなことは理屈に合いませんよ、全然。この家の近くへも来たことのないひとなのですから。家内を見知ってさえもいなかったでしょう」

「奥さんとは知りあいだったはずです」とミス・マープルは言った。「以前奥さんと結婚していたことがあるのですから」

「アーサー・バ、ド、コ、ッ、ク、がですか？　しかし——あのひとは——あのひとはヘザー・バドコックのご亭主だったのですよ。あなたはたぶん——」彼は弁解するようにやさしく言った。「何か間違えておられるのでしょう？」

「あのひとはどちらとも結婚していたのです」とミス・マープルは言った。「奥さんと結婚していたのは、奥さんがまだずっとお若かった頃、まだ映画に出ておられなかった頃、のことなのです」

ジェースンは首をふった。

「家内は最初アルフレッド・ビードルという男と結婚しました。不動産業をしていた男なのです。不似合な夫婦でしたから、まもなく別れたわけなのです」

「それなら、アルフレッド・ビードルがバドコックと名前を変えたのですわ」とミス・マープルは言った。「こちらでも不動産会社に勤めています。奇妙に職業を変えたがらないで、相変わらず同じことをしている人がいるものですわ。グレッグさんがあの男に見きりをつけられたのも、ほんとうはそのせいだったろうと思いますよ。どうせ長続きはしなかったでしょうから」

「じつに意外なことを聞くものですね」

「なにもわたしが空想ばなしやロマンスをでっち上げたわけではないのです。わたしの言っていることは冷厳な事実なのです。こういうことはこの村ではすぐに噂がひろがるのでしてね。もっとも、お宅まで噂が伝わるには時間がかかるでしょうけれど」と彼女はつけ加えた。

「それで？」ジェースンはどう言っていいかわからず、ごまかそうとしかかったが、やがて事態をうけいれることにした。「ぼくにどうしろとおっしゃるのですか、マープルさん」

「もしよろしかったら、記念祭の日にお二人が来客を迎えておられた場所に、わたしを立たせてみてくださいませんか？」

彼はちらと彼女の顔に疑わしそうな視線を走らせた。このひとは結局はやじうまにすぎないのか？　だが、ミス・マープルは落ち着いた厳粛な表情を浮かべていた。

「お望みなら、どうぞ。ご案内しましょう」と彼は言った。

彼は階段の上へ案内してゆき、階段を上がりきったところにある壁をくりぬいた場所に足をとめた。

「バントリーさんのいらした頃からみると、ずいぶんいろんな模様変えをなさっていますね」とミス・マープルは言った。「このほうがいいですわ。さて、テーブルはたぶんこのあたりに置いてあって、お二人が立っていらしたのは――」

「家内はここに立っていたのです」とジェースンは言って、その場所を示した。「つぎつぎと階段を上がってくる来客と握手をし、ついで、ぼくのほうへ客をまわしていました」

「奥さんはここに立っておられたのですね」とミス・マープルは言った。

彼女はそのほうへ行き、マリーナ・グレッグの立っていた場所に位置をしめた。彼女はそのままのすがたでしばらくは身動きもしなかった。ジェースンは彼女を見まもっていた。とまどってはいたが、興味は感じていた。彼女は、まるでふるえてでもいるように、ちょっと右手を上げ、上がってくる人たちが見えでもするように、階段を見おろしていた。と思うと、真っ直ぐ前方に目をやった。階段の中休み場の上の壁には、大きな絵画が、イタリアの昔の巨匠の絵の複製があり、その両側には細長い窓があって、一つは庭に面しており、もう一方の窓からは厩《うまや》のはずれや風見鶏が見えていた。だが、ミス・マープルはそのどちらの窓も見てはいなかった。彼女の視線は絵画そのものに釘づけにされていた。

「たいていの場合、最初に聞いたことが正しいものですわ」と彼女は言った。「バントリーさんは、奥さんはこの絵を見つめておられて、あのひとの表現によれば〝凍りついたような〟表情をしておられた、と言っていました」彼女は紅と青の豊かな色彩のローブをまとったマドンナを、ちょっと頭をそらし、両手でさし上げている幼いキリストにほほえみかけているマドンナを、見つめた。「ジャコモ・ベリーニの〈ほほえむマドンナ〉ですわね」と彼女は言った。「宗教画ではあっても、幼児を抱いた幸福そうな母親のすがたを描いたものですわ。そうではありませんか、ラッドさん？」

「たしかにそう言えましょうね」

「これでわかりましたよ」とミス・マープルは言った。「何もかもわかりましたわ。ほんとうはしごく単純なことなのですわね？」彼女はジェースンのほうへ顔を向けた。

「単純ですって？」

「単純だということは、あなたもご存じだと思いますが」

階下でベルの鳴る音がした。

「どうもぼくにはよくわかりかねますが」とジェースンは答えた。彼は階段を見おろした。人声がしていた。

「あの声には聞きおぼえがありますわ」とミス・マープルは言った。「クラドック警部の声ではありませんかしら？」

「ええ、クラドック警部らしいです」

「あのひともあなたに会いたいのでしょう。ここへ合流してもらってはどうでしょうか？」

「ぼくはかまいませんが、警部が承知してくれるかどうかは――」

「警部さんも承知すると思います」とミス・マープルは言った。「もうあまり時間をかける必要もありませんでしょう？　事件の全容を理解する時期に来ているのですから」

「さっきあなたは単純な事件だとおっしゃいましたね」ジェースンは言った。

「単純すぎたために、真相が見抜けなかったのですわ」とミス・マープルは答えた。

その瞬間に、さっきのひよわそうな執事が階段を上がってきた。

「クラドック警部さんがおみえになっていますが」

「ここへおいでくださるように言ってくれ」とジェースンは命じた。

執事は姿を消し、一、二分後には、ダーモット・クラドックが階段を上がってきた。

「あなたが！」と彼はミス・マープルに言った。「どうしてここへ？」

「インチで来たのよ」と彼女は答え、例によってみんなに混乱をひき起こした。

彼女のちょっとうしろから、ジェースンは訊ねるように自分の額を叩いてみせた。ダーモットは首を振った。

「いまラッドさんに話していたところなのだけど」とミス・マープルは言った。「――あの執事がそのあたりにいないか――」

ダーモットは階下に視線を投げた。

「ええ、立ち聞きしてはいませんよ。その方面のことはティドラー部長刑事が心得ているはずです」

「それなら、安心だわ」とミス・マープルは言った。「どこかの部屋へ入って話してもいいのだけれど、わたしはここのほうが都合がいいのです。事件の起きた場所にいるほうがずっと理解しやすいでしょうから」

「あなたのおっしゃっているのは、ここでの記念祭の日のこと、ヘザー・バドコックが殺害された日のこと、なのですね」とジェースンは言った。

「そうですし、わたしは、正しい見かたさえすれば、あの事件はしごく単純なことなのだと言っているわけなのです」と彼女は答えた。「すべては、ヘザー・バドコックがああいう性格の女だったことから、起きたことですわ。ほんとうを言うと、ヘザーにはいつかはああいった種類のことが起きるのは、避けられなかったと思いますよ」

「どうもぼくにはおっしゃることがよくわからないのですが」とジェースンは言った。

「さっぱりわからないんですよ」

「それはそうでしょう。すこし説明する必要がありますわ。じつは、あの口出席していたわたしの友だちのバントリーさんが、わたしにそのときの情景を語って聞かせようとしたときに、わたしの若い頃にたいへんもてはやされたテニスン卿の詩、『レディ・オブ・シャロット』の中の数行を引用したのです。

鏡は横にひび割れぬ
「ああ、呪いがわが身に」と、
シャロット姫は叫べり。

バントリーさんが見たのは、というよりも、見たように思ったのは、そういう情景だったのです。もっとも、あのひとは間違えて、呪いという言葉ではなく、命運という言葉を使いました――そのほうが今の場合にはふさわしいのでしょうけれど。バントリーさんは、奥さんがヘザーと話しておられるのを目にし、ヘザーが言っている言葉を耳にしたときに、奥さんの顔に命運が尽きたといったような表情が浮かんでいるのを見たわけです」

「そのことはもう何度もわれわれのあいだで話しあってきたことではありませんか」とジェースンは言った。

「そうですが、もう一度検討してみる必要がありましょう」とミス・マープルは答えた。

「奥さんはそういう表情を浮かべて、ヘザーではなく、あの絵のほうを見ておられたのです。幸福そうな幼児をさし上げている、ほほえんでいる幸福そうな母親を描いた絵をねえ。間違っていたのは、命運が尽きたという暗い影がグレッグさんの顔をくもらせてはいたけれど、実際に命運が尽きたのはグレッグさんのほうではなかったという点なのです。あれはヘザーのほうだったのです。ヘザーは、自慢そうに以前の出来事を話しだした瞬間から、命運が尽きていたわけですわ」

「もうすこしわかりやすく話していただけませんか？」とダーモットが言った。ミス・マープルはそちらを向いた。

「もちろん、そのつもりですよ。これはあなたの全然知らないことなのだから。知らないのも当然なのよ。ヘザーが実際にどう言ったかは、誰もあなたには話してくれていないのだから」

「いや、話してくれましたよ」とダーモットは抗議した。「繰り返し繰り返しね。幾人もの人が話してくれましたよ」

「それはそうだけど、あなたが知らないのは本人のヘザーからは聞いていないからなのよ」

「聞けるはずがないじゃありませんか、わたしがここへ来たときにはあのひとはもう死んでいたのですから」とダーモットは言った。

「そのとおり」とミス・マープルは言った。「だから、あなたの知っているのは、せいぜい、ヘザーは病気で寝ていたのに、起き出して、何かのお祝いに出かけて行き、マリーナ・グレッグさんと会って言葉をかわし、サインをしてもらったということだけなのよ」

「そんなことなら何もかも聞いていますよ」とダーモットは多少苛だたしそうに言った。

「ところが、あなたは事件に関係のあるかんじんな文句を聞いていなかったのよ。それというのもね、誰もがそこのところが重要だとは気がついていなかったからなの」とミス・マープルは言った。「ヘザー・バドコックが、そのときかかっていた病気というのはね——風疹だったのよ」

「風疹？　いったいそれが事件と何の関係があるのですか？」

「ほんとうはね、病気としては軽いものなのよ」とミス・マープルは言った。「自分では病気だとも思えないくらいなの。顔の発疹はおしろいで簡単に隠せるし、多少の熱はあっても、大したことではないわ。そう気分もわるくはないから、その気になれば、外出して人に会うこともできるわけなの。そういうふうだから、聞いていた人たちにも風疹という病名が印象に残っていなかったのよ。例えば、バントリーさんなんかも、ヘザーは病気で寝ていたと言うだけで、その病気はと訊くと、水ぼうそうだの、ジンマシンだのと、答えるしまつだったわ。ここにおられるラッドさんだって、流感だったと言っておられるけれど、もちろん故意にそうおっしゃったのではないと思うわ。だけどね、わたしは、ヘザー・バドコックがマリーナ・グレッグさんに話した内容というのは、自分は風疹にかかっていたのだが、起き出して、おめにかかりに行ったということだったと思うのよ。しかも、その点がこの事件の真の解答だったわけなの。なぜかというとね、風疹は非常に伝染しやすい病気だからなの。誰でもすぐにうつされてしまうものだわ。それからね、もう一つ憶えておかなきゃいけないことがあるのよ。それはね、女のひとがその」――彼女はつぎの言葉を口にするのにちょっとヴィクトリア朝時代ふうな慎み深さを見せた――「妊娠四ヵ月以内に、この病気にかかった場合には、非常におそろしい悪影響をうけるおそれがあるということなの。眼が見えないか、知能をおかされた子供が、生まれるおそれがあるのよ」

彼女はジェースンのほうを向いた。

「ラッドさん、わたしの推定は間違っていないと思うのですが、奥さんは、生まれたお子さんが精神的な問題を抱えていたことのショックから、まだ実際には回復しておられなかったのでしょう？　前から子供をほしがっておられて、ようやくお子さんができたと思うと、そういう悲劇的な結果になった。奥さんとしては忘れられない、忘れる気になれない、悲劇だった！　一種の深い傷となって、強迫観念となって、心にくいいった悲劇でもあったわけです」

「そのとおりです」とジェースンは答えた。「マリーナは妊娠初期に風疹にかかったことがあり、子供が頭をおかされているのはそのせいだと、医者から言われました。遺伝性の精神病などではないと、医者としては慰めるつもりで言ってくれたのでしょうが、マリーナには大して慰めにはなりませんでしたよ。家内はいつ、どこで、誰からそういう病気をうつされたのかも、知らなかったのです」

「そうでしょうとも」とミス・マープルは言った。「ところが、ある午後、全然見知らない女がこの階段を上がってきて、あのかたにその事実を話した――話しただけではなく、なおいけないことには、非常に嬉しそうにしてねえ！　自分のしたことを自慢にしているような様子で！　その女としては、病床から起き出し、お化粧で顔をごまかし、自分の大好きな女優に会いに行って、サインをもらったことが、自分には機略や勇気や気力があることを示す事実だと思っていたわけです。それは彼女が生涯を通じて自慢にしていたことだったのです。ヘザー・バドコックにはなんの害意もなかったのです。害意などは持ったこともないひとなのですが、ヘザーのような（わたしの以前からの友だちのアリスン・ワイルドのような）人たちは、ひとの心を傷つける可能性を持っています——親切心がないからではなく、親切心は持っているのですが——自分の行為がひとにどういう影響を与えるかについての、真の意味の配慮がないからですわ。いつもその行為が自分にどういう意味を持っているかを考えるだけで、ひとにどんな気持ちを与えるかということは、ぜんぜん考えようともしないからですわ」

ミス・マープルは自分で自分の言葉にちょっとうなずいた。

「ですからあのひとは死んだわけです、過去の自分の行為のむくいという単純な原因でねえ。マリーナ・グレッグさんのあのときの気持ちを想像してごらんなさいよ。きっとラッドさんにはよくわかるはずですわ。マリーナさんは、長年にわたって、自分の悲劇の原因となった未知の人間に対する一種の憎悪をはぐくんでおられる。しかも、相手は陽気で、嬉しそうで、自己満足にふけっている。それはあのかたには耐えがたいことだった。もしあのかたに考えるひまが、気持ちをしずめ、感情を落ち着かせるひまが、ありさえしたら——だが、あのかたはその余裕を自分に与えなかった。げんに眼の前に、自分の幸福をぶちこわし、自分の子供の心身の健康をぶちこわした人間がいる。あのかたはこの女を罰してやりたいと思った。殺してやりたいと思った。しかも、不幸なことには、その手段が手もとにあったわけです。例の特効薬のカルモーをいつも持ちまわっておいででしたからね。あれは分量をまちがえると危険な薬です。実行の方法もすこぶる簡単でした。あのかたはその薬を自分のグラスにおいれになった。かりに誰かがそれを見ていたとしても、マリーナさんがしじゅう手近にある飲み物で興奮剤や鎮静剤を飲んでおられるのを見慣れていたはずですから、ほとんど気にもとめなかったでしょう。げんに一人は見ていたらしいのですが、それだってわたしは疑わしいと思っています。ジーリンスキーさんはただ推測したにすぎないのではないかという気がします。マリーナさんはグラスをテーブルの上におき、まもなくヘザーの腕を押したために、ヘザーの飲み物はこぼれて新調のドレスにかかりました。ここのところで事件に謎の要素がまじりこんできたわけですが、それは、代名詞の正確な使いかたがおぼえられない人たちがいるせいでした。

そのことから、わたしには、この前話した小間使のことが思い出されてきてならないのよ」とミス・マープルはダーモットのほうを向いてつけ加えた。「わたしはグラディス・ディクスンがチェリーに話したことを、また聞きしただけだったわけですが、そのときグラディスは、カクテルのこぼれかかったヘザーのドレスがどの程度まできずものになっているかを、問題にしていたのでした。どうもおかしいと思ったのは、あのひとがわざとしたからだと、グラディスは言っています。ところが、グラディスが言った

〝あのひと〟というのは、ヘザー・バドコックのことではなくて、マリーナ・グレッグのことだったのです。グラディスの言っているように、あのひとはわざとしたわけです！　ヘザーの腕を押したわけです。偶然ではなくて、そうしようという意志が働いていたのです。マリーナさんがヘザーのすぐそばに立っておられたことは、自分のカクテルをヘザーにまわしてやる前に、ヘザーのドレスと自分のドレスをハンカチで拭いたという話からもわかります。これこそまさにまがいなしの殺人行為ですよ」とミス・マープルは感慨をこめて言った。「なぜかと言いますと、考えるひまも、反省する余裕もなく、その瞬間の衝動に従っておかした行為だったのですから。マリーナさんはヘザーが死んでくれればいいと望んだわけだし、げんにその数分後にはヘザーは死んでもいます。おそらくマリーナさんは自分のしたことの重大さも、その危険性もさとってはいなかったのでしょう。ですが、あとになってからは、その点に気づきました。自分がグラスに薬をいれるのを誰かが見てはいなかったかという不安、自分が故意にヘザーの肘を押したのを誰かが見てはいなかったかという不安に襲われもすれば、ヘザーの毒殺犯人として誰かに訴えられはしないかという不安に襲われもしました。のがれ道はただ一つしか考えられませんでした。犯人は自分をねらっていたのであって、自分が犠牲者になるところだったのだと、主張することです。マリーナさんはまずそのこころみをかかりつけの医師にためしてみました。医師に、主人には話さないでくれと言ったのは、ラッドさんはだませそうにないひとだと知っていたからでしょう。子供じみたこともしました。自分に宛てた手紙を書いて、それが思いがけない場所や思いがけないときに見つかるように工夫しました。ときには、撮影所で自分の飲むコーヒーに毒薬をいれたりもしました。その眼で見れば、わけなしに見ぬけるようなことをしているわけです。げんに見ぬいていた人が一人ありました」

彼女はジェースン・ラッドに視線を向けた。

「今の話はあなたの推理にすぎませんよ」とジェースンは言った。

「そんなふうに表現なさりたいのでしたら、それで結構です」とミス・マープルは言った。「ですが、わたしが真相を語っていることは、あなたはよくご存じではありませんか、ラッドさん？　あなたはご存じです、最初から知っておられたのだから。あなたは風疹という病名が話に出たのを聞いておられたのだから。あなたはご存じだからこそ、マリーナさんをまもるために狂気のようになられた。けれども、どれほど多くのことからマリーナさんをまもらなければならなくなるかを、悟ってはいらっしゃらなかった。一つの死を、自分で自分に死をもたらしたと言えないこともない一人の女の死を、謎のままにしておくだけの問題ではないことを、悟っていらっしゃらなかった。ところが、ほかにも死者が生じた——ジュゼッペの死。恐喝者には相違ないが、あの男も人間ですよ。それからまた、あなたも好意を持っておられたらしい、エラ・ジーリンスキーの死。あなたはマリーナさんをまもると同時に、マリーナさんがこれ以上危害を及ぼすのをふせぐために、狂気のようになられた。あなたとして望めることは、せいぜいマリーナさんを無事にどこかへ連れ出すことだけでした。あなたは、これ以上何事も起きないように、しじゅうマリーナさんを見まもっていようとなさった」

彼女は言葉をきり、ジェースンのほうへ近よっていって、その腕にやさしく手をかけた。

「お気の毒に思います。ほんとうにお気の毒に」と彼女は言った。「あなたのなめてこられた苦悩はわたしにもわかります。あなたはあのかたをずいぶん愛しておられたのでしょう?」

ジェースンはちょっと顔をそらした。

「それは周知のことだと思いますが」と彼は言った。

「あのかたは美しいひとでした」とミス・マープルは静かに言った。「すばらしい才能もお持ちでした。強烈に愛することも、憎むことも、できるひとでしたが、安定性には欠けておられた。生まれつき安定が持てないということは誰にとっても悲しいことです。

あのかたは過去を過去として過ぎ去らせることもできなければ、未来を、ありのままにではなく、自分の想像どおりのものとしてしか、考えることのできないひとでした。偉大な女優であり、美しい、非常に不幸な女性でもありました。あのかたの演じられた《スコットランドのメアリ》の、あのすばらしさ！　あのかたのことは、わたしには忘れられないでしょう」

ティドラー部長刑事が不意に階段に姿をあらわした。

「警部どの、ちょっとお話ししたいことがあるのですが」

クラドックはふり向いた。

「引き返してきますから」と彼はジェースンに言っておいて、階段のほうへむかった。

「忘れないでね」とミス・マープルはうしろから声をかけた。「気の毒なアーサー・バドコックはこの事件にはなんの関係もないということを。あのひとは、何年も前に結婚していたことのある女性をちらとでも見たいと思って、記念祭にやってきただけなのだから。先方ではあのひとを見おぼえてさえいなかったろうと、わたしは思うわ。そうだったのでしょう？」と彼女はジェースンに訊いた。

ジェースンは首を振った。

「そのとおりでしょう。ぼくには何も言わなかったことはたしかです」ついで、彼は考え顔でつけ加えた。「やはり見おぼえてもいなかったでしょう」

「おそらくそうでしょうね」とミス・マープルは言った。「いずれにせよ、あの男には

マリーナさんを殺害したりするような意志は全然なかったのだから、そのことを忘れないでね」と彼女は階段を降りかかっていたクラドックにつけ加えた。

「実際にはあの男は危険な立場にいるわけではないことは、保証します」とクラドックは言った。「ですが、実際にマリーナ・グレッグの最初の夫だったことが判明した以上は、われわれとしては、その点について訊問するしかなかったのです。あの男のことは心配いりませんよ、ジェーンおばさん」と彼は囁き声でつけくわえ、急いで階段を降りていった。

ミス・マープルはジェースンのほうへ向き直った。彼は遠くを見ているような眼をして、茫然と突っ立っていた。

「マリーナさんに会わせていただけませんか？」とミス・マープルは言った。彼はちょっとのあいだ彼女を見まもっていたが、やがてうなずいた。

「ええ、どうぞ。あなたは家内をよく理解していてくださるようですから」

彼は向き直り、ミス・マープルはそのあとからついていった。彼は広い寝室に案内してゆき、ちょっとカーテンを開けた。

マリーナ・グレッグは大きな白い貝殻のようなベッドに横たわっていた――眼を閉じ、手を組んで。

こんなふうにして、シャロット姫もボートに横たわり、キャメロットへ流れくだっていったのだろうと、彼女は思った。そう言えば、もの思いに沈んで立っている、ごつごつしたみにくい顔の男は、現代のランスロットかとも思えた。

ミス・マープルは静かに言った。「このかたにとっては非常に幸運だったわけですね――過量の睡眠薬をおのみになったのは、死だけがこのかたに残されたただ一つの逃れ道だったのですから。そう――過量におのみになったのは幸運でしたわ――それとも――誰かに与えられたのでしょうか？」

二人の眼が合ったが、彼は何とも答えなかった。

彼はとぎれとぎれにこう言った。「このひとは――この上もなく愛らしかったし、ずいぶん苦しんでもきたのです」

ミス・マープルはもう一度動かない姿に眼をもどした。

彼女はひくい声であの詩の最後の行を口ずさんだ。

彼は言えり。「愛らしい顔のおかただ。

神よ、みめぐみをたれたまえ、
シャロットの姫に」

女性を惹きつけるミステリ

作家
新津きよみ

アガサ・クリスティーが産み出した二人の名探偵、エルキュール・ポアロとミス・ジェーン・マープルのうちどちらがより多くの読者を獲得し、どちらがより読者に好まれているのだろうか。ときどき、年代別にアンケートをとってみたいと思うことがある。

わたしはと言えば、探偵よりも作品のほうに重きを置くほうなので、どちらが好きか真剣に悩んだことはないが、クリスティーの作品群の中でもっとも好きな作品というのはある。それが、この『鏡は横にひび割れて』だ。しかし、まず本書をいちばんに推す人はいないだろうと思っていた。クリスティーの中では「地味な作品」だと、勝手に考えていたからである。ミス・マープルが登場する作品では、『予告殺人』が有名であり、作者自身も自選ベストテンに入れている。

ところが、同年代の女性作家と話していてクリスティーに話題が及んだとき、彼女が『鏡は横にひび割れて』がいちばん好きかもしれない」と言ったのだ。その後も、折りに触れては内輪でアンケートをとってみたが、女性に限れば、さすがにいちばんに推す者は少ないが、「好きな作品」の上位にくることがわかった。

なぜ、本書は女性に人気があるのか。

《クリスタル殺人事件》というタイトルで映画化もされ、マリーナ・グレッグという主要な登場人物である女優を美貌のエリザベス・テーラーが演じたので、その華やかな印象が強烈で本書を記憶している読者も多いだろう。

作品の舞台は、ロンドンから列車で一時間ほどの場所にある架空の地、セント・メアリ・ミード村であり、ミス・マープルが住んでいる村でもある。そこに引っ越して来たアメリカの名女優とその夫。村の有力者や関係者を招待しての引っ越し祝いのパーティー。パーティー会場で起きる毒殺事件。道具立てが女性好みという理由もあろうが、何と言っても女性読者が本書に惹きつけられる最大の理由は、その普遍的な殺人の動機ではないだろうか。

この本は「誰が」殺したのか、がもちろん謎の中心になっているミステリではあるが、「なぜ」殺したのか、その動機を探りながら読むミステリだと言ってもいい。つまり、ホワイダニット小説なのだ。伏線に注意しながら丹念に読んでいくうちに、犯人は割合、簡単に絞られてくる。しかし、最後の最後までわからないのが、その動機なのである。

聡明なミス・マープルの口から事件の真相が語られたとき、目からうろこが落ちたような状態になり、しばし呆然とする。そして、その動機に関しては、女性であればどの世代でも、いつの時代でも等しく共感するに違いない。まさに、普遍的な動機なのだ。

次に、女性読者を惹きつける要素として、イギリスの詩人、アルフレッド・テニスンの詩が挙げられる。

女優と言葉を交わしたあと、招待客の一人がダイキリ・カクテルを口にして変死する。その直前、女優が凍りついた表情をしていたのを目撃していた者がいた。ミス・マープルの親友のバントリー夫人だ。彼女が「凍りついた表情」を表現するのに引用したのが、テニスンの「シャロット姫」の一節なのである。さすが、教養あるイギリス女性。「鏡は横にひび割れぬ。ああ、わが命運もつきたりと、シャロット姫は叫べり」と、よどみなく朗読してみせ、それがミス・マープルの謎解きへとつながっていく。

そして、女性読者をつかまえて離さない最大の理由は、やはり、ミス・マープルの同性としての魅力に尽きるだろう。

いつも安楽椅子に座って編み物をしている、青磁色の瞳をした穏やかな白髪の老婦人。

セント・メアリ・ミード村に長年住み、行動範囲は極端に狭い。しかし、人間を観察する力は並みはずれて鋭く、推理力は抜群だ。休日の昼頃にのこのこ起き出して「俺の飯は?」と催促する亭主もいなければ、住宅ローンの返済に親の年金をあてにしたり、脛をかじろうとする子供もいない。とはいえ、孤独というわけではない。女友達もいれば、男友達だっている。家政婦のミス・ナイトやチェリー・ベーカー、村でただ一人の開業医のヘイドック医師、クラドック主任警部……と、彼女はユニークな仲間たちに支えられている。決して、寂しい独居老人ではない。

家政婦や庭師を雇えるだけの財力があり、自由があり、推理能力があり、友達が多い。ミス・マープルの生活ぶりは、平均寿命が延びたわたしたち女性の理想の姿なのかもしれない。

本書は、クリスティーが七十二歳のときの作品だというから驚きである。クリスティー自身の年齢がミス・マープルの年齢に近かったためか、のびのびと楽しんで書いているようにも思える。主人公に著者が投影されているのかもしれない。

わたしも、二十代で読んだときといまとでは、読後感が微妙に違う。筋を追って単純にミステリとして楽しんでいたのが、だんだんとその時代背景や、ミス・マープル本人の人生観に目がいくようになった。

ミス・マープルの長篇での初登場は、『牧師館の殺人』となっているようだが、短篇では、その二年前の「火曜クラブ」である。火曜クラブについては、本書でもクラドックが次のように紹介している。

「おばさんは以前ここでクラブを作っておられたそうですね。おばさんはそれを火曜クラブと呼んでおられた。クラブ員は順番に行なわれる晩餐を共にし、そのあとで誰かが何か物語を聞かせる——実際に起きた事件で、結末が謎になっている話をです。その謎の解答は話し手だけが知っているわけです。ところが、おじいさんから聞いたところによると、おばさんはいつでもぴたりと当てられたそうではありませんか。ですから、今朝はひとつわたしのために多少の推測をやってみていただけないかと思って、やってきたわけですよ」

かように、現役刑事にもミス・マープルは頼りにされているのである。

——自宅にサロンを設け、知的な人たちを集めて華麗な推理合戦を楽しみながら、悠々自適に老後を過ごしたい。

そんな夢を実現させている彼女は、永遠にわたしたちのあこがれの存在と言えるだろう。

好奇心旺盛な老婦人探偵

〈ミス・マープル〉シリーズ

本名ジェーン・マープル。イギリスの素人探偵。ロンドンから一時間ほどのところにあるセント・メアリ・ミードという村に住んでいる、色白で上品な雰囲気を漂わせる編み物好きの老婦人。村の人々を観察するのが好きで、そのうちに直感力と観察力が発達してしまい、警察も手をやくような難事件を解決するまでになった。新聞の情報に目をくばり、村のゴシップに聞き耳をたて、それらを総合して事件の謎を解いてゆく。家にいながら、あるいは椅子に座りながらゆったりと推理を繰り広げることが多いが、敵に襲われるのもいとわず、みずから危険に飛び込んでいく行動的な面ももつ。

長篇初登場は『牧師館の殺人』(一九三〇)。「殺人をお知らせ申し上げます」という衝撃的な文章が新聞にのり、ミス・マープルがその謎に挑む『予告殺人』(一九五〇)や、その他にも、連作短篇形式をとりミステリ・ファンに高い評価を得ている『火曜クラブ』(一九三二)、『カリブ海の秘密』(一九六四）とその続篇『復讐の女神』（一九七一）などに登場し、最終作『スリーピング・マーダー』（一九七六）まで、息長く活躍した。

35 牧師館の殺人
36 書斎の死体
37 動く指
38 予告殺人
39 魔術の殺人
40 ポケットにライ麦を
41 パディントン発4時50分
42 鏡は横にひび割れて
43 カリブ海の秘密
44 バートラム・ホテルにて
45 復讐の女神
46 スリーピング・マーダー

灰色の脳細胞と異名をとる

〈名探偵ポアロ〉シリーズ

本名エルキュール・ポアロ。イギリスの私立探偵。元ベルギー警察の捜査員。卵形の顔とぴんとたった口髭が特徴の小柄なベルギー人で、「灰色の脳細胞」を駆使し、難事件に挑む。『スタイルズ荘の怪事件』（一九二〇）に初登場し、友人のヘイスティングズ大尉とともに事件を追う。フェアかアンフェアかとミステリ・ファンのあいだで議論が巻き起こった『アクロイド殺し』（一九二六）、イニシャルのＡＢＣ順に殺人事件が起きる奇怪なストーリーが話題をよんだ『ＡＢＣ殺人事件』（一九三六）、閉ざされた船上での殺人事件を巧みに描いた『ナイルに死す』（一九三七）など多くの作品で活躍し、最後の登場になる『カーテン』（一九七五）まで活躍した。イギリスだけでなく、イラク、フランス、イタリアなど各地で起きた事件にも挑んだ。

映像化作品では、アルバート・フィニー（映画《オリエント急行殺人事件》）、ピーター・ユスチノフ（映画《ナイル殺人事件》）、デビッド・スーシェ（ＴＶシリーズ）らがポアロを演じ、人気を博している。

1 スタイルズ荘の怪事件
2 ゴルフ場殺人事件
3 アクロイド殺し
4 ビッグ4
5 青列車の秘密
6 邪悪の家
7 エッジウェア卿の死
8 オリエント急行の殺人
9 三幕の殺人
10 雲をつかむ死
11 ABC殺人事件
12 メソポタミヤの殺人
13 ひらいたトランプ
14 もの言えぬ証人
15 ナイルに死す
16 死との約束
17 ポアロのクリスマス
18 杉の柩
19 愛国殺人
20 白昼の悪魔
21 五匹の子豚
22 ホロー荘の殺人
23 満潮に乗って
24 マギンティ夫人は死んだ
25 葬儀を終えて
26 ヒッコリー・ロードの殺人
27 死者のあやまち
28 鳩のなかの猫
29 複数の時計
30 第三の女
31 ハロウィーン・パーティ
32 象は忘れない
33 カーテン
34 ブラック・コーヒー〈小説版〉

冒険心あふれるおしどり探偵

〈トミー＆タペンス〉

本名トミー・ベレズフォードとタペンス・カウリイ。『秘密機関』（一九二二）で初登場。心優しい復員軍人のトミーと、牧師の娘で病室メイドだったタペンスのふたりは、もともと幼なじみだった。長らく会っていなかったが、第一次世界大戦後、ふたりはロンドンの地下鉄で偶然にもロマンチックな再会をはたす。お金に困っていたので、まもなく「青年冒険家商会」を結成した。この後、結婚したふたりはおしどり夫婦の「ベレズフォード夫妻」となり、共同で探偵社を経営。事務所の受付係アルバートとともに事務所を運営している。トミーとタペンスは素人探偵ではあるが、その探偵術は、数々の探偵小説を読破しているので、事件が起こるとそれら名探偵の探偵術を拝借して謎を解くというユニークなものであった。

『秘密機関』の時はふたりの年齢を合わせても四十五歳にもならなかったが、

最終作の『運命の裏木戸』（一九七三）ではともに七十五歳になっていた。青春時代から老年時代までの長い人生が描かれたキャラクターで、クリスティー自身も、三十一歳から八十三歳までのあいだでシリーズを書き上げている。ふたりの活躍は長篇以外にも連作短篇『おしどり探偵』（一九二九）で楽しむことができる。

ふたりを主人公にした作品が長らく書かれなかった時期には、世界各国の読者からクリスティーに「その後、トミーとタペンスはどうしました？　いまはなにをやってます？」と、執筆の要望が多く届いたという逸話も有名。

バラエティに富んだ作品の数々

〈ノン・シリーズ〉

名探偵ポアロもミス・マープルも登場しない作品の中で、最も広く知られているのが『そして誰もいなくなった』（一九三九）である。マザーグースになぞらえて殺人事件が次々と起きるこの作品は、不可能状況やサスペンス性など、クリスティーの本格ミステリ作品の中でも特に評価が高い。日本人の本格ミステリ作家にも多大な影響を与え、多くの読者に支持されてきた。

その他、紀元前二〇〇〇年のエジプトで起きた殺人事件を描いた『死が最後にやってくる』（一九四四）、『チムニーズ館の秘密』（一九二五）に出てきたロンドン警視庁のバトル警視が主役級で活躍する『ゼロ時間へ』（一九四四）、オカルティズムに満ちた『蒼ざめた馬』（一九六一）、スパイ・スリラーの『フランクフルトへの乗客』（一九七〇）や『バグダッドの秘密』（一九五一）などのノン・シリーズがある。

また、メアリ・ウェストマコット名義で『春にして君を離れ』（一九四四）をはじめとする恋愛小説を執筆したことでも知られるが、クリスティー自身は四半世紀近くも関係者に自分が著者であることをもらさないよう箝口令をしいてきた。これは、「アガサ・クリスティー」の名で本を出した場合、ミステリと勘違いして買った読者が失望するのではと配慮したものであったが、多くの読者からは好評を博している。

72 茶色の服の男
73 チムニーズ館の秘密
74 七つの時計
75 愛の旋律
76 シタフォードの秘密
77 未完の肖像
78 なぜ、エヴァンズに頼まなかったのか?
79 殺人は容易だ
80 そして誰もいなくなった
81 春にして君を離れ
82 ゼロ時間へ
83 死が最後にやってくる
84 忘られぬ死
86 暗い抱擁
87 ねじれた家
88 バグダッドの秘密
89 娘は娘
90 死への旅
91 愛の重さ
92 無実はさいなむ
93 蒼ざめた馬
94 ベツレヘムの星
95 終りなき夜に生れつく
96 フランクフルトへの乗客

名探偵の宝庫

〈短篇集〉

クリスティーは、処女短篇集『ポアロ登場』（一九二三）を発表以来、長篇だけでなく数々の名短篇も発表し、二十冊もの短篇集を発表した。ここでもエルキュール・ポアロとミス・マープルは名探偵ぶりを発揮する。ギリシャ神話を題材にとり、英雄ヘラクレスのごとく難事件に挑むポアロを描いた『ヘラクレスの冒険』（一九四七）や、毎週火曜日に様々な人が例会に集まり各人が体験した奇怪な事件を語り推理しあうという趣向のマープルものの『火曜クラブ』（一九三二）は有名。トミー&タペンスの『おしどり探偵』（一九二九）も多くのファンから愛されている作品。

また、クリスティー作品には、短篇にしか登場しない名探偵がいる。心の専門医の異名を持ち、大きな体、禿頭、度の強い眼鏡が特徴の身上相談探偵パーカー・パイン（『パーカー・パイン登場』一九三四、など）は、官庁で統計収集の事務を行なっていたため、その優れた分類能力で事件を追う。また同じく、ハーリ・クィンも短篇だけに登場する。心理的・幻想的な探偵譚を収めた『謎のクィン氏』（一九三〇）などで活躍する。その名は「道化役者」の意味で、まさに変幻自在、現われてはいつのまにか消え去る神秘的不可思議的な存在として描かれている。恋愛問題が絡んだ事件を得意とするというユニークな特徴をもっている。

ポアロものとミス・マープルものの両方が収められた『クリスマス・プディングの冒険』（一九六〇）や、いわゆる名探偵が登場しない『リスタデール卿の謎』（一九三四）や『死の猟犬』（一九三三）も高い評価を得ている。

51 ポアロ登場
52 おしどり探偵
53 謎のクィン氏
54 火曜クラブ
55 死の猟犬
56 リスタデール卿の謎
57 パーカー・パイン登場
58 死人の鏡
59 黄色いアイリス
60 ヘラクレスの冒険
61 愛の探偵たち
62 教会で死んだ男
63 クリスマス・プディングの冒険
64 マン島の黄金

世界中で上演されるクリスティー作品

〈戯曲集〉

劇作家としても高く評価されているクリスティー。初めて書いたオリジナル戯曲は一九三〇年の『ブラック・コーヒー』で、名探偵ポアロが活躍する作品であった。ロンドンのスイス・コテージ劇場で初演を開け、翌年セント・マーチン劇場へ移された。一九三七年、考古学者の夫の発掘調査に同行していた時期にオリエントに関する作品を次々執筆していたクリスティーは、戯曲でも古代エジプトを舞台にしたロマン物語『アクナーテン』を執筆した。その後、『そして誰もいなくなった』、『死との約束』、『ナイルに死す』、『ホロー荘の殺人』など自作長篇を脚色し、順調に上演されてゆく。一九五二年、オリジナル劇『ねずみとり』がアンバサダー劇場で幕を開け、現在まで演劇史上類例のないロングランを記録する。この作品は、伝承童謡をもとに、一九四七年にクイーン・メアリの八十歳の誕生日を祝うために書かれたBBC放送のラジオ・ドラマを舞台化したものだった。カーテン・コールの際の「観客のみなさま、どうかこのラストのことはお帰りになってもお話しにならないでください」の一節はあまりにも有名。一九五三年には『検察側の証人』がウィンター・ガーデン劇場で初日を開け、その後、ニューヨークでアメリカ劇評家協会の海外演劇部門賞を受賞する。一九五四年の『蜘蛛の巣』はコミカルなタッチのクライム・ストーリーという新しい展開をみせ、こちらもロングランとなった。

クリスティー自身も観劇も好んでいたため、『ねずみとり』は初演から十年がたった時点で四、五十回は観ていたという。長期にわたって劇のプロデューサーをつとめたピーター・ソンダーズとは深い信頼関係を築き、「自分の知らない芝居の知識を教えてもらった」と語っている。

訳者略歴　1906年生，1930年同志社大学英文科卒，英米文学翻訳家　訳書『鳩のなかの猫』クリスティー，『見えない人間』エリスン（以上早川書房刊）他多数

鏡《かがみ》は横《よこ》にひび割《わ》れて

〈クリスティー文庫42〉

二〇〇四年七月十五日　発行
二〇二四年四月十五日　十刷
（定価はカバーに表示してあります）

著者　アガサ・クリスティー
訳者　橋《はし》本《もと》福《ふく》夫《お》
発行者　早川　浩
発行所　株式会社　早川書房
郵便番号一〇一 - 〇〇四六
東京都千代田区神田多町二ノ二
電話　〇三 - 三二五二 - 三一一一
振替　〇〇一六〇 - 三 - 四七七九九
https://www.hayakawa-online.co.jp

乱丁・落丁本は小社制作部宛お送り下さい。送料小社負担にてお取りかえいたします。

印刷・信毎書籍印刷株式会社　製本・株式会社フォーネット社
Printed and bound in Japan
ISBN978-4-15-130042-4 C0197

本書は活字が大きく読みやすい〈トールサイズ〉です。